KB093502

메시지 오브 아더스

MESSAGE OF THE OTHERS

방출

메시지 오브 아더스 3 : 방출

초판 1쇄 발행일 2017년 10월 31일

지 은 이 송성근

출판책임 박성규
편집진행 유예림
편　　집 남은재
디 자 인 조미경 · 김원중
마 케 팅 나다연 · 이광호
경영지원 김은주 · 박소희
제　　작 송세언
관　　리 구법모 · 엄철용

펴 낸 곳 도서출판 들녘
펴 낸 이 이정원
등록일자 1987년 12월 12일
등록번호 10-156
주　　소 경기도 파주시 회동길 198
전　　화 마케팅 031-955-7374 편집 031-955-7381
팩시밀리 031-955-7393
홈페이지 www.ddd21.co.kr

I S B N 979-11-5925-290-7 (04810)
979-11-5925-275-4 (세트)

값은 뒤표지에 있습니다. 잘못된 책은 구입하신 곳에서 바꿔드립니다.

「이 도서의 국립중앙도서관 출판예정도서목록(CIP)은 서지정보유통지원시스템 홈페이지(http://seoji.nl.go.kr)와 국가자료공동목록시스템(http://www.nl.go.kr/kolisnet)에서 이용하실 수 있습니다.(CIP제어번호: CIP2017027347)」

송 성 근 03 장 편 소 설

방출

들녘

여전히 따뜻한,

'청소년'이라 불리는 지구인들에게.

차 례

등장인물 소개

이진우 새암고등학교 과학교사. 자기가 일곱 아이들의 아버지라도 된 것 같은 책임감을 느낀다. 보리밭에서 크롭 서클을 본 후에 예지력과 통찰력을 갖게 되었다. 그런데 그 능력이 정확히 언제 발휘되는지는 아직 미지수다.

김경희 〈파라노말 미스터리〉라는 (삼류) 잡지사 기자. (그리고 이혼녀.) 후천적으로 능력을 얻은 다른 등장인물들과 달리 뛰어난 미모와 몸매, 명석한 두뇌와 민첩한 판단력이라는 '타고난' 능력을 갖고 있다. 세상 만물에 관심이 많아 아는 것도 많은 이진우마저 가끔 김경희의 지식에 의지한다.

최동훈 생각만으로 사물을 이동하거나 파괴할 수 있다. 아버지랑 싸우다가 화가 나서 집을 무너뜨린 적이 있다. 총명하고 잘생기고 공부도 잘하는 목사님 댁 큰아들이다. 아직 능력을 통제하지 못해 거울만 쳐다봐도 거울이 쩍쩍 갈라져나가는 동훈에게 3권에서 일어나는 사건은 큰 전환의 계기가 된다.

고인아 텔레파시와 사이코메트리 능력자. 중요한 순간에 '지적질'(남들이 굳이 듣기 싫어하는 사실을 콕 찝어 말한다)을 하는 능력도 있다. 질풍의 사춘기를 겪고 있는 동훈을 통제할 수 있는 유일한 존재일지도 모르겠다.

박에스더 감마선을 방출하는 능력을 갖고 있다. 아무도 원치 않을 이런 능력 때문에 가장 먼저 위험에 빠졌다. (그리고 다른 사람들을 위험에 빠뜨렸다.) 그리고 3권에서 에스더의 새로운 능력이 밝혀진다.

이치훈 시공간을 이동하는 신비한 능력을 가졌다. 머릿속에서 시간을 쪼개다가 이동하고 싶은 시간대에 '타임 홀'을 만들어낸다. 하지만 자신의 능력이 어떤 인과를 가져오는지, 그 인과에 빠진 사람들에게 어떤 영향을 미치는지 그는 아직 잘 모르고 있다.

김철산 5월의 보리밭에서 괴력과 중력 전환 능력을 얻었다. 공부와는 담 쌓고 헬스장에서 대부분의 시간을 보내는 근육맨이다. 여자라면 다 좋아하는 그의 앞에 '단 하나의 여자'가 드디어 나타난다.

변기태 전자제품을 망가뜨리기도, 다시 살려내기도 한다. 병으로 학교를 쉰 탓에 다른 슈퍼 쎄븐 친구들보다 한 살이 많아서 그런지 어른스럽고 생각도 깊다. 변기태의 별명을 따서 지은 '짜바 타워'는 슈퍼 쎄븐의 아지트다.

우도윤 슈퍼 쎄븐의 '싱어(singer)'. 언뜻 보기엔 뇌가 청순해 보이지만 사려가 깊고 다정하다. 그녀의 초음파 발성 능력은 생각지도 못한 곳에서 놀라운 효과를 낸다. 3권에서는 그녀가 바퀴벌레의 천적임이 드러난다.

41화

Corpus

육체 1

“어디 가니?”

그는 빈손이었다. 엄마가 그의 빈손을 보고 물었다.

“기말 끝났잖아요.”

“그러니까 어디 가느냐고?”

“친구 집에요.”

최동훈이 샌들에 발을 쑤셔 넣으며 허리를 숙였다.

“기분 안 좋아?”

“뭐가요?”

“왜 짜증내면서 말해?”

허리를 펴자 약간 현기증이 일었다. 동훈은 얼굴을 찌뿌렸다.

"제가 언제……."

"네 말투가…… 그만하자. 전화해. 저녁 늦지 마."

"늦을 거예요."

"오늘 같이 저녁 먹기로 했잖아. 아빠하고. 기억 안 나?"

"기억 안 나요."

"그럼 다시 말해줄게. 오늘 저녁에 우리 식구들 같이 저녁 먹기로 했어. 일주일 전에 약속 잡았지. 너도 동의했어. 네가 기억 못 하는 거고. 그러니까 늦지 마."

"시간 되면."

"무슨 말이 그래? 너 하숙생이야?"

"아, 씨(ㅂㅏㄹ)."

"뭐? 최동훈, 너 방금 뭐라고 했어?"

동훈이 현관문을 확 열어젖히고 나갔다.

요즘 그는 이런 식으로 살았다. 무슨 말이든 짜증을 내고 성질을 부렸다. 가슴에 불덩이가 든 것 같았다. 자폭하고 싶었다.

그는 여전히 자신의 능력을 통제하지 못했다. 책상 위의 볼펜 한 자루 움직이지 못하다가도 화가 나면 집 안의 가구가 들썩거렸다.

30년 된 집이 무너졌을 때, 동훈의 부모님은 낡은 집이 스스로 무너진 거라 생각했었다. 지금은 그 일이 영적인 일이라 생각했다.

아이가 화를 낼 때마다 물건이 날아가거나 부서졌다. 화장실 거울에 금이 가고 수십 권의 책이 이유 없이 바닥으로 떨어졌다. 한꺼번에 모든 방문이 쾅 소리를 내며 닫혔다.

어쩌면 아이가 사악한 영(靈)에 사로잡혀 있는 건지도 모른다. 상스럽게 내뱉는 욕설, 탁하게 이글거리는 눈빛, 컴퓨터 바탕화면에 깔아놓은 반쯤 벗은 여자 아이돌 사진, 그런 건 평범한 10대 남자아이들이 다 하는 짓이지만 동훈의 아버지는 그걸 영적인 일로 여겼다.

도마 위의 식칼이 총알처럼 날아가 방문에 탁 꽂혔을 때, 가족들 모두가 두려움에 사로잡혔다.

"사악한 영에 씐 거야. 그렇지 않고서야……."

동훈의 아버지는 아들의 어두운 그림자를 걱정하며 아내를 바라보았다. "말해야 할까? 알고 있는 게 아닐까?"

"지금은 감당할 수 없을 거예요."

"도대체 왜 저러는 거지?"

"기다려봐요. 너무 걱정하지 말아요."

아이 엄마가 남편을 진정시켰다. 서너 번이나 큰 다툼이 있었다. 동훈 엄마는 아이의 영혼이 병드는 것 같아 애가 탔다.

때려도 안 되고 말로 타일러도 안 되고, 그냥 손 놓고 지켜보는 것 말고는 할 게 없었다. 다시 집이 무너지지 않기를 기도하면서.

사타구니가 간지럽다. 여자를 볼 때마다 거기가 근질거린다. 미치겠다.

가채점은 해볼 생각도 안 했다. 과목마다 네댓 개씩 모르는 문제가 튀어나왔다. 될 대로 되라지. 망할!

아버지는 의사가 되라고 했다. 생명을 살리는 일이 얼마나 가치 있니, 하면서. 요즘 의사가 그런 일을 하나? 왜 좀 더 솔직하지 못할까. 네가 의대를 가면 내 체면이 발딱 서잖니, 하고. 어쨌든 의대는 글렀다.

저 여자가 아까부터 나를 보고 있다. 버스 좌석에 앉아서. 나는 서 있고 그녀는 앉아 있다. 잘빠진 다리다. 내 어디를 보는 거지? 픗, 하고 앞머리를 날려준다. 치마가 끝까지 올라가 있다. 허벅지가 보인다. 거기가 간지럽다. 미치겠다. 왜 자꾸 이런 생각을 하지?

인아는 오늘 어떤 옷을 입고 나올까. 이 더운 날씨에 긴 청바지 입고 나오면 테러 해야지. 염력으로 청바지를 찢을 수도 있겠지. 엉덩이까지. 미치겠다. 내가 왜 이러지?

인아는 여름 청바지를 입고 나왔다. 무릎에 꽃무늬 자수가 들어간 빈티지 청바지. 쪽팔린다. 같이 걷기도 민망하다.

"얘 좀 봐. 봤으면 인사를 해야지. 누나한테."

"쪽팔려. 저기 떨어져서 걸어."

"왜? 화장 떴어?"

"너 왜케 요즘 살쪘냐? 관리 좀 해라. 엉덩이 처진 거 좀 봐."

"넌 내 엉덩이만 보냐? 딴 데도 좀 봐."

"딴 데 어디? 뭐 볼 게 있는데?"

"가슴."

인아가 허리를 세우고 어깨를 쭉 폈다. 봉긋한 가슴이 앞으로 튀어나왔다. 귀엽다. 말하는 게 어쩜. 소꿉친구 같다. 그러니 저렇게 아무렇지도 않은 듯 말하지. 내가 달아오른 줄도 모르고.

"살찐 게 아니라 글래머러스해진 거야."

가슴을 안쪽으로 모으며 그녀가 말했다. 나는 아무렇지도 않은 듯, "지랄한다. 몇 분 남았냐? 뭐 좀 먹을까?" 하고 말했다.

"시작하려면 아직…… 40분이나 남았네. 뭐 좀 먹을래?"

인아 어머니는 보험설계사다. 얼마 전에 회사에서 고객 마케팅용으로 음악회 티켓을 돌렸다. 인아가 내게 티켓을 내밀었다. 나는 가겠다고 했다. 그때 인아의 가슴이 내 어깨에 닿았기 때문이다. 그때 아……, 죽을 뻔했다.

"버블티 먹자."

"그래. 저깄다!"

말총머리를 살랑거리며 인아가 뛰어갔다. 납작한 샌들을 신고 뛰는 모습이 정말 사랑스럽다. 나는 주머니에 손을 넣고 건들거리며 걸어갔다.

그녀가 쪽쪽거리며 빨대를 빨았다. 빨간 액체가 주욱 올라오는 게 보였다. 입술이 촉촉하게 젖어 있었다.

연주가 시작되었다. 비발디 〈사계〉의 원전 연주. 폭풍처럼 휘몰아치는 '여름' 악장에서 내가 인아의 손을 잡았다. 인아는 손을 빼지 않았다. 마치 오랫동안 기다렸던 것처럼 손가락으로 깍지를 꼈다.

연주회가 끝나고 출구를 나올 때, 우리는 깍지 낀 손을 꼭 잡고 걸었다. 인아는 얼굴 가득 웃음을 머금고 자꾸만 나를 쳐다보았다. 나는 세상 모든 것은 아니라 해도 세상의 절반쯤은 가진 것 같은 느낌이 들었다. 근육이 부풀고 피가 온몸을 빠르게 돌았다. 여기서 확, 인아 입술을…….

"동훈아."

그다음에 유치한 말 안 했으면 좋겠다. 제발.

"왜?"

"첫 키스는 시간을 두고 하자."

"뭐?"

아차, 깜빡했다. 그녀는 텔레파시를 쓴다. 요즘은 다른 사람 생각도 읽는다고 했다. 그녀는 꾸준히 노력하는 성실한 아이다.

"나 그런 말 잘 못해. 너밖에 없다느니, 사랑한다느니, 그런 유치한 말."

이런! 얘하고 사귀면 바람도 못 피우겠군.

"그리고 다른 애 만나면 너 나한테 죽어. 알았지?"

나는 인아보다 머리 하나가 더 크다. 그녀가 나를 올려다보며 귀엽게 웃었다.

"우리 사귀는 거야?" 내가 물었다.

"왜, 물릴래?"

"아니. 나 너 좋아해."

"알아."

"언제부터?"

"네가 나 좋아했을 때부터."

"미치겠네."

"누나가 리드할게. 잘 따라와."

아마도 그녀는 집으로 돌아가 엑셀 스프레드시트에 일정표를 짤지도 모른다. 데이트 하는 날, 선물하는 날, 첫 키스 하는 날, 날짜별 스킨십 수위 및 단계와 같은 것들을. 그리고 밀고 당기기. 그녀는 플러스 값과 마이너스 값으로 환산하여 데이터를 입력한 후 행렬로 정리할 것이다. 이 시점에서 밀기, 다음 시점에서 당기기, 이런 식으로 리드할지도 모른다. 그게 그녀의 스타일이다.

나는 고등학교 1학년 여름에 첫사랑을 만났다. 우리는 오랜 친구였다. 어두운 연주회장에서 무더운 여름이 타오르는 밖으로 나왔을 때 그녀는 여자로 변해 있었다.

모든 게 순조로웠다. 인아의 무릎에 새겨진 빨간 자수도 예뻤고 하늘은 뜨거웠다. 내 혈관 속을 타고 흐르는 정열처럼.

그녀의 아파트 입구에서 내가 그녀에게 키스하기 전까지, 우리는 아름다운 사랑을 나누었다. 3시간 18분 동안 우리는 아름다웠다.

인아와 저녁을 먹었다. 엄마, 아빠, 동생이 돌아가면서 한 번씩 전화를 했다. 받지 않았다. 전화를 받기에는 내 몸이 너무 뜨거웠다.

"다른 사람 생각이 네 머리로 들어오는 거야?"

내가 물었다. 우리는 그네에 앉았다.

"아니. 그냥 그렇게 생각하면 그게 들어맞더라고."

"그냥 느낌으로 때려 맞추는 거야?"

"나도 잘 모르겠어. 넌 네 머리에서 생각이 왜 떠오르는지 알아?"

"그거야…… 밥 먹고 싶다 하면 밥 먹고 싶은 거고, 나는 본다 하면 보는 거지."

"그렇게 간단한 게 아냐. '나는 본다' 하고 생각하는 것과 실제로 내가 보고 있는 게 일치한다는 보장이 없어."

"누가 그래?"

"데카르트."

"철학자?"

"응. 설령 지금 내가 널 보고 있다고 해도, 사실은 네가 아닌 너를 보고 있을 수 있어. 하지만 내 머리에서는 최동훈, 너를 보고 있다고 생각하지. 그러니까 확실한 건 내 머릿속의 생각일 뿐 실제로 그런 건 아니야."

"왜? 내가 최동훈이 아닌 것 같아?"

"너…… 좀 변했어. 내가 알던 예전의 최동훈은 아냐."

"내가? 어떻게 변했는데?"

"그만하자. 이런 골치 아픈 얘기를 하는 게 사귀는 건 아니잖아. 넌 어쨌든 너야. 최동훈, 내가 좋아하는 그 남자애."

그녀가 내 코끝에 손가락을 갖다 댔다. 그것은 아주 우연한 제스처였지만 그녀의 손가락이 마법을 걸었다.

저녁 8시, 어스름이 드는 놀이터. 우리 둘밖에 없었다. 나는 내 코에 붙은 그녀의 손을 떼어냈다. 그리고 그네를 옆으로 밀어 그녀의 입술에 내 입술을 갖다 댔다. 그녀가 눈을 감았다. 나는 그녀의 어깨를 끌어안았다. 그녀의 고개가 비스듬히 돌아갔다. 거기까지도 아름다웠다.

거기서 그만두었다면 우리는 롱런했으리라. 내 팔이 통제할 수 없는 힘으로 그녀를 감싸 안았다. 우리의 입술은 복잡한 동작을 교환했다. 그리고 그녀의 가슴을…… 내 손이 거길 만졌다. 그녀가 번쩍 눈을 떴다. 그리고 내게서 자기 몸을 떼어냈다. 나는 다시 인아에게 달려들었다. 인아가 자리에서 일어섰다. 그네가 휘청거렸다.

"나 그만 들어갈래."

어두운 표정을 하고서 그녀가 뒤돌아섰다. 내가 그녀를 향해 손을 뻗었다.

나는 불안했다. 그냥 이렇게 집으로 들어가버린다면 인아는 다시는 내게로 돌아오지 않을 것 같았다. 그래서 손을 뻗었을 뿐이다.

그런데 제길, 염력이 터졌다. 그녀의 몸이 공중으로 2미터 정도 붕 떠올랐다. 이게 아닌데, 하면서 나는 어떻게든 통제하려고 했다. 하지만 나의 힘은 내 말을 듣지 않았다. 나는 팔과 손에서 힘을 뺐다. 그런데 그녀가 옆으로 쭉 돌진하는 것이 아닌가.

나는 다시 손을 뻗었다. 이번에도 그녀를 공중에서 붙잡았다. 오, 이런! 그녀는 이제 아파트 2층 높이의 허공에 매달렸다.

"나 좀 내려줄래?"

그녀가 그렇게 침착하게 말하는 소릴 듣고도 나는 어찌할 수가 없었다. 여기서 그냥 힘을 빼면 인아가 바닥으로 떨어질 것이다.

"동훈아, 내 말 안 들려?"

그녀의 목소리가 날카로웠다.

"너 괴물이야? 빨리 내려달라고!"

그녀가 꽥 소리를 지르는 바람에 나는 팔을 접어버렸다.

인아가 빠른 속도로 땅으로 떨어졌다. 악, 하고 소리를 질렀다. 내가 다시 팔을 뻗었다. 1미터 높이에서 추락을 멈추었다. 그리고 땅으로 떨어졌다. 인아가 일어나서 옷을 탁탁 털더니 내게로 다가왔다. 그러고는 있는 힘껏 따귀를 갈겼다. 그녀는 화난 눈으로 날 노려보더니 말없이 뒤돌아 가버렸다.

"빌어먹을!"

나는 나의 육체를 저주했다.

나는 집으로 갈 생각이 없었다. 뻔하다. 아빠는 잔소리를 할 테고 엄마는…… 슬픈 눈빛으로 나를 바라볼 거다. 기태에게 전화했다. 전화기가 꺼져 있었다. 여기저기 전화를 했다가 인아에게 전화를 넣었다. 처음에는 전화를 받지 않다가 나중에는 그녀마저 전화를 꺼버렸다.

그녀가 전화를 받지 않는다.

나는 그냥 발이 이끄는 대로 걸었다. 학교 앞이었다. 제길, 갈 데가 없다. 나는 어두운 운동장으로 걸어갔다. 밤 9시. 그 시간까지 공을 차는 멍청이들이 운동장을 뛰어다녔다.

벤치에 앉아 폰 게임을 했다. 데이터가 모두 소진되었다. 배터리도 날아갔다. 슬프고 공허한 여름밤이었다.

"학생."

누가 날 부르나? 아름다운 목소리였다. TV 성우가 말하는 것처럼 곱고 부드러웠다. 나는 소리 나는 쪽으로 고개를 돌렸다.

"누구세요?"

"밤이 늦었는데…… 여기서 뭐해?"

어둠 속에 누군가가 서 있었다. 진입로의 가로등 불빛을 등지고 있다. 고운 목소리의 여자는 제법 펑퍼짐한 몸매의 아줌마로 보였다. 나는 긴장을 풀고 다시 허리를 숙여 폰을 내려다보았다.

"그냥요."

"뭐 좀 물어볼 게 있는데."

"말씀하세요."

내가 다시 허리를 세워 그 아줌마를 보았다. 그녀는 4~5미터 떨어진 곳에서 말했다. 내게로 다가오지는 않았다.

"이 학교 학생이야?"

"예."

"혹시 박에스더라고……, 알아?"

"에스더요? 친군데. 왜요?"

"그래. 그렇구나. 난 에스더 친척 아주머니야. 연락이 안 돼서 여기까지 찾아왔지 뭐야. 혹시 그 애 어디 있는지 알 수 있을까?"

"에스더 아직 퇴원 안 했을걸요?"

"퇴원……?"

"에스더 입원한 줄 모르셨어요?"

"아니, 물론 알고 있지. 어디 병원인지 몰라서 말이야."

"삼성 병원에 있어요. 몇 호인지는 저도 잘 모르겠네요. 병원 가시면 가르쳐줄 거예요."

아줌마가 고운 목소리로 다시 말을 하는가 싶었는데, 부스럭거리며 몸을 비트는 게 보였다. 나는 뭔 일인가 싶어 그쪽을 자세히 보려고 고개를 앞으로 내밀었다.

"너, 아줌마 가슴 한번 만지게 해줄까?"

너무나 끔찍하게 일그러진 목소리가 저쪽에서 터져 나왔다. 나는 자리에서 벌떡 일어섰다. 방금 그 목소리는 고운 목소리가 아니었다. 성대를 누르고 쥐어짜는 소리였다. 나는 그 끔찍한 목소리와 말에 소스라치게 놀랐다.

"조용히 해. 닥치지 못해? 넌 가만있어!"

아까 그 고운 목소리가 다시 말했다. 그것은 더욱 무서운 말이었다. 눈앞에 서 있는 것은 한 사람인데, 마치 두 사람의 목소리로 떠드는 것 같았다.

등 뒤로 소름이 돋았다. 나는 그 괴기스런 공포에 몸서리를 치며 운동장을 달렸다. 운동장 끝에서 뒤를 돌아보았다. 그 여자의 실루엣이 보였다. 등에 커다란 가방을 메고서 혼자 몸을 비틀었다. 머리를 뒤로 젖히고 이쪽저쪽으로 쓰러질 듯 비틀거렸다.

그 여자는 마치 자기 자신과 싸우는 것처럼 보였다.

나는 공포와 부끄러움과 후회가 한 덩어리로 밀려드는 여름밤을 피해 필사적으로 달렸다.

42화

Corpus

육체 2

김경희는 일어서서 주위를 둘러보았다. 창문 없는 방. 길고 좁은 통로 같은 창고.

말벌에 쫓겨 들어왔던 문 쪽으로 라이트를 비추었다. 문을 제작한 회사의 로고가 붙어 있었다. 문을 사다 붙였다는 얘기. 김경희와 이진우가 있던 그곳은 처음부터 방이었던 게 아니다. 문을 달면서 방이 된 것이다.

"여긴 창고가 아니에요."

그녀는 사방의 벽을 손으로 더듬었다. 진우도 일어나 문을 살폈다.

"문설주가 비뚤게 달려 있네요."

부어 있던 진우의 입술이 가라앉았다. 여전히 침이 흐르고 발음하기가 어려웠다. 그곳에 들어온 지 두 시간이 지났다. 10분마다 문을 열어 밖을 살폈다. 말벌 떼가 여전히 천장에 붙어 있었다.

“여긴 복도였어요. 그렇다면…….”

진우가 문 반대편에 무릎 높이까지 쌓여 있는 장작을 들어 다른 쪽으로 옮겼다. 벽을 두들겼다. 나무로 된 벽. 진우가 바닥을 향해 고개를 숙였다.

“여기서 바람이 나와요.”

경희도 얼굴을 아래쪽으로 내렸다. 서늘한 공기가 느껴졌다.

“여기도 문인 것 같아요.” 그녀가 나무 벽을 주먹으로 두들기며 말했다. “열 수 있을까요?”

“비켜봐요.”

그녀가 옆으로 비켜섰다. 진우 쪽으로 라이트를 비추었다. 진우가 발을 들어 나무 벽을 찼다. 벽이 탄력 있게 뒤편으로 조금 밀렸다. 진우가 다시 탕탕거리며 벽을 찼다. 조금씩 틈이 벌어졌다. 진우가 바닥의 장작을 다시 옮겼다. 들어온 문을 가리켰다. 경희가 반대편 문에 가서 섰다.

진우는 1미터 정도의 거리를 두고 나무 벽 앞에 서서 숨을 골랐다. 그리고 내던지듯 몸을 날렸다. 그의 어깨가 벽에 부딪쳤다. 우지끈, 나무 부러지는 소리가 나면서 나무 벽이 반대쪽으로 열렸다. 진우가 밀어붙이던 힘에 앞으로 밀렸다. 그가 갑자기 나타난 검은 공간 속으로 쓰러졌다. 그리고 사납게 바닥을 구르는 소리. 어어, 억, 헉, 하며 지르는 비명 소리가 들렸다.

경희가 비추는 라이트의 불빛이 파고들 수 없을 만큼 어두운 공간이 나타났다. 검은 어둠을 뚫고 하얀 먼지가 올라왔다. 아래로 내려가는 계단이 나왔다.

"전 괜찮아요!" 경희가 묻기 전에 진우가 어둠 속에서 외쳤다. "경희 씨, 빨리 내려와보세요!"

그의 발소리가 들렸다. 그의 발소리가 어둠 속으로 파고들었다. 그 소리가 그녀로부터 점점 멀어졌다.

경희가 어두운 계단을 타고 아래로 내려갔다. 딱 한 사람이 들락거릴 만큼 좁았다. 층계참을 지나 90도로 꺾여서 다시 내려가는 계단이 이어졌다.

"어디 있어요?" 경희가 어둠을 향해 물었다.

"계속 내려와요!"

어둠 저편에서 진우가 소리쳤다. 그녀가 빠른 걸음으로 계단을 밟았다. 다시 층계참이 나왔다. 그곳에서 꺾자 불빛이 보였다. 그리고 그녀의 눈앞에 하나의 방이 나타났다. 오물 냄새가 그녀의 얼굴을 덮쳤다.

방은 죽음과 삶, 두 가지를 섞어놓은 것 같았다.

양태樣態, modi

대여섯 평 정도의 방은 가운데 침대를 중심으로 두 개의 공간으로 분리되어 있었다. 오른쪽은 지저분하고 냄새 나는 더러운 물건들이 가득했다.

음식물 포장지, 동물 뼈, 심지어 낡은 탁자 위에는 시커먼 핏물이 든 큰 도마가 있었다. 다양한 종류의 칼, 갈퀴, 밧줄과 쇠사슬이 들보에 매달려 대롱거렸다. 중세시대의 고문실을 연상시키는 공간이었다. 진우가 악취 나는 도마를 손으로 문질렀다.

"좀 마르기는 했지만 아직 핏기가 있어요. 산짐승을 잡아 먹었던 것 같아요."

진우는 도마 아래 바닥에 놓인 오물통에 코를 대었다가 인상을 팍 쓰며 고개를 급히 젖혔다.

"얼마 전까지 여기 머물렀다는 건가?"

맞은편에 서 있던 경희가 섬세하게 방 안 집기를 살피면서 말했다.

진우가 도마 탁자 옆의 벽을 더듬었다. 그곳에 또 다른 문이 있었다. 두꺼운 철문. 손잡이를 잡고 밀었지만 열리지 않았다.

"밖에서 잠갔나 봐요." 꼴깍, 침 삼키는 소리를 내며 경희가 말했다.

"집 구조를 생각해보면, 이 문은 집 뒤쪽의 숲을 향해 나 있을 거예요. 다시 오면 어쩌죠?" 진우가 심란하게 두리번거리며 물었다.

"진우 씨가 있잖아요!" 퉁퉁 부은 진우의 눈을 보면서 경희가 말했다. 그녀는 지금 상황에 어울리지 않게 웃고 있었다. 그런다고 두려움이 사라지진 않겠지만.

진우가 탁자에서 칼을 집어 들었다. 정육점에서 뼈마디를 쳐낼 때 쓰는 도끼처럼 생긴 칼이었다. 그가 칼을 들고 철문 앞에 섰다. 그리고 어둠을 향해 귀를 기울였다.

김경희가 서 있는 책상 공간은 꽤 쾌적해 보였다. 그곳에는 책상, 필기구, 오래된 책들과 서랍 달린 가구가 있었다.

"무슨 책이죠?" 진우가 물었다.

"동아대백과사전. 1982년 판." 그녀가 책의 먼지를 쓸어내며 대답했다.

"이상하네요. 왜 책상이 저렇게 높은 곳에 있을까요?"

철문 앞에서 책상의 위치를 보며 진우가 물었다.

"그러게요."

경희가 가슴 높이의 선반처럼 벽에 고정돼 있는 책상을 조심스럽게 흔들었다. 그리고 책상 아랫면을 살폈다. 단단한 철심이 박혀 있었다.

"뭔가를 쓰고 있었어요." 그녀가 책상 위의 공책을 집어 들었다.

"노숙인의 일기 같은 건가요? 수형체 경전?"

"아뇨. 그거하곤 달라요." 그녀가 공책을 스르륵 넘겼다. 그녀의 눈이 점점 커졌다.

"지금 그거 읽을 시간이 없을 것 같은데……." 진우가 초조하게 서서 그녀를 재촉했다.

"진우 씨. 이리 와서 이거 좀 봐요."

진우가 철문 앞에서 망설였다. 누군가 한 사람은 망을 서거나 공격에 대비해야 한다. 그가 탁자 위의 피 묻은 도마를 보았다. 그리고 그녀를 보며 물었다. "뭔데요?"

"이거……, 해부학 도면 같아요."

진우가 빠른 걸음으로 그녀에게 다가갔다. 그녀가 공책을 그에게 넘겼다. 시커멓게 피가 말라붙은 칼을 책상 위에 올려놓고 그가 공책을 받아 들었다.

성질, qualitates

"주로 신경학 계통을 그린 것 같은데. 다른 공책도 줘봐요."

경희가 두꺼운 공책을 집어 건네주었다. 두 번째 공책을 살펴보던 진우가 입을 뗐다.

"이건 척추신경 해부도하고 완전히 똑같아요. 이걸 볼펜으로 그렸다면…… 직접 보고 그린 거예요."

"사람의 척추신경인가요?"

"그렇진 않고, 노루나 사슴 같은 대형 육상동물이에요."

"여기서 뭘 하고 있었던 걸까요? 생체 실험?"

"그건 아닌 것 같고, 어쨌든 그냥 산짐승을 잡아먹진 않은 것 같네요."

진우가 다시 입구를 쳐다보았다. 그는 초조와 긴장에 몸을 떨었다.

누군가가 괴물 같은 자의 안식처를 이곳에 마련해두고 먹을 것을 가져다주며 보살폈다. 괴물은 이곳에서 산짐승을 해부하며 오랜 시간을 보냈다. 더럽고 무시무시한 칼과 사슬들. 저기에 짐승의 시체를 매달아두고 이 해부도를 그렸을 것이다. 그 집사는 이걸 알고 있었을까. 어렴풋이 짐작은 했을 것이다. 그래서 가스총을 주었다.

괴물은 지금 잠깐 집을 비운 건지도 모른다. 집으로 돌아왔을 때, 두 명의 인간이 자신의 둥지를 침입한 걸 본다면?

"경희 씨, 목말라 죽겠어요."

그는 무섭다는 말은 하지 않았다. 일단 그곳을 벗어나야 할 것 같았다. 심장이 뛸 때마다 눈두덩이가 욱신거렸다. 도끼로 머리를 때리는 듯한 두통이 일었다. 악취가 콧속으로 파고들었다. 흐릿한 슬라이드 같은 환영이 스쳤다. 해체된 동물의 몸이었다. 진우는 경희 반대편으로 고개를 젖히며 인상을 찡그렸다. 그가 몇 발짝 철문 쪽으로 걸어가며 휘청거렸다.

"왜 그래요, 진우 씨?" 경희가 물었다.

"아니에요. 아무것도. 그냥 냄새 때문에."

진우는 입안이 바짝 말라 목소리가 갈라졌다. 그는 자신의 겁먹은 눈을 경희에게 보이지 않으려고 계속해서 이쪽저쪽으로 고개를 돌렸다.

"저도 속이 울렁거려요. 그리고 화장실에 가고 싶어요."

그녀가 약간 다리를 꼬며 말했다. 그러다가 그녀는 진우가 서 있는 철문 옆에 있는 아궁이를 보았다. 불을 지핀 흔적. 아궁이 주변으로 그을음이 가득했다. 아궁이 위에 항아리 몇 개가 엎어져 있었다.

"요리를 해 먹었을까요? 그럼 물도 있을 것 같은데?"

진우가 아궁이 앞에 쭈그려 앉았다. 항아리를 들어 올리려고 끙 하고 힘을 주었다. 세 개의 항아리는 엎어진 채로 단단히 붙어 움직이지 않았다. 이음새마다 진흙을 발라놓았고 맨 위 항아리 몸통에는 주전자처럼 생긴 길쭉한 주둥이가 나와 있었다. 주둥이에서 항아리를 타고 흘러내린 검은 액체가 바닥을 시커멓게 물들여놓았다.

"증류기인 것 같은데?" 그가 항아리를 통통 두들기며 말했다.

"술을 빚었나 보죠." 그녀는 약간씩 떨리는 손으로 목덜미에 흐르는 땀을 닦았다.

"그게 아니에요." 진우가 옆에 놓인 그릇을 거꾸로 뒤집어 살피며 말했다. "식물에서 액을 추출했나 봐요. 이건…… 독초액 같은 거. 어쩌면 대마초 같은 마약 성분을 달여서 추출한 건지도……."

"무서워요. 여기서 나가요." 그녀가 떨리는 숨을 뱉으며 대답했다. 그러면서도 한 손으로 공책을 말아 바지춤에 쑤셔 넣었다.

진우가 오른손에 칼을 쥔 채 그녀 곁으로 다가왔다. 왼손으로 그녀의 손을 잡았다. 진우가 앞장섰다.

책상을 지나 방을 가로질렀다. 그리고 침대를 보면서 방의 가장자리로 조심조심 걸었다. 경희가 침대를 내려다보았다.

"진우 씨, 잠깐……."

"왜요?"

"이 침대……."

진우가 침대로 고개를 돌렸다. 더러운 때가 잔뜩 묻은 킹사이즈 침대는 정확하게 반으로 나뉘어 있었다. 침대가 둘로 나뉜 것이 아니었다. 절반은 때가 묻고 지저분했지만 나머지 반은 비교적 깨끗해 보였다. 그러고 보니 베개도 두 개. 경희가 침대에 걸터앉아 손으로 매트리스를 쓸었다.

"두 사람이에요." 그녀가 말했다. "이쪽저쪽을 나누어서 썼어요. 서로의 영역을 침범하지 않으려고 애쓴 것 같아요."

"어떻게 알아요, 그걸?"

"저도 전남편이랑 이혼하기 전에 그랬어요. 같은 침대에서 잤지만 정확하게 나누어서 잤죠. 나중에 청소하면서 보니까 남편이 눕는 쪽은 더럽고 제가 눕는 쪽은 깨끗했어요."

"남자와 여자, 두 사람?"

"어쩌면 그는……."

경희가 침대에서 일어나 이불을 걷고 침대보를 들어올

렸다.

"여자예요."

"여자?"

"생리혈 흔적이 있어요. 이런 데서 살았다면 슈퍼 가서 생리대 살 형편은 아니었을 테니까."

"다른 하나는?" 잊은 물건을 확인하듯이 침대 한쪽을 턱으로 가리키며 진우가 물었다.

"키가 작아요. 때가 묻은 자리를 보세요."

경희가 침대 한쪽의 더러운 곳을 손가락으로 가리켰다. 정말 그랬다. 생리혈이 묻어 있는 쪽은 침대 머리에서 발끝까지 지저분한 흔적이 배어 있었다. 깨끗한 쪽은 허리 부분까지만 사람의 흔적이 있었다.

"키 작은 쪽에도 생리혈이 있나요?"

그녀가 고개를 저었다.

인식, cognitionis

"빨리 여기서 나가요."

진우가 다시 재촉했다. 그는 방금 또 다른 환영을 보았다. 사지가 묶인 채 발버둥치는 사람의 모습이었다. 어둠과 악취가 빚어낸 환영일 것이다. 현기증과 두통 때문일지도 모른다.

숨을 쉴 때마다 허파에서 그르렁거리는 소리가 났다. 욕지기까지 올라왔다. 키 작은 인간 혹은 생물이 이 방 어딘가에 숨어 있을지도 모른다. 진우가 흔들리는 머리를 이쪽저쪽으로 옮기며 주위를 살폈다. "경희 씨, 빨리!"

"알았어요."

그녀가 걸레 같은 침대보를 다시 제자리에 정돈하고 일어섰다. 그리고 진우가 서 있는 입구 쪽으로 뛰어갔다. 그녀의 손을 잡자마자 진우가 벽에 있는 전등 스위치를 내렸다. 그녀가 휴대전화의 라이트를 밝혔다.

진우가 먼저 계단을 밟았다. 그때.

"진우 씨, 잠깐!"

그녀가 다시 진우를 불렀다. 아, 미치겠네, 속으로 말하면서 진우가 그녀에게로 고개를 돌렸다. 그녀가 전등을 켰다. 그리고 입구 아래에 잔뜩 쌓여 있는 쓰레기들을 보았다. 그녀가 허리를 숙여 무언가를 집어 들었다.

"뭐예요?" 진우가 계단에서 발을 떼며 물었다.

"이게 왜 여기 있지?"

"뭐가요?"

"우리 잡지. 〈파라노말 미스터리〉."

"그게 왜 여기에?"

진우의 두 눈이 크게 열렸다. 경희는 이를 깨물고 신음소리를 흘렸다. 두 눈은 빠른 속도로 좌우로 흔들렸다.

"콜렉터예요!"

김경희가 잡지를 꽉 말아 쥐고 날카롭게 외쳤다.

"콜렉터?"

진우가 전기에 감전된 것처럼 파르르 떨리는 입술로 물었다. 그녀의 입에서 낯선 개념이 터질 때마다 사건이 걷잡을 수 없이 커졌었다. 섀도우 타임 리프, 스피릿 트랜스포트, 프라그마, 소울 시프트, 그리고…… 콜렉터?

"잡지를 수집한다고요?"

진우가 평범한 추측을 담아 물었다. 콜렉터라면 당연히 그런 사람을 가리킨다. 우표 수집가, 곤충 수집가 혹은 잡지 수집가.

"그게 아니에요. 그들은 날 노리고 있어요!"

그녀가 그렇게 말하며 휘청거렸다. 진우가 한 손으로 그녀의 어깨를 잡았지만 그녀는 쓰러지듯 풀썩 그 자리에 주저앉았다.

"당신에게 말하지 않았지만, 살인 사건이 있었어요. 싱가포르에서. 전 그때 그곳에 있었고 그들과 마주쳤어요. 콜렉터, 그들이 날 노리고 있어요. 제가 그걸 가져간 거라고 생각하나

봐요."

"뭘?"

"프라그마 도큐먼트."

미치고 환장하겠네, 진우는 속이 뒤틀렸다. 그녀는 소름끼치는 공포의 세계에 빠져 허우적거리는 것처럼 보였다. 과학교과서에는 나오지 않는 모든 말들이 진저리나게 짜증스러웠다. 어깨를 잔뜩 움츠리고 쪼그려 앉아 바들바들 떨고 있는 그녀에게는 진우가 알고 있는 어떤 말도 위로가 될 것 같지 않았다.

경희는 양팔을 무릎 위에 올리고 얼굴을 팔뚝 사이에 파묻은 채 힘겹게 숨을 쉬었다. 진우가 그녀의 손에서 잡지를 가져갔다.

그가 잡지를 펼쳤다. 잡지는 자주 펼쳐보던 페이지로 넘어갔다. 김경희 기자의 기사가 펼쳐졌다. 이번 달 잡지다. 원자력밸리에서 있었던 사건, 그리고…….

'특집: 새암고의 능력자들—슈퍼 쎄븐'

슈퍼 파워를 가진 고등학생들의 모험담을 그린 유치한 기사였다. 무심하게 특집 기사를 훑어보던 진우가 김경희의 뒤통수에 대고 말했다.

"당신이 아니라……."

그의 말에 경희가 천천히 고개를 들었다.

"아이들이 위험해요." 진우가 무거운 목소리로 말했다.

김경희의 새까만 눈동자가 진우를 노려보았다. 아이들이 위험하다, 그 말은 처음에는 그저 막연한 느낌을 주었다. 그러다가 그녀는 자신이 쓴 기사를 기억해내고는 질겁하며 눈을 번쩍 뜨고 몸을 비틀면서 자리에서 일어섰다. 그녀가 진우의 손에서 잡지를 낚아챘다.

김경희는 기사를 보자마자 아찔한 현기증을 느끼며 눈을 감았다. 〈파라노말 미스터리〉는, 숨은그림찾기, 낱말 맞추기, 스도쿠 수준의 잡지와 함께 팔렸기 때문에 신변 정보에 그다지 신경 쓰지 않았다. '새암고'와 같은 학교명을 밝히더라도 사건 당사자들의 실명만 언급하지 않는다면 크게 문제될 게 없었다. 지금까지는 그랬다. 하지만 지금, 그렇게 허술한 잡지의 편집 체계를 그녀는 원망했다. 기자가 그렇게 써서 넘겼더라도 편집부에서 걸러냈어야 마땅하다. 누구를 원망하겠는가. 그 특집기사는 그녀가 직접 작성했다.

"아이들! 가야 해요. 지금 당장!"

울음과 공포가 뒤섞인 소리로 터질 듯이 숨을 헐떡이며 그녀가 비좁은 계단을 뛰어올랐다.

전등 스위치를 내리자마자 어둠이 들이닥쳤다. 그때 진우의 눈앞에 다시 무언가가 스쳤다. 이번에는 허리 아래로 두 동강 난 사람의 몸뚱이였다. 그가 한 손에 든 무거운 칼을 바닥에 내던지며 그녀를 뒤쫓았다.

43화
Corpus

육체 3

오후 5시, 두 사람은 지리산 괴물의 지하 은신처를 빠져나왔다. 생선 장수 앞치마에서 나는 것 같은 냄새가 몸에 배었다. 경희가 아이들에게 카톡을 넣었다.

[아무 데도 가지 말고 집에 꼭 붙어 있어!]

폰 화면의 문자판을 두드리는 그녀의 손 전체가 떨렸다. 다섯 아이들이 응답했다. 동훈과 인아에게서는 답이 없었다. (그 시간에 그들은 비발디의 '사계'를 듣고 나와 어딘가를 걷고 있었다.)

길도 없는 낭떠러지 숲에서 차를 빼내는 데만 30분이 걸렸다. 제대로 된 길에 접어들었을 때 진우가 차를 길가에 세웠다. 그는 차에서 내려 트렁크로 갔다. 잠시 후 손에 작은 가방을 들고 돌아왔다.

"그게 뭐죠?" 경희가 물었다.

"총이요."

"총?"

"가스총. 회장댁 집사가 주더군요. 혹시 필요할지도 모른다고."

그가 굳은 표정으로 액셀을 밟았다.

그녀가 가방을 열어 내용물을 살폈다. "이건 뭐죠?" 작은 금속 상자를 꺼내들고 물었다. 진우가 대답하기 전에 그녀가 상자를 열었다. 회색 스펀지 위에서 작은 이빨들이 여러 개 굴렀다.

"젖니예요."

"괴물의 이빨? 이걸 왜 줬을까요?"

진우는 어깨를 으쓱해 보였다. 잠시 후, 뭔가 생각났다는 듯이 그녀를 보고서 말했다.

"그들도 틀림없이 믿음을 가지고 있어요."

"무슨 믿음?"

"젖니를 통해 뭔가 알아낼 수 있을 거라는 믿음."

사물을 초월하는 무엇이 있다는 믿음일 것이다. 회장은 믿음을 가진 자거나 의심하는 자다. 어느 쪽일까? 김경희는 뒷주머니에 꽂아둔 공책과 잡지를 빼면서 입술을 꽉 깨물었다. 그리고 가방 안에 공책과 잡지를 구겨 넣었다.

그녀는 계속 재촉했다. 진우는 느려터진 화물차 꽁무니에 붙어 달렸다. 휴게소에서 경희가 키를 넘겨받았다. 이 차가 이렇게 성능이 좋았나, 하는 생각이 들 만큼 아반떼가 쌩쌩 달렸다. 죽음의 속도로 차를 몰면서 그녀는 진우에게 지금의 위기를 설명했다.

콜렉터. 집요하게 파고드는 메시지 수집가들이 있다, 외계의 메시지라고 생각하면 물불 안 가리고 덤벼든다, 오즈는 콜렉터가 이미 아이들의 존재를 알고 있을 거라고 말했다, 총도 있고 사람도 죽인다……. 그녀는 싱가포르에서 있었던 일을 진우에게 말했다. 진우는 흉측하고 더러운 괴물의 형상으로 나타난 콜렉터를 떠올렸다.

여덟 번 정도 살벌한 교통사고의 위기를 넘긴 후, 그들은 오후 9시 23분에 서울 요금소를 통과했다.

진우는 인아 담임선생에게 전화를 걸어 인아의 집 전화번호를 얻었다. 인아는 자다 깬 목소리로 전화를 받았다.

— 아까 낮에 훈이랑 같이 있었어요. 지금쯤이면 집에 있을 텐데…….

자세를 고쳐 앉는 소리가 들렸다. 인아의 목소리가 점점 굳어갔다.

— 선생님, 동훈이 집으로 전화해보세요. 전화번호는…… 잠시만요.

동훈이 집 전화번호가 진우 폰으로 들어왔다. 인아는 계속 질문과 걱정을 반복했다. 겨우 아이를 달래고 진우가 동훈네 집으로 전화를 넣었다. 동훈은 집에 없었다. 방금 집을 나갔다고 했다. 운동하러 간 것 같다고, 아이 엄마가 말을 얼버무렸다. 9시 44분이었다.

경희는 새암고 쪽으로 차를 몰았다. 진우는 부동산 업자처럼 여기저기 전화를 걸고 번호를 챙겼다.

콜렉터일까? 김경희는 생각했다. 자신의 머리에 총을 겨누던 늙은 여자의 눈빛이 김경희의 머리를 스쳤다. 정말 콜렉터일까? 혀를 길게 빼고 죽어 있던 빈센트 알토 교수의 모습도 떠올랐다. 오즈는 도처에 콜렉터가 있다고 말했다. 지리산 괴물의 은신처에 나뒹굴고 있는 〈파라노말 미스터리〉, 그보다 더 명확한 증거는 없다. 콜렉터가 가까이에 있다.

하지만 누가 콜렉터인가? 회장은 괴물의 정체를, 여동생들의 행방을 정말 몰랐을까? 혹시 회장이 콜렉터일까?

"진우 씨, 회장이 콜렉터인지도 몰라요. 그가 우릴 이곳으로 보내 위험에 빠트린 건지도……."

막 동훈 엄마와 통화를 끝낸 진우에게 경희가 말했다.

"위험은 다른 데 있어요." 진우가 정면을 응시하며 말했다.

"느낌이 있나요? 계속 말해봐요."

"우선…… 당신 앞을 봐요!"

진우가 그렇게 말하자마자 차 한 대가 앞으로 끼어들었다. 경희가 급히 브레이크를 밟았다. 안전벨트가 턱 하고 걸릴 만큼 몸이 앞으로 쏠렸다. 아슬아슬한 순간이었다. 조금만 더 늦게 브레이크를 밟았더라면 큰 사고가 날 뻔했다. 위기를 넘기자, 경희가 앞차와 진우를 번갈아 쳐다보며 말했다.

"방금 그거 예지력인가요?"

"저도 잘 몰라요."

"진우 씨, 어쩌면 회장이 콜렉터인지도……."

"인아 집으로 가요." 진우가 그녀의 말을 자르며 말했다.

"네?"

경희가 어이없다는 표정으로 그를 쳐다봤다. 진우는 손가락으로 폰 화면을 쓸어내리며 학생 주소록을 뒤졌다. 그는 경희의 말을 듣고 있는 것 같지 않았다.

"동훈이 집이 아니고요? 인아 집에 가서 뭘 어쩌려고요?"

"동훈이를 찾아야 해요." 그는 자동응답기처럼 말했다.

"인아 집으로 가서 동훈이를 찾자고요?"

경희가 비꼬듯 물었다. 진우는 들은 체도 안 하고 내비게이션에 인아의 집 주소를 입력했다.

최동훈의 집에선 또 한바탕 날선 언쟁이 오갔다.

"네 맘대로 살아봐. 우리 식구 아무도 널 간섭하지 않을 테니. 하지만 이건 알아야 해. 자유에는 대가가 있다는 거."

동훈이 방에 들어와 휴대폰에 충전기를 꽂고 있을 때 아버지가 뒤에서 소리쳤다.

"전 자유 같은 거 달라고 한 적 없어요."

책상에 고개를 푹 숙인 채 동훈이 대답했다. 아버지가 씩씩거리며 동훈의 뒤쪽으로 걸어왔다.

"그럼 뭐니? 하다못해 자유라도 달라고 해봐. 엄마한테 짜증내면서 욕이나 지껄이지 말고. 그냥 무조건 네 맘대로 하겠다는 거야? 원하는 것도 없으면서 막무가내로 대드는 거냐고. 너 그 정도밖에 안 되는 놈이야?"

"아이, 씨!"

"이게 어디서!"

아버지가 아들의 뒤통수를 갈겼다. 동훈의 눈앞에 불이 번쩍했다. 그는 시뻘건 얼굴을 하고서 일어나 방을 나갔다. 그리고 집을 나섰다. 험악한 말이 뒤따랐다. 엄마가 아버지를 말렸다.

휴대전화를 책상에 두고 나왔다는 건 현관문을 나설 때부터 알았다. 하지만 다시 집에 들어가면…… 또 집이 무너질지도 모른다. 동훈은 동생의 자전거를 타고 무작정 집을 나섰다. 밤 9시 40분이었다.

'내게는 아무도 없다. 자폭하고 싶다. 내 염력으로 나를 쓰러뜨릴 수도 있을까?'

그는 달리면서 자기 자신을 쓰러뜨리는 생각을 했다.

'다 싫다. 내 의지와 상관없이 약 올리듯 불타오르는 내 몸, 인아를 좋아하면서도 병신처럼 들이대기만 하는 머저리! 최악이다. 허리 아래를 도려내고 싶다. 지금 필요한 건 말짱한 정신이다. 오직 그것만 필요하다.'

몸을 햇빛에 말려 증발시켜버리고 싶었다. 몸은 증발할 것이다. 뼈 같은 정신만 남을 것이다. 열일곱 먹은 사내아이는 제 몸을 주체할 수 없었다.

자전거 도로를 따라 한강변 자전거 길을 달렸다. 땀으로 목욕을 했다. 식수대에서 머리를 씻고 물을 들이켰다. 떨리는 숨소리가 가라앉지 않았다.

주변을 어슬렁거리는 비둘기 한 마리를 염력으로 사로잡았다. 비둘기는 허공에서 날갯짓을 해도 날아가지 못했다. 비둘기를 가지고 잠깐 놀았다. 날개를 뜯어내고 머리통을 짓이기는 상상을 했다. 동훈은 그렇게 부서지는 자신의 모습을 떠올렸다. 녀석을 풀어주었다.

다시 자전거를 타고 달렸다. 옛날 영화의 한 장면을 생각했다. 못생긴 외계인이 자전거 바구니에 앉아 눈을 크게 뜨고 손가락을 치켜든다. 자전거가 공중으로 떠오른다. 보름달을 가로지르며 자전거가 하늘 높이 날고 있을 때, 그 외계인이 실수로 염력을 거두어버린다면?

'그것도 가능할까? 내 염력으로 나를 파괴하는 것이…….'

동훈은 자꾸 자신을 무너뜨리는 생각을 했다. 정신없이 페달을 밟았다. 두려운 눈으로 그를 바라보는 사람들이 빠르게 옆을 스쳤다.

가슴이 터질 것처럼 숨이 차올랐다. 악, 악, 소리를 질렀다. 그러다 이정표를 보았다. 강남 인근까지 와 있었다. 여의도에서 거기까지 30분밖에 걸리지 않았다.

'어떻게 된 거지?'

자전거를 내려다보았다. 바퀴에서 고무 타는 냄새가 났다.

바퀴의 홈이 거의 닳아 있었다.

이제 어디로 갈까. 친구들을 떠올렸다. 고개를 저었다. 인아를 생각했다. 다시 걱정이 차올랐다.

'에스더?'

그가 문득 에스더를 떠올렸다. 아까 그 일을 잊고 있었다.

'아까 학교에서 보았던 그 아줌마, 그 여자는 정말 박에스더 친척 아줌마일까? 고등학생 성희롱이나 하는 사람이 에스더의 친척이라고?'

갑자기 이상하다는 생각이 들었다. 에스더를 걱정하는 친척이라면 아무도 없는 시간에 학교를 찾아갈 리 없다. 그리고 그 여자는…… 괴물 같았다.

갈 곳을 정했다. 삼성서울병원. 에스더에게 가야 한다. 그 아줌마는 정말 에스더의 친척일지도 모른다. 하지만 나쁜 여자인 것은 분명하다. 운동장에서 처음 만난 남자 고등학생에게 추파를 던지는 여자가 좋은 사람일 리는 없다.

교통 표지판에서 깜빡이는 전자시계를 보았다. 22:15. 그는 세차게 페달을 밟았다. 한강변에서 양재천으로 이어지는 길을 따라 자전거를 몰았다. 바퀴가 가끔씩 몇 십 센티미터 공중으로 떠올랐다가 내려앉았다.

"인아 지금 자는데. 아까 저녁 먹고 방에서 자고 있어요. 물어볼 거 있으시면 아까 전화하셨을 때 말씀하시지……."

인아 엄마는 이진우 선생에게 불편한 기색을 감추지 않았다. 그녀는 현관에 서서 거실 쪽으로 고개를 돌려 시계를 보았다. 밤 9시 58분. 인아 엄마는 이진우를 안으로 들일 생각도 안 했다. 그녀도 인아처럼 똑 부러지는 데가 있어 보였다.

"인아 친구 일 때문에요. 죄송합니다. 잠깐이라도 얘기를 좀 나눌 수 있을까 해서요."

"오늘 시험 끝나서 쉬고 있는데……."

인아 엄마가 자꾸만 이진우의 부어오른 눈두덩이를 쳐다봤다.

"아냐, 엄마. 나 깼어."

인아가 카디건을 걸치고 현관으로 걸어 나왔다. 나 잠깐 나갔다 올게, 하고 인아가 신발을 신었다.

"그래도 얘, 그러지 말고 집에서 얘기하면 되잖아. 지금 이 시간에 어딜 간다고……. 선생님, 들어오세요."

그제야 인아 엄마는 반색을 하고 이진우 선생을 맞는 시늉을 했다. 인아가 엄마의 위선적인 호의를 향해 한 번 눈을 흘기고는 문을 닫았다.

인아 집 아파트 주차장. 오늘 하루만 1천 킬로미터 가까이 달린 구형 아반떼가 힘겹게 에어컨을 돌리며 서 있었다. 운전석에는 진우가, 뒷자리에 인아와 김경희가 함께 앉았다.

인아는 동훈과 연락이 안 된다는 말을 듣고 펑펑 울기 시작했다. 유리구슬처럼 투명한 눈물이 무릎 위로 뚝뚝 떨어졌다.

몸에서 쓰레기 냄새를 풍기는 진우는 이게 먼 일이래 하는 눈으로, 그리고 퉁퉁 부은 눈으로 인아의 눈물을 보며 멀뚱거렸다.

김경희는 인아가 흘린 눈물의 의미를 금세 알아차렸다.

"남자들은 휴대폰하고 똑같아. 가끔씩 방전되거든. 충전하고 나면 돌아올 거야. 원래대로. 인아야, 너무 걱정하지 마. 충전 중일 거야."

인아가 손등으로 눈물을 닦으며 픽 웃었다. "괜찮겠죠, 동훈이?"

"그럼."

"아무 일 없겠죠?"

"그래서 말인데……, 인아야." 김경희가 분위기를 바꾸어 말했다. 서로 편안하게 안부를 묻다가 갑자기 돈 얘기를 꺼내는 사람 같았다.

"예?"

"그 아일 찾아봐."

"지금요?"

인아는 왜 그러느냐고 묻지 않았다. 두 사람 몸에서 나는 생선 비린내에 대해서도 묻지 않았다. 퉁퉁 부어오른 선생님의 눈도 신경 쓰지 않았다. 이 아이는 두 사람을 봤을 때부터 알아차렸을 것이다. 위험과 위기가 코앞에 닥쳤다는 것을.

"넌 할 수 있어."

경희가 가까스로 제정신을 차리면서 말했다. 그녀는 지금 돌아버릴 지경이었다. 업데이트한 지 3년도 더 된 내비게이션이, 경로를 다시 탐색합니다, 를 백 번도 넘게 쫑알거렸기 때문이기도 했지만(결국 녀석은 전선 가닥이 뽑히고서야 입을 다물었다), 끝까지 옆에 앉아 내비를 신뢰하면서 안내대로 가자고 우기는 이진우 때문이었다. 가스총이 옆에 있었다면 당장 쏴버렸을 것이다(다행히 그건 뒷자리에 있었다). 경희가 내비 전선을 우두둑 뜯어낸 후에야 진우는 (내비와 함께) 입을 다물었다.

인아가 한곳을 바라보며 숨을 골랐다. 숨이 천천히 가라앉았다. 가슴이 조용히 부풀어 올랐다가 내려왔다. 그리고 눈을 감았다.

"물." 번쩍 하고 아이디어를 떠올린 사람처럼 인아가 갑자기 눈을 뜨고 말했다.

"계속해." 경희가 말했다.

"죽고 싶어요."

"누가?"

"동훈이……. 죽고 싶다는 생각을 해요."

인아 눈에 다시 눈물이 고였다.

"바보같이 죽고 싶다는 생각을 해요. 자기 능력으로 스스로를 파괴하려고……. 그럼 안 돼."

엉엉엉, 인아가 소리 내서 울었다. 경희가 인아의 등을 따뜻하게 쓰다듬었다.

"빨리 달리고 있어요. 너무 빨라요. 위험해요. 비둘기……, 안 돼. 다시 달려요. 어디를 보고 있어요. 불안해요. 훈이는……, 괴로워해요."

인아가 고통스럽게 얼굴을 찌그러뜨리며 울었다.

"인아야 됐어. 고마워."

경희가 인아 손등을 톡톡 두드렸다. 어떻게든 동훈을 찾아야겠지만 너무 깊이 몰입하면 안 된다. 경희는 텔레파시의 위험성을 잘 알았다. 너무 깊이 몰입하면 뇌혈관이 터질 수도 있다. 그녀는 그런 사례를 여러 번 보았었다. 게다가 인아는 지금 뒤죽박죽이었다. 눈물이 양 볼을 뒤덮었다. 이를 악물고 어깨를 들썩이며 울었다. 이대로는 안 되겠다, 경희가 인아 손을 잡고 한숨을 쉬었다.

동훈이 녀석이 거리를 방황하고 있고 불안한 마음을 가눌 수 없다면 집 두 채쯤 무너뜨리는 걸로 마음을 풀지 않을까, 그러면 찾을 수 있겠지, 차라리 경찰에 신고할까, 경희가 그렇게 생각하고 있을 때, "동훈이가 어디 있는지 알 것 같아요." 하고 인아가 말했다. 눈물이 멎었다. 허리를 세우고 미간을 찡그렸다. 뭔가를 느끼는 것이 분명했다.

"어디?" 진우가 물었다.

"한강. 자전거를 타고 있어요. 방금 양재천 자전거 길로 들어갔어요."

인아는 마치 그곳을 달리고 있는 것 같았다. 자전거를 타고 지나치는 사물을 보는 것처럼 고개를 이쪽저쪽으로 돌렸다.

"그럼 우선 그리로 가야겠네요. 양재천으로." 진우가 핸들에 손을 올리며 말했다. 김경희가 고개를 끄덕였다.

"저도 같이 갈래요."

인아가 운전석 쪽으로 몸을 내밀었다.

"안 돼!"

진우와 경희가 동시에 소리쳤다. 인아가 깜짝 놀라 뒤로 물러났다.

"어, 저기, 있지…… 너무 늦은 시간이라 그래. 엄마한테 잠깐 나갔다 온다고만 했으니까. 우리가 전화해줄게. 됐지? 넌 집에 들어가서 절대 밖으로 나오지 마. 알았지?" 진우가 차분하게 아이를 달랬다.

"왜요? 왜 위험하죠? 그럼 동훈이는……."

"동훈이는 괜찮을 거야. 우리가 갈 거야. 동훈이한테. 아무 걱정하지 마."

경희의 말에 인아가 잠시 망설이더니 고개를 숙였다. 인아가 경희의 손을 스르르 풀고 차에서 내리려고 문손잡이를 잡았다.

그게 거기 있었다. 뒷자리 발판에 있던 작은 가방이 인아의 발가락 끝에 닿았다. 인아가 차에서 내리지 않고 가방을 집어 들었다. 말릴 새도 없이 인아가 가방 안에 손을 쑥 넣었다. 그리고 작은 금속 상자와 낡은 공책을 꺼냈다.

"이게 뭐죠?" 인아는 자신의 감각을 따라 행동했다.

"그건……"

김경희가 머뭇거린 사이, 인아가 상자를 열었다. 인아의 손가락이 상자 속의 이빨에 닿았다.

순간, 인아가 감전된 듯 허리를 쭉 펴고 고개를 뒤로 젖혔다. 아이의 고개가 오른쪽으로 한 번, 왼쪽으로 한 번 무섭게 꺾였다. 동공이 크게 열리고 무아지경에 빠진 것처럼 인아가 두리번거렸다.

인아를 붙들려던 진우와 경희의 손이 허공에서 멈추었다. 그들이 보지 못하는 것을 인아는 보는 것 같았다. 인아가 사방을 훑으며 고개를 돌렸다.

"사이코메트리!" 김경희가 작게 말했다. "접촉 감응이에요."

그게 뭐냐고 묻기 전에 경희가 진우에게 말했다.

두 사람은 인아의 몸에서 나타나는 변화를 가만히 지켜보았다. 감전된 듯 발작적으로 몸을 비틀던 동작이 멈추었다. 인아는 상자 속의 이빨들을 천천히 어루만졌다. 어떤 방을 훑어볼 때처럼 고개를 좌우로 돌렸다.

"아줌마가 있어요. 무서워요. 슬프고. 혼자서 이야기를 해요. 아니, 둘이에요. 둘이서 서로 싸워요. 어디 있지? 안 보여요. 한 아줌마는 보이는데 키가 커요. 더러워요. 다른 아줌마는 목소리가 예뻐요. 안 보여요. 그 아줌마가 어디서 말하는지……. 저기, 있어요. 보여요. 흐, 흐악!"

인아가 소스라치게 놀라며 숨을 헐떡거렸다.

"어디 있니, 다른 아줌마는?" 진우가 초조하게 물었다.

"등, 등에…… 등에 업혀 있어요. 작은 사람이 덩치 큰 아줌마에게 업혀 있어요."

"인아야, 이제 그만해도 돼." 경희가 지나치게 몰입한 아이를 말렸다. 진우는 말리는 경희를 말렸다. 계속하라고 아이의 어깨를 쓰다듬었다.

"진우 씨, 안 돼요. 인아는 지금 자신도 모르는 능력에 몰입해 있어요. 사이코메트리는 물건을 만지면서 시공을 초월해 정보를 읽어요. 너무 몰입하면 정보가 쏟아져 들어와요. 말려야 해요." 경희가 인아의 손을 잡고 주물렀다. "인아야, 이제 그만, 그만해……."

"그 아줌마가 나를 봐요."

"뭐?"

경희는 텔레파시의 새로운 국면으로 접어든 인아를 보고 놀랐다. 그것은 8비트 컴퓨터를 사용하던 사람이 갑자기 3D 영상 기술이 탑재된 컴퓨터를 접했을 때와 비슷한 충격이었다. 인아는 사이코메트리의 최고수 능력자다. 이 아이는 지금 사물의 감각을 통해 실체를 보고 있다.

"절 보고 있어요."

"그럴 리가."

경희는 무수한 능력자를 만나보았다. 이런 고수는 난생처음이었다. 경희조차 믿을 수 없었다.

"틀림없어요. 절 봐요."

"나와, 인아야! 빨리 거기서 나와!" 경희가 다급히 외쳤다. "정보 페티시즘, 멈춰야 해!"

또다시 그녀가 알아들을 수 없는 말을 했다. 정보 페티시즘? 그게 뭐지? 외설적인 정보를 접했다는 말인가? 진우는 다시 혼란에 빠졌다.

"그럴 수가 없어요. 전 붙잡혀 있어요." 인아가 작은 상자와 공책을 손에서 떨어뜨렸다. 하지만 빠져나오지 못했다. "등에 업힌 괴물이 제 정신을 붙들었어요. 웃어요. 교활하게. 제 생각을 읽어요."

"인아야, 인아야!" 경희가 발작적으로 소리쳤다.

"제 머리에서 생각을 빼앗아 갔어요. 그 괴물은 이제…… 다 알고 있어요."

"뭘? 괴물도 능력을 쓰니?" 진우가 물었다. 그는 그냥 호기심 가득한 눈으로 인아를 바라볼 뿐이었다. 그는 잠시 인아에 대한 걱정을 잊었다.

경희가 바닥에 떨어진 이빨 상자와 공책을 주워 창밖으로 던졌다. 인아는 몸을 한 번 부르르 떨더니 머리를 세차게 좌우로 흔들었다. 생각을 지우려고 애쓰는 사람처럼 잠시 고개를 숙이고 입을 벌린 채 숨을 헐떡였다.

"괜찮니?" 경희가 인아의 손을 잡고 물었다.

"아뇨." 인아가 심각한 표정으로 바닥을 내려다보았다. "에스더, 괴물이 에스더에게 가고 있어요!"

경희의 손에서 힘이 빠졌다. 단단한 사슬에 묶인 것 같았다. 푹 한숨을 쉬면서 그녀가 손가락으로 머리를 쓸어 올렸다. 시계를 보았다. 10시 15분이었다.

"정보 페티시즘, 감각 정보가 실체적 정보로 전환되는 걸 말해요. 인아의 정신이 실제로 그 괴물을 만나고 온 거예요."

경희가 맥 빠진 소리로 말했다. 그녀는 무섭고 기이한 환상을 본 무신론자 같았다. 그녀의 무능력한 말로는 그들의 능력을 표현할 수 없었다.

"그럼, 그 괴물도?" 진우가 두려운 눈으로 물었다. 경희가 고개를 끄덕였다. 지리산의 괴물 역시 능력자임이 분명해졌다. 그 혹은 그녀는 지금 에스더에게 가고 있을 것이다. 알 수 없는 어두운 힘과 능력을 품고서.

인아는 작은 주먹을 꼭 쥐고 금방이라도 괴물에 맞서 싸울 기세였다. 인아가 고집을 부렸지만 경희가 아이를 달랬다. "넌 여기서 동훈이 전화를 기다려야 해."

경희가 인아를 집에 바래다주고 오는 사이, 진우가 에스더에게 전화를 넣었다. 다행히 그녀는 아무 탈이 없었다. TV를 보고 있는 중이라 했다. 진우는 병실 밖으로 나오지 말라고 에스더에게 몇 번이나 당부했다.

어쩌죠, 하는 눈으로 차에 올라타면서 경희가 진우를 보았다. 그들은 둘 중 하나를 선택해야 했다.

"에스더에게 갑시다." 진우가 에스더를 선택했다.

"동훈이는 어쩌고요?"

"거기 있을 거예요."

"누가?"

"동훈이."

뭔가를 떠올리는 눈으로 진우가 말했다. 경희는 배가 고팠다. 땀과 피로에 지친 그녀의 얼굴이 차창에 비쳤다. 차창 한 쪽에 진우의 얼굴도 비쳤다. 그의 눈에서 불꽃 같은 것이 보였다. 경희가 진우 쪽으로 고개를 돌렸다.

진우가 액셀을 밟았다. 주차장 바닥을 뒹구는 작은 상자를 짓밟으며 차가 출발했다.

44화

Corpus

육체 4

양재대로에 이르렀을 때 동훈은 자전거를 버렸다. 앞뒤 타이어가 모두 닳아 터져버렸기 때문이다. 오후 11시가 거의 다 된 시간이었고 한산한 대로에는 차들이 쏜살같이 달렸다.

동훈이 길을 건너 병원으로 들어갔다. 본관 로비. 약한 조명이 켜진 넓은 홀을 사람들이 걸어 다녔다. 그곳에서 멈추어 서 있는 사람은 동훈 하나밖에 없었다. 경비 두 사람이 동훈을 보고 다가왔다.

"입원한 친구를 만나러 왔는데요."

"면회 시간 끝났는데……. 저녁 8시까지야."

"그럼, 병실에 전화라도?"

동훈이 교통카드 지갑에서 학생증을 꺼내 내밀었다. 경비가 씩 웃더니 동훈을 안내데스크로 이끌었다. 병실에 전화를 넣어 전화기를 건네주었다.

— 여보세요?

"박에스더! 나야, 최동훈."

— 네가 어쩐 일? 왜 병원 전화로 했어?

"잘 있나 보려고. 여기 병원 로비야."

에스더가 잠깐 침묵했다. 침 삼키는 소리가 들렸다.

— 최동훈, 너 연락 안 된다고 난리가 났나 보던데?

"왜?"

— 몰라, 나도. 진우 쌤한테 전화 드려. 경희 언니한테 하든지.

"그래? 건 그렇고. 넌 잘 있냐?"

— 면회 오려면 낮에 와야지. 시험도 다 끝났겠다, 누나한테 함 놀러와. 심심해 죽겠어.

"잘 있다니 다행이네." 동훈이 건성으로 말했다. "근데 에스더야." 그의 말에 힘이 들어갔다.

— 왜?

"혹시 친척 아주머니한테서 연락 온 거 없어?"

— 친척? 없는데.

전화 온 적이 없다는 건지, 친척이 없다는 건지, 알 수 없는 대답이었다.

— 왜? 네가 우리 친척을…….

"아냐, 아무것도."

에스더가 무슨 말이냐고 꼬치꼬치 물었다. 동훈은 다음 주에 친구들하고 같이 놀러 오겠다고 말하면서 그녀를 달랬다. 실없는 농담을 던지며 전화를 끊었다. 동훈이 로비를 가로질러 입구로 걸어갔다. 경비가 저쪽에서 동훈의 걸음을 따라 고개를 돌렸다.

역시, 학교에서 봤던 친척 아주머니는 가짜다. 그 아주머니도 에스더를 노리는 사람일까. 에스더가 가진 능력 때문일까.

동훈은 어떤 사명감을 느꼈다. 여자만 보면 침을 질질 흘리는 사춘기 미숙아가 아니라고 스스로를 타일렀다.

'나는 능력자야. 내게는 능력이 있어. 아까 자전거 타이어 봤지? 축지법에 가까운 능력을 발휘해서 사당동에서 여기까지 40분 만에 온 거라고. 난 악당과 싸워 이길 만큼 엄청난 능력을 가지고 있어. 만약 내 눈앞에 악마가 나타난다면 가만두지 않을 거야. 두고 봐. 내가 반드시…….'

그가 비장하게 주먹을 말아 쥐고 병원 내 순환 도로를 걷고 있을 때, 하나의 실루엣이 눈에 들어왔다. 어두운 운동장에서 보았던 그 아줌마, 가방을 멘 여자.

그 여자가 지상 주차장 한쪽에 서 있는 게 보였다. 빛이 밝지는 않았지만 큰 가방 때문에 금방 알아보았다.

껍질이 군데군데 벗겨진 소나무에서 찌르레기가 깨어 울어대는 작은 공원이 주차장 옆에 있었다. 뒤쪽으로 이어지는 큰 숲과 경계를 이루는 곳이었다.

여자는 금방 눈에 들어왔다. 공원 가로등의 우윳빛 조명을 받은 큰 덩치가 금속으로 만든 정자 옆에서 어슬렁거렸다. 뭔가를 먹고 있는지 턱이 우물거렸다. 이따금 손을 들어 등에 멘 가방 안에다 뭔가를 집어넣곤 했다.

역시 에스더를 노린 것이다. 정말 친척이었다면 연락을 해서 면회를 갔겠지. 동훈은 주차된 차들 옆에 붙어 조심조심 여자 쪽으로 접근했다.

여자가 혼자 중얼대는 소리가 들릴 만큼 가까이 다가갔다. 무슨 말인지 알아듣기는 힘들었지만 웃거나 위협하는 소리였다. 귀신 들린 사람 같았다. 깔깔대며 웃다가 갑자기 웃음을 멈추고 사납게 으르렁거렸다.

'정부에서 보낸 킬러?'

동훈은 자신이 싸울 상대를 상상 속에서 만들어냈다. 가방 안에는 총과 수류탄, 온갖 살인 무기가 가득 들어 있겠지. 여기서 잠복하고 있다가 병원 경비가 허술한 새벽에 급습하여 에스더를 죽일지도 모른다. 민간인을 향해 실탄을 발포한 군인들이 무슨 짓을 못 할까. 지금 저 여자는 무전기를 들고 지껄이는 중이다. 이제 악과 맞설 때가 왔다.

듬성듬성 가로등이 켜 있는 주차장을 가로질러 동훈이 달렸다. 동훈을 보지는 못한 것 같았다. 가방 멘 자는 어둠 속을 배회하다가 주차장 뒤쪽으로 걸어갔다. 그쪽은 숲이 시작되는 곳이다. 거기 서라, 악당아. 초강력 염력 파워로 무장한 최동훈이 간다. 동훈이 그자를 향해 달렸다.

가로등과 가로등 사이에 어둠이 있었다. 가방 멘 자가 그곳으로 숨었다. 갑자기 그자가 시야에서 사라졌다. 동훈은 조바심에 더 빨리 달렸다.

스스로를 파괴하는 것보다 악당을 무찌르는 게 더 낫다. 동훈은 파괴의 가치를 다시 한 번 가늠했다.

'확실하다. 저자는 국방부에서 보낸 요원이다. 어떤 불가해한 이유로 에스더를 암살하기 위해 파견된 거다. 내가 싸우리라. 어둠아 거기 서라!'

동훈이 멈추어 섰다. 그의 몸이 가로등 아래로 드러났다. 숨을 헐떡거렸다. 땀에 젖은 하얀 셔츠, 반바지 아래로 드러난 길고 굵은 종아리, 이 가로등만 지나면 어둠 속의 악당과 대결할 것이다.

그때 동훈의 종아리를 따끔 하고 뭔가가 무는 느낌이 났다. 뱀에 물린 것 같기도 하고, 날카로운 것이 종아리의 살갗을 파고들었다. 순간 눈이 뻑뻑하고 침침해졌다. 혀가 굳었다. 다리가 뻣뻣해서 더 이상 앞으로 걸을 수가 없었다. 물린 종아리의 감각이 무뎌졌다. 헉, 헉, 거리며 몇 발짝 앞으로 나아갔다. 한쪽 무릎을 꿇고 그가 바닥에 주저앉았다. 머리가 무겁게 이리저리 흔들렸다.

그는 의식이 사라지기 직전, 어둠 속에 서 있는 사람을 보았다. 그 사람은 뒤로 돌아 서 있었다. 가방이 동훈을 향했다. 어렴풋이, 가방 속에서 비죽 나와 있는 사람의 상반신을 본 것 같았다. 아름다운 얼굴이었다. 그녀가 동훈을 향해 애처로운 미소를 흘렸다. 동훈은 아스팔트 바닥에 얼굴을 댄 채 스르르 눈을 감았다.

얼마나 시간이 흘렀을까. 숲은 아니고, 어둡고 탁한 실내. 짙은 나무 향이 났다.

"학생, 여기서 또 만났네."

고운 목소리가 다시 동훈을 불렀다. 그 목소리는 동훈을 흥분시킬 만큼 매력적이었다.

“에스더는 면회가 안 되더라고. 병원으로 들어가기도 힘들고. 포기할까 하고 돌아가려는데 네가 나타났지 뭐야? 얼마나 반갑던지…….”

“이게 뭐죠? 절 어떻게 한 거예요?”

동훈은 자신이 약에 취했다는 걸 알았다. 고개를 휘저으며 쳐다보았지만 꽁꽁 묶인 자기 손발이 보이지 않았다. 속옷만 입은 그의 몸은 나무 탁자 위에 단단한 밧줄로 고정돼 있었다. 천장에는 대들보로 보이는 굵은 통나무가 가로지르고 벽에는 한지를 바른 문짝이 보였다. 낡은 한옥 실내였다. 그가 누워 있는 탁자 옆에 사람 하나가 누울 만큼 긴 탁자가 하나 더 있었다.

“에스더 그 아이를 쓸까 했는데, 지금 생각해보니 여자보다는 남자가 더 좋을 것 같아. 그렇지 않아?”

고운 목소리가 작게 말했다.

“그래, 맞아. 남자가 더 좋아. 난 남자가 좋아. 남자 맛을 보고 싶었어. 흐흐흐…….”

거친 목소리가 앞의 말을 받아 대답했다.

무서웠지만 공포가 느껴지지 않았다. 오히려 그 반대였다.

말할 수 없는 황홀한 느낌이 그를 사로잡았다. 약 기운 때문일까. 재미있다는 생각마저 들었다. 동훈이 풀어진 얼굴 근육으로 피식, 하고 웃었다. 고운 목소리가 들렸다.

"육체는 간단한 구조로 돼 있어. 정신이 없으면 육체는 아무것도 아니지. 난 오랫동안 실험을 했어. 그리고 고통을 이기는 법을 알아냈어. 에스더, 그 아이의 능력이 필요하긴 하지만……, 아쉬운 대로 네 몸을 쓸 거야. 넌 아무 아픔도 느끼지 못할 거야. 깊이 잠들고 나면 깨어나지 못할 테니까. 지금도 봐. 넌 웃고 있잖아. 내가 아주 특별한 약을 만들었어. 네게 그걸 선물한 거야. 아무 염려하지 마. 난 아주 능숙한 외과의사야. 비록 자격증은 없지만 30년 동안 해부하고 연구했어. 지금은 누구보다 뛰어난 외과수술 능력을 가지고 있지."

"뭘 하려는 거예요? 절 풀어줘요."

나른하게 풀어진 발음으로 그가 말했다. 그는 이미 거의 모든 저항력을 상실한 상태였다. 능력은…… 고개를 쳐들 힘조차 없었다. 몽롱한 환상이 그의 정신을 휘저었다. 고운 목소리의 여자가 계속 말했다.

"나는 태어나서 지금까지 아무에게도 내 얘기를 할 수 없었어. 아무도 만날 수 없었으니까. 그러니, 얘야. 내 얘기를 들어주지 않으련?"

"네. 그래요. 말씀하세요." 동훈이 고분고분하게 대답했다.

"내가 태어났다면 내게도 부모님이 있겠지. 하지만 난 한 번도 부모님을 본 적이 없어. 난 어둡고 더러운 곳에 갇혀 살았단다. 아주 오랫동안……. 그런데 어느 날 깨어보니 내게 놀라운 능력이 있다는 걸 알았어."

"맞아. 우린 능력이 있어!" 다시 거친 목소리의 여자가 끼어들었다.

"조용히 해. 닥치고 가만있어, 넌!"

고운 목소리가 거칠게 말했다. 그리고 다시 맑고 고운 목소리로 돌아와 동훈에게 이렇게 말했다.

"난 사람의 마음을 읽는단다. 얘야, 난 네 마음을 읽을 수 있어. 어디 보자……."

가물거리며 눈을 떴을 때 동훈의 눈앞에 아름다운 여자의 상반신이 보였다. 붉은 입술에 그려진 우아한 미소, 그림으로 그린 듯 매끈한 눈썹, 무엇보다 그의 눈을 사로잡은 건 그녀의 아름다운 육체였다. 단단하게 부푼 가슴이 그의 눈앞에 둥실 떠 있었다. 동훈이 미소 지었다. 그의 입가에서 침이 흘렀다. 그 여자가 작은 손을 뻗어 동훈의 이마를 부드럽게 쓰다듬었다.

"오, 불쌍한 것. 여태 모르고 있었구나, 아이야."

"뭘, 제가 뭘 몰랐다는 거죠?"

"아이야. 넌 업둥이란다. 엄마가 네게 말하지 않든? 내가 보여주마. 넌 기억하지 못하지만 너의 정신 속에는 모든 게 고스란히 저장돼 있단다. 내가 그걸 끄집어내줄게."

그녀의 손가락이 동훈의 관자놀이를 눌렀다. 안구가 압력을 받아 튀어나올 것처럼 아팠다. 아아, 동훈이 아프다고 소리쳤다. 조금만 참아, 그녀가 말했다. 그리고 동훈의 눈앞에 영상이 나타났다.

얼마 전까지 살던 집(동훈이 염력으로 무너뜨리기 전의 집이다). 푸른 새벽빛이 든다. 그 집 대문 앞으로 어떤 여자가 천천히 걸어와 큰 가방 하나를 살그머니 내려놓는다. 여자는 거기 서서 한참 가방을 들여다본다. 허리를 숙인다. 가방을 열어 다시 한 번 본다. 그리고 돌아서서 사라진다.

"넌 교회를 다니는구나. 참 착한 아이야. 그런데 이를 어째, 17년 전에 네 집 문 앞에 버려져 있던 아이를 키워주셨는데…… 넌 네 양부모를 미워하는구나."

"아니야, 아니야. 그렇지 않아. 그럴 리가 없어. 그럴 리가……."

"그럼 못써. 사실이 아니라고? 쯧쯧, 못써, 그렇게 버릇없이 굴면. 나도 그랬단다. 나도 내 부모를 미워하고 증오했어.

늘…… 그들에게 몹쓸 짓을 하는 상상을 했지. 그 미움이 네 안에서 자라도록 내버려두렴. 그 타락한 증오가 널 더 강하게 만들어줄 거야. 믿지 못하겠다고? 나를 봐. 내 안에 있는 증오가 나를 어떻게 만들었는지."

상반신만 드러나 있던 작고 아름다운 여자가 몸을 꿈틀거렸다. 동훈은 감기는 눈에 힘을 주고 그녀를 보았다. 눈을 몇 번 깜빡거렸다.

"준비 됐어?"

거친 목소리.

"그래."

촉촉하고 부드러운 목소리.

아름다운 여자가 뒤를 돌아보며 말했다. "그럼 이제 저 아이에게 우리 모습을 보여줄 차례군. 자, 시작할까?"

배낭을 메고 있던 덩치 큰 여자가 조심스럽게 어깨를 움직였다. 몸을 이리저리 비틀면서 움직일 때마다 배낭이 조금씩 조금씩 벗겨졌다.

동훈은 두 개의 목소리를 들었다. 킁킁거리며 짐승처럼 숨을 쉬면서 쉴 새 없이 뭐라 지껄이는 지저분한 목소리와 즐거운 듯 콧노래를 부르는 아름다운 목소리였다. 동훈은 감기는 눈에 힘을 주고 여자를 쳐다보았다. 못생기고 일그러진 얼굴의 여자와 젊음을 잃지 않은 아름다운 여자의 얼굴이 동훈의 눈앞에서 왔다 갔다 했다.

배낭이 꿈틀거렸다. 동훈이 눈을 번쩍 떴다. 아름다운 여자가 배낭 속으로 쑥 들어가는 것이 보였다.

덩치 큰 여자는 천천히 배낭을 자기 몸에서 분리해냈다. 어깨끈을 양쪽으로 내리고 손을 뒤로 돌려 아래에서 살살 끌어당겼다. 다시 배낭이 꿈틀거렸다. 이윽고 옷을 벗어던지듯이 아름다운 여자가 나타나 배낭을 아래로 살짝 내던졌다.

동훈은 사지가 묶여 움직이지 못했다. 고개만 옆으로 돌리고 있었다.

그는 끔찍하고 충격적인 두 여자의 실루엣을 보았다. 덩치 큰 여자가 허리를 약간 앞으로 숙였다. 그녀의 허리에서 또 다른 여자의 몸이 뻗어 나와 있었다. 작고 아름다운 상반신을 가진 여자가 덩치 큰 여자의 등에 붙어 있었다. 아름다운 여자가 자기 머리를 매만지며 꿈틀거렸다. 그녀의 노랫소리가 실내에 잔잔하게 울렸다.

동훈은 구역질이 나왔다. 느리게 눈을 깜빡이며 그 광경을 지켜보았다. 하나의 몸뚱이를 가진 두 명의 여자가 그의 눈앞에 있었다.

"아……, 안 돼. 안 돼, 안 돼……."

동훈은 괴물 같은 여자의 말이 무슨 뜻인지 비로소 깨달았다. 그 여자에게 필요한 것은 육체의 일부였다. 자신의 몸을 저 하나의 뿌리에서 떼어내 심어놓을 튼튼한 육체, 정신이 자라기 위한 뿌리, 오랫동안 마음속에서 키워왔던 증오와 공포를 현실로 만들어줄 만한 악의 몸통, 그녀는 동훈의 하반신을 원하고 있었다.

작은 여자가 동훈을 보며 다시 미소 지었다. 까맣게 썩은 이빨이 어둠 속에서 살기를 드러냈다.

"걱정하지 마. 난 많이 해봤어."

"뭘……?" 동훈이 흐느적거리며 울음 섞인 목소리로 물었다. 그는 자신의 어리석음을 후회했다. 왜, 어째서 내가 이렇게 허무하고 고통스런 희생의 제물이 되어야 하는가. 참기 힘든 격정과 분노의 결과인가. 왜 나는 집을 뛰쳐나와 저 괴물을 향해 그토록 미친 듯 달려왔던가.

'엄마, 아빠, 난 정말 업둥이인가요? 그럴 리 없어요. 전 엄마 아빠 자식이에요.'

"몇 번을 말해야 알겠니? 아니라고. 그들은 네 친부모가 아니야. 너도 봤잖니? 네 머릿속에 저장돼 있던 그날의 일을. 그들도 널 미워하고 있어. 네 양부모가 귀찮다는 말을 몇 번이나 한 줄 아니?"

그녀는 마치 동훈의 생각을 읽은 것처럼 말했다. 동훈은 무서웠다. 가슴을 조이는 공포에 몸을 떨었다. 그는 크게 소리 지르고 싶었지만 숨을 제대로 쉴 수 없었다. 손과 발이 차갑게 식어가는 느낌이었다.

'인아야, 보고 싶어. 널 다시 볼 수만 있다면……. 너의 아름다운 머릿결을 만질 수 있다면, 너의 웃음소리를, 너의 심장에서 손으로 전해지던 따뜻한 마음을 다시 품을 수 있다면…….'

동훈이 눈물을 주르르 흘리면서 울었다.

"사슴의 허리를 잘라 멧돼지의 하반신에 붙인 적도 있어. 녀석이 건강하게 뛰는 모습을 보며 얼마나 기뻤던지……. 넌 아마 모를걸?"

여자가 악마처럼 깔깔거리며 웃었다.

"얘야, 날 믿으렴. 내 안의 증오와 탄식이 있는 한, 넌 결코 버림받지 않을 거야. 나의 정신 안에서 넌 새롭게 태어나는 거라고!"

덩치 큰 여자가 정교한 수술 기구들을 가지런히 정렬했다. 반짝이며 빛을 내는 금속의 기구들은 오래 연마해서 다듬은 것처럼 보였다. 그 날선 기구들은 금방이라도 단단한 껍질을 벗길 것처럼 시퍼렇게 빛났다.

작은 여자가 느릿느릿 손을 뻗어 큼직한 톱날이 달린 칼을 집어 들었다.

45화

Corpus

육체 5

“아악, 아아악! 악!”

인아가 비명을 지르며 잠에서 깼다. 그녀는 고개를 주억거리며 계속 소리를 질렀다. 아빠가 방문을 열어젖히고 아이에게 달려갔다. 엄마가 뒤따라 들어와 방에 불을 켰다.

“물! 여보, 가서 물 좀 가져와!”

아빠가 아이를 끌어안고 말했다. 엄마가 주방으로 뛰어갔다.

“괜찮다, 인아야. 괜찮아. 꿈이었어. 그건 꿈이었을 뿐이야…….”

아빠가 아이의 등을 쓸어내리며 달랬다. 인아가 아빠의 허리를 꼭 끌어안고 울면서 바들바들 떨었다.

"가야 해요."

인아가 머리를 아빠 가슴에 파묻은 채로 말했다. 엄마가 컵을 들고 들어왔다.

"아무 생각도 하지 마. 물 좀 마셔."

"가야 한단 말이에요!"

아빠가 건네준 물을 쳐내며 인아가 날카롭게 외쳤다. 물이 이불 위로 쏟아졌다. 엄마 얼굴이 사납게 변했다.

"어디를, 이 밤에 어디를?" 한 톤 높은 목소리로 아빠가 물었다.

"동훈이한테. 동훈이가 위험해요. 지금 당장!"

"동훈이가 누구야?" 아빠가 엄마를 쳐다보며 물었다. 엄마가 달려와 아빠의 품에서 인아를 떼어냈다. 그리고 호들갑을 떨면서 인아를 다그쳤다.

"너, 동훈이하고 무슨 일 있었어? 사실대로 말해. 갑자기 자다 깨서는 왜 동훈이를 찾는 거냐고?"

"가만 좀 있어봐. 애가 지금 제정신이 아니잖아!" 아빠가 엄마에게 버럭 소리를 질렀다.

"인아야, 차근차근 말해봐. 동훈이, 그래. 그 남자애한테 왜 지금 당장 가야 한다는 거야? 그 애하고 무슨 일 있었니?"

결국 아빠의 질문도 엄마의 걱정과 별반 다를 게 없었다. 자다 깨서 남자애 이름을 부른다면 말 안 해도 뻔하다. 온몸을 비틀고 소리를 지르며 그 남자애한테 달려가겠다면 둘 사이에 어떤 비극적인 일이 있었을 것이다. 불안과 공포를 야기하는 그런 비극이.

"자, 아빠한테 말해봐. 아빠가 다 해결해줄게. 뭐야, 무슨 일이야?"

그는 제발 자신의 상상이 틀렸기를 바랐다. 요즘 아이들이 좀 빠르기는 하지만 그래도 인아는 지금까지 한 번도 부모를 실망시킨 적이 없었다. 자다 깨서 비명을 지르고 몸부림을 칠 만한 짓을 저 예쁜 아이가 저질렀을까. 아이는 아직 육체의 일을 모른다. 그럴 리가 없다. 그럴 리가…….

"동훈이가 위험해요." 인아가 조금 정신을 차리며 말했다.

"어떻게 위험하니?" 아빠도 목소리를 낮추어 물었다.

"동훈이 옆에 큰 칼을 든 악마가 서 있는 걸 봤어요."

"꿈에서……?"

"기와집 같은 곳에, 동훈이는 지금 거기에 잡혀 있어요. 꼼짝도 못 하고……. 동훈이가 절 부르고 있어요. 제 이름을 부르면서 울어요."

아이가 숨이 꼴깍 넘어가는 소리로 깊게 울었다. 숨을 제대로 쉬지도 못했다. 아빠는 우선 아이부터 달래야겠다 싶어 다시 다독거렸다.

"그건 꿈이야, 꿈……."

아빠가 인아를 살살 달랬다. 하지만 그의 얼굴은 금 간 유리처럼 수습하기 어려운 표정이었다.

"좋아. 이렇게 하자. 지금 동훈이, 그 녀석, 아니 그 남자친구한테 전화해. 아마 그 친구 아무 일도 없을 거야. 세상모르고 자고 있을 거라고. 그러니 안심해. 여보, 거기 전화."

엄마가 인아의 휴대전화를 아빠에게 건네주었다. 아빠가 전화를 들고 아이를 달랬다.

인아가 동훈에게 전화를 걸었다. 전화기가 꺼져 있으면 어쩌지? 신호가 울렸다. 인아가 침을 삼켰다. 첫 번째 신호가 채 끝나기도 전에 누군가 전화를 받았다.

— 여보세요, 동훈이니?

동훈이가 아니다. 동훈의 엄마. 그녀의 목소리가 달달 떨렸다.

"저, 인아예요."

— 인아? 인아야, 너 혹시 지금 동훈이랑 같이 있니?

"아뇨. 동훈이 아직 안 들어왔어요?"

인아의 음성이 다시 일그러졌다. 시계를 보았다. 자정이 다

된 시간.

— 동훈이가 전화기도 놓고 집을 나갔어. 우리도 경찰에 신고하고 기다리는 중이야.

하늘이 무너지는 소리를 듣고 인아가 다시 무너지듯 울었다. 인아 아빠가 전화를 넘겨받았다.

"여보세요. 예, 동훈 어머님. 전 인아 아빱니다. 예, 예, 별일 없을 겁니다. 사내아이들 가끔씩 그런 객기 부리고 그러니까요. 너무 염려 마시고……."

인아는 아빠의 말이 더 이상 귀에 들어오지 않았다. 인아가 전화를 빼앗아 들었다. 아직 이어지고 있는 동훈 엄마의 통화를 끊었다. 그리고 다른 사람의 번호를 찾았다. 인아가 거기로 전화를 걸었다. 제발, 빨리, 제발, 전화 좀 받아요……. 인아가 자기 입을 손으로 가리면서 중얼거렸다.

"전 에스더 학교 담임선생입니다. 여기 제 신분증 맡길 테니까 제발 좀 들여보내주세요."

"아까 환자분과 통화하셨잖습니까? 면회 시간은 8시까지예요. 게다가 지금 그 환자는 1급 전염병 의심 환자이기 때문에 신원 조회 절차가 까다롭습니다. 낮에 오셔야 면회가 가능합니다."

"그럼, 이렇게 합시다. 경비 아저씨하고 제가 같이 가는 겁니다. 제가 꼼짝 않고 병실 안에 붙어 있을게요. 오늘 밤은 꼭 제가 그 아이를 지켜줘야 해요."

"아, 이 양반 참 답답하시네. 거 알 만한 분이 이러시면 곤란해요."

"지금 지리산 괴물이 여기 오고 있다고요!" 진우가 버럭 소리를 질렀다. 참을성 있게 진우의 청을 받아주던 경비원이 지리산 괴물 얘기에 실소를 터뜨렸다. 그는 아예 몸을 돌려 다른 데로 가려 했다.

진우가 두리번거리며 비상계단을 찾았다. 그곳을 향해 달려갔다.

"이보세요, 이봐!" 경비가 달려와 진우를 말렸다. 아까보다 좀 더 거칠게 그의 팔을 잡았다. "자꾸 이러시면 경찰에 신고할 수밖에 없습니다."

"이거 놔, 놓으라고!" 진우가 반말을 하며 대들었다. 곁에서 있던 경비가 무전기를 들고 다른 경비를 불렀다. 진우가 경비들과 한참 실랑이를 벌였다. 그의 말 틈틈이 '지리산 괴물'이 튀어나왔다.

진우의 주머니에 들어 있던 휴대전화에서 '스타워즈' 음악이 흘러나왔다. 그제야 진우는 화를 좀 가라앉혔다. 그가 전화를 받았다. 인아였다.

— 선생님, 동훈이가 위험해요. 기와집 같은 곳에 동훈이가 갇혀 있어요. 선생님이 있는 곳에서 가까워요. 기와집. 빨리 가세요. 동훈이가 위험해요!

곡을 하듯 우는 소리가 들렸다. 진우가 전화를 끊고 급히 로비를 가로질러 밖으로 나갔다.

이런 경우를 대비해서 야간 병원에는 야간 경비가 있다. 경비원 네 명이 땀을 닦으며 자신들의 존재 이유를 확인했다.

"지리산 괴물 같은 소리 하고 있네!" 경비 하나가 껄껄거리며 웃었다. 그 말을, 무전을 받고 달려온 경비 하나가 들었다.

"어이, 방금 뭐랬어? 지리산 괴물?"

"방금 그 작자가 그러잖아. 지리산 괴물이 여기로 왔다고. 완전 또라이 새끼 아냐!"

그 말을 듣던 경비원이 입을 꾹 닫고 눈동자를 굴렸다. 그가 갑자기 몸을 홱 돌려서 뛰어갔다. 그가 다시 이쪽을 보며 동료에게 소리쳤다. "경찰에 신고해. 지금 당장!"

"뭐? 뭐라고?"

"지리산 괴물이 나타났다고 말해. 어서!"

진우를 제지하던 경비가 주머니에서 전화기를 꺼내 들었다. 아무래도 어색했다. 전화해서 뭐, 지리산 괴물이 나타났다고 말하라고? 그가 다시 전화기를 주머니에 넣었다. 그사이에 동료가 다시 달려왔다. 그의 손에 빳빳한 컬러 전단지가 들려 있었다.

“연쇄살인범 수배 전단이야. 지리산 장기적출 살인범!”

경비가 떨리는 손으로 휴대전화를 들었다. 달랑 세 자리밖에 안 되는 번호를 누르다가 그만 전화기를 바닥에 떨어뜨렸다. 경비 네 명이 일제히 휴대전화를 들었다. 그들은 수배 전단에 찍힌 현상금을 보았다. 현상금 1천만 원! 여보세요, 여보세요, 경찰, 경찰이지요? 똑같은 말들이 달리기 시합을 하듯 터졌다.

진우와 다투던 경비가 로비를 뛰어갔다. 그가 문을 열고 밖으로 달렸다.

차로 돌아온 진우가 경희에게 헐떡이며 말했다.

“이 근처, 이 근처에 기와집. 기와, 집!”

“네? 기와집이라고요?”

"동훈이가 거기 있어요. 에스더가 아니라 동훈이가 위험해요. 인아가 방금 제게 전화했어요. 동훈이가 기와집에……."

진우가 버벅거리며 말하는 사이, 경희는 벌써 검색을 끝냈다.

"찾았어요. 이 근처에 기와집은 여기밖에 없어요."

"어디?"

"전주이씨 광평대군파 묘역. 병원 뒤쪽에 있어요." 그렇게 말하면서 경희가 내비를 입력했다. "여기서 10분 거리. 빨리 타요."

경희가 사납게 '후까시'를 넣었다. 진우가 조수석에 앉자마자 차가 끼이익 마찰음을 내며 급하게 출발했다.

차의 후미를 손으로 잡으려고 경비가 달렸다. 간발의 차로, 그가 차를 놓쳤다. 이봐요, 거기 서요, 하면서 그가 차를 좇았다. 아반떼는 멈추지 않고 어둠 속으로 사라졌다.

묘역에서 한참 떨어진 곳에 차를 세우고 엔진을 껐다. 진우가 뒷자리로 손을 뻗었다. 집사가 건네준 가방을 뒤져 가스총을 꺼내 들었다. 그걸 쓸 일이 있겠는가. 그는 그렇게 생각했었다. 이걸로 될까. 지금은 그런 생각이 들었다.

화약식 가스총의 검은 쇠가 어둠 속에서 재빨리 움직였다.

진우는 연대장의 당번병으로 군 생활을 했었다. 매일 아침 연대장의 피스톨에 광을 내면서 총을 만졌다. 그가 안전장치를 풀었다. 그의 주머니에는 두 개의 탄창이 더 들어 있었다.

검은 편마암 섬돌을 깔아놓은 보도 끝에 묘역 신당이 있었다. 기와집. 인아의 감응력이 잡아낸 곳이다. 나무로 된 문짝 틈으로 여린 불빛이 새어 나왔다.

돌층계 끝에 김경희가 쭈그리고 앉았다. 진우가 발소리를 죽이며 그녀 곁으로 다가갔다. 경희가 문 옆으로 기어가 귀를 기울였다. 손가락으로 안을 가리켰다.

진우가 가스총을 그러쥐고 머리 옆에 세웠다. 동그랗게 만 오른손 검지가 차가운 방아쇠를 만졌다. 왼손이 탄창 아래를 받쳤다. 완벽한 피스톨 사격 자세. 자, 이제 어쩌지? 영화를 보면 이쯤에서 주인공이 문을 박차고 들어가 살인범을 제압한다. 그리고 멋지게 인질을 구해낸 다음 행복한 미소를 짓는다. 좋았어, 준비 끝!

경희가 입술을 움직였다. 어두웠다. 알아보기 힘들었다. 경희가 손가락을 치켜들었다. 오케이, 하나, 둘, 셋을 헤아리겠다? 진우가 사격 자세를 취하며 팔을 앞으로 뻗었다. 그녀가 문 옆에 서고 진우가 앞에서 가스총을 겨누었다. 그녀가 손가락을 들었다. 셋, 둘, 하나!

두 사람이 동시에 움직였다. 경희가 먼저 잽싸게 일어나 문 고리를 잡았다. 그녀가 고리를 밖으로 끌어당겼다. 두 사람의 은밀한 커뮤니케이션이 실패했다는 것은 진우의 그다음 동작에서 드러났다. 진우가 오른발을 들어 문을 세차게 걷어찼다. 경희의 당기는 동작이 진우의 밀어붙이는 발길에 가로막혔다.

덜그럭 쾅, 하며 문이 요란하게 소리를 냈지만 문은 열리지 않았다. 신당의 나무 문은 당겨서 여는 문이었다. 진우가 가만히 있었다면 경희가 문을 열었을 것이다. 그러나 진우가 문을 발로 찼다. 문은 쾅 소리만 나고 열리지 않았다.

경희가 당황해서 문을 잡고 앞뒤로 흔들었다. 문은 안에서 잠겨 있었다. 그사이 누군가 안에서 문을 잠근 것이다. 진우가 손짓했다. 경희가 옆으로 비켜섰다. 진우가 어깨로 세차게 문을 밀었다. 덜컹 하며 걸쇠가 반동하는 소리가 났다. 다시 한 번 몸으로 밀었다.

지금 이 순간이 결정적 순간이 아니기를, 모든 것이 끝난 뒤 허무한 슬픔의 자리를 확인하는 순간이 아니기를, 그는 빌었다. 진우가 마지막 힘을 다해 문을 향해 몸을 던졌다.

문이 부서지며 진우가 안으로 쓰러졌다. 그가 바닥에 쓰러져 몸을 돌렸을 때 톱날 달린 칼이 진우의 머리 위에 머물고 있었다. 진우가 가스총을 들고 칼 든 자를 향해 방아쇠를 당겼다. 틱, 제길! 안전장치에 걸렸다(그는 아까 안전장치를 푼 게 아니라 잠근 것이다).

그때 문밖에서 둥근 놋쇠 향로가 날아들었다. 쨍강, 하는 소리를 내며 놋쇠 향로가 칼과 맞부딪쳤다. 그 즉시 진우가 가스총을 발사했다. 바닥에 누운 채로 팔을 위로 뻗어 칼 든 여자의 턱을 보며 방아쇠를 당겼다.

추악, 하는 소리를 내며 가스가 덩치 큰 여자의 얼굴을 향해 발사되었다. 아악, 하는 비명 소리. 덩치 큰 여자가 손으로 얼굴을 감싸 쥐고 경련하며 바닥을 나뒹굴었다. 칼날이 진우의 옆머리를 스치며 나무 바닥에 떨어져 꽂혔다.

경희가 뛰어들어 쓰러진 진우를 보았다. 그리고 벌거벗은 여자들을 보았다. 약한 불빛은 그들의 형체만 드러내고 있었다. 세 사람이 바닥을 뒹굴었다. 탁자 위에 누워 있는 동훈이 눈에 들어왔지만 그를 살필 겨를이 없었다.

경희가 진우의 손에서 가스총을 빼앗아 들었다. 그리고 다시 한 번 괴물의 얼굴을 향해 방아쇠를 당기려고 총을 겨누었다.

그 순간, 누군가 경희의 발목을 잡았다. 악랄하게 꽉 쥐는 느낌. 따끔, 하고 뭔가가 다리를 물었다. 순식간에 몸 전체로 차가운 기운이 퍼졌다. 말벌인가, 그렇게 생각한 순간 그녀가 바닥으로 쓰러졌다. 가스총이 콩 하고 바닥에 떨어졌다.

진우가 몸을 옆으로 돌려 무릎을 세우고 자리에서 일어섰다. 그가 바닥에 떨어진 칼을 잡고 두리번거렸다. 무언가 발끝을 만지는 느낌, 진우가 아래를 보았다. 작은 손이 날카로운 무기를 들고 진우의 다리를 더듬었다.

"꼼짝 마!"

진우가 칼을 들고 외쳤다. 그 순간, 바닥에서 진우의 얼굴을 향해 가스총이 발사되었다. 진우가 재빨리 고개를 옆으로 돌렸다. 말벌에 쏘인 눈 쪽으로 가스가 분사되었다. 얼굴이 확하고 따끔거렸다. 다행히 퉁퉁 부어서 감긴 눈이 매운 가스를 막아주었다. 불에 덴 것처럼 얼굴이 뜨거웠다. 진우가 칼을 어깨 위로 쳐들었다. 그리고 바닥에서 다시 한 번 총을 겨누는 작은 손을 향해 칼을 날쌔게 휘둘렀다. 아아악, 하고 여자의 비명이 터졌다.

총을 쥔 작은 손이 허공을 날아갔다. 길고 끔찍한 비명이 터졌다. 잘려나간 손이 바닥에 떨어졌다. 총이 나무 바닥을 때리며 굴렀다.

큰 덩치를 가진 여자가 바닥에 쓰러져 버둥거렸다. 작은 여자의 상반신이 부들거리며 자기 팔을 감싸 쥐고 고통에 울부

짖었다.

진우는 제단 위에 묶여 있는 동훈을 보았다. 아이는 고개를 옆으로 돌린 채 눈물과 침을 흘리고 있었다. 아이가 흐느적거리며 팔을 이리저리 휘저었다.

"동훈아!"

진우가 칼을 손에 든 채 동훈에게 다가갔다. 아이의 팔다리를 단단하게 묶어놓은 밧줄을 칼로 쓸었다. 삼나무 줄기를 촘촘히 꼬아 만든 줄이었다. 칼로 여러 번 썰어내야 할 만큼 밧줄은 단단했다. 줄을 끊어내면서 진우는 바닥에 쓰러진 여자 쪽으로 계속 경계의 시선을 돌렸다.

밧줄을 끊어내던 진우의 손이 멈추었다. 칼이 밧줄 옆으로 아무렇게나 미끄러졌다. 진우가 벌벌 떨면서 옆으로 기우뚱거렸다. 겨우 중심을 잡고 다시 여자들을 쳐다보았다. 욕지기가 일었다. 구토가 나올 것만 같았다.

진우는 바닥에 쓰러진 경희의 다리를 잡고 자기 쪽으로 끌어당겼다. 허리를 숙였을 때 구토가 터졌다. 웩 하며 속에 있는 음식물이 입 밖으로 튀어나왔다. 경희의 하얀 바지 위로 그가 토사물을 게워냈다.

작은 몸집의 여자가 잘려나간 팔목을 부여잡고 꿈틀거렸다. 작은 여자의 몸이 덩치 큰 여자의 몸에 붙어 있었다. 한 가지에 매달린 두 여자. 그들은 샴쌍둥이였다.

진우가 심하게 떨리는 손으로 입을 닦으며 그녀들을 바라보았다. 덩치 큰 여자가 일어서려고 했다. 가스총.

그가 바닥에 떨어진 총을 얼른 집어 들었다. 저대로 둔다면 여자가 일어날 것이다. 큰 여자는 진우보다 덩치가 컸다. 가스총은 사람을 기절시키지 못한다. 진우가 큰 여자의 얼굴을 조준했다. 어쨌든 지금은 동훈과 경희를 보호해야 한다. 그가 방아쇠를 당겼다. 3초간 가스가 여자의 얼굴을 향해 날아들었다. 덩치 큰 여자가 얼굴을 숙이고 괴물 같은 소리를 질렀다.

가스 분사가 끝났을 때, 큰 여자가 빠른 속도로 바닥을 기어 오는 게 보였다. 진우가 경희의 발목을 잡고 자기 쪽으로 당겼다. 하지만 이미 그 여자가 경희의 머리채를 잡고 진우를 노려보고 있었다.

그 여자의 손에 아까 보았던 작은 무기가 들려 있었다. 독침 같은 것, 그것이 경희의 목을 눌렀다. 조금만 힘을 주면 목 안쪽으로 파고들 것처럼 살갗이 오목하게 들어갔다.

여자는 거미처럼 여러 개의 팔을 흐느적거렸다. 큰 여자의 등 뒤에서 작은 여자가 허리를 세웠다. 성한 손이 잘려나간 팔목을 꽉 잡았다. 쿨럭거리며 피가 솟았다.

"지금 당장 지혈을 하지 않으면 몇 분 안에 죽을 거예요. 여자를 놔줘요."

진우가 가스총을 겨누며 말했다.

"내가 만든 마취제야. 경동맥을 뚫으면 여자가 죽지. 그 총과 칼을 이리 줘. 그리고 내 팔을 지혈해."

피가 솟구치는 팔을 붙잡고 이를 악다물고서 작은 여자가 말했다.

진우가 망설였다. 그는 결정적인 순간을 모면할 능력이 없었다. 그는 그걸 감당할 만한 의심이 부족했다. 덩치 큰 여자가 으르렁거렸다. 그녀의 허리에 매달린 작은 여자는 이제 악마처럼 보였다. 긴 머리가 그녀의 얼굴 전체를 휘감고 있었다. 온몸에 피를 바르고 시커먼 이빨과 빨간 눈동자를 드러내며 사납게 진우를 노려보았다. 그 살기만으로도 끔찍한 공포가 밀려왔다. 작은 여자가 독한 소리로 말했다.

"공평하군. 서로 약점을 물고 있으니까. 신은 항상 불공평하지만 그분은 그렇지 않아. 그분은 공평해. 모두가 감당할 수 없는 시련을 공평하게 나누어주시니까. 어떻게 할래? 내가 의식을 잃으면 또 다른 내가 네 여자를 죽일 거야. 생각해보니……, 내가 더 유리하군."

그녀가 악랄한 웃음을 얼굴에 담았다. 피 묻은 얼굴이 섬

뜩하게 일그러졌다.

"우리 자매는 서로 사랑하지 않지만, 넌 이 여자를 사랑하잖아? 이런, 이런, 이렇게 불공평할 수가!"

"난 당신을 죽일 생각이 없어요. 여기서 다친 사람은 당신 하나예요. 더 늦기 전에 지혈을 해요. 무기를 내려놓을 테니까. 가만히 있어요. 그대로……."

진우가 손에 든 총과 칼을 바닥에 내려놓았다. 여자의 손이 닿지 않는 곳에. 그가 서서히 여자 쪽으로 다가갔다. 허리를 낮추어 기다시피 하는 자세로 천천히 그녀들의 눈을 보면서 움직였다.

그녀들 옆에 이르렀을 때, 진우가 재빨리 셔츠를 벗었다. 이로 천을 찢었다. 작은 여자가 팔을 내밀었다. 큰 여자가 바로 옆에서 사납게 으르렁댔다. 썩는 냄새가 코를 찔렀다.

진우가 그녀의 팔을 단단히 동여맸다. 상당한 고통일 텐데도 그녀는 소리를 지르지 않았다.

가까이에서 보니 그녀의 눈은 맑고 깊었다. 상반신만 보고 있으면 아름다운 여자였다. 지금쯤 50이 다 됐을 나이인데도 그녀에게는 젊음과 생기가 있었다. 진우가 입을 꽉 다물고 매듭을 마무리했다. 그때 그녀의 오른손이 올라왔다. 진우가 움찔 뒤로 물러났다.

"가만, 가만……."

그녀의 성한 손이 진우의 관자놀이를 짚었다. 진우가 복부에 힘을 주고 그 자리에서 얼어붙었다.

"저런, 가련하기도 하지."

눈물을 흘리는 듯, 그녀의 눈가가 촉촉하게 젖었다.

"그 큰 어둠을 감추고 그동안 어떻게 살았어?"

진우는 몸을 움직일 수 없었다. 그의 머릿속에 하나의 영상이 그려졌다. 너무도 선명했다. 노란 금빛으로 빛나는 갯벌. 그곳에 작은 소년이 아버지의 손을 잡고 서 있다. 아버지는 물이 고인 갯벌에 줄낚시를 드리우고 아들과 즐거운 한때를 보내고 있다. 진우는 작은 소리로 아버지를 불렀다.

"너 때문에 네 아버지가 돌아가셨어. 그때 네가 조금 더 있자고 보채지만 않았어도 네 아버지는 죽지 않았을 거야. 물속에서 널 끌어안고 허우적거리는 네 아버지가 보여."

'아냐. 그게 아냐. 그렇지 않아.'

진우는 눈앞에 나타난 영상을 보았다. 아버지가 소년을 끌어안고 가쁜 숨을 몰아쉬며 바닷속에서 허우적거렸다.

"네 아버지의 폐 속으로 바닷물이 스며들고 있어. 정신을 잃을 때까지 네 아버지는 널 끌어안고 바다를 헤엄쳤어. 이 어리석은 것. 너 때문이야. 아버지가 돌아가신 건 모두 너 때문이라고. 아니라고? 아버지가 찾던 별을 찾고 있구나. 슬픔을 잊으려고. 가엾은 것. 하지만 그건 모두 너의 위선이야. 네 책임을 벗어던지려고 네가 만들어낸 상상이라고. 그런 건 없어. 피그말리온 알파 식스라니. 세상에, 철없는 아이 때문에 목숨을 잃은 아버지라니……. 네 아비의 눈을 파먹는 문어 다리가 보이는구나. 넌 일부러 기억 못 한다고 하겠지만 얘야, 거짓말을 하면 못쓴다. 넌 모두 기억하고 있어. 이제 사람들을 속이지 마. 네 형과 누나, 그리고 엄마에게 모든 진실을 말해. 너 때문에 아버지가 돌아가신 거라고……."

"아니야, 그게 아니라고……."

진우가 무릎을 꿇은 채 흐느꼈다. 그는 완전히 전의를 상실하여 무너져내렸다. 덩치 큰 여자가 손에 든 독침을 진우의 목에 갖다 대었다.

"내가 끝내줄게. 조금만 참아." 덩치 큰 여자가 일그러진 소리로 말했다.

큰 여자가 독침을 공중으로 치켜들었다. 그녀의 손이 진우의 목을 향해 떨어질 듯 힘을 주었다.

"뭐해? 빨리 해!" 진우의 관자놀이에 손가락을 댄 채 작은 여자가 큰 여자에게 말했다. "잡아놨잖아. 뭐하느냐고!"

큰 여자가 다시 힘을 주었다. 허공에 뜬 손이 내려오지 못하고 멈추어 있었다. 이게, 이게……. 손을 떨면서 그녀가 몇 마디를 내뱉었다. 작은 여자가 고개를 들어 동훈을 보았다.

"깼어?"

그녀가 동훈을 보고 웃었다. 동훈이 그녀를 노려보았다. 아름다운 목소리를 가진 여자가 가슴을 동훈 쪽으로 펼쳤다.

"얘야, 네가 이렇게 한 거 맞지? 이걸 풀어줘. 착하지? 넌 착한 아이야. 그러니……. 억!"

동훈이 손을 앞으로 뻗었다. 작은 여자가 고개를 치켜들었다. 그녀의 목이 꿈틀거렸다. 마치 누군가 그녀의 목을 조르는 것처럼 그녀가 숨을 꼴깍거렸다.

그녀의 손가락이 진우의 관자놀이에서 떨어졌다. 진우가 큰 여자와 몸싸움을 벌였다. 독침이 바닥에 떨어졌다. 진우가 큰 여자의 얼굴을 주먹으로 때렸다. 그녀의 고개가 옆으로 돌아갔다. 진우가 경희를 끌어안고 옆으로 굴렀다.

큰 여자가 진우 쪽으로 기어갔다. 동훈이 다른 한 손을 큰 여자 쪽으로 뻗었다. 그 여자 역시 목을 일자로 세웠다. 동훈의 염력이 두 여자의 목을 꽉 졸랐다.

"움직이지 마. 손에서 힘을 빼."

그때 신당 밖에서 침착한 목소리가 들렸다. 모두가 그쪽을 향해 고개를 돌렸다.

총이 먼저 안으로 들어왔다. 가스총이 아니었다. 리볼버. 번쩍이는 검은 총신이 동훈을 겨누었다. 깊은 어둠 속에서 얕은 어둠으로 한 사람이 들어왔다.

"학생, 그만 풀어줘."

동훈이 그 사람을 보았다. 그는 편안한 골프 면바지를 입고 신사처럼 서 있었다. 총을 겨눈 채로.

"집사, 당신이?" 진우가 그를 보고 말했다.

"오빠."

작은 여자가 목이 멘 애처로운 목소리로 그를 불렀다. 집사가 총구를 정확하게 동훈 쪽으로 향하게 했다. 진우가 동훈을 보고 눈짓을 했다. 동훈이 손을 내렸다. 풀려난 두 여자가 목을 손으로 감쌌다.

"오빠라고?" 진우가 집사와 여자들을 번갈아 쳐다보았다.

"어머니가 전 회장님과 결혼하면서 나는 그 댁 집사로 들어갔소. 어머니가 동생들을 낳았을 때, 그들은 내게 맡겨졌소. 제발 모른 체해주시오. 그렇지 않으면……."

총을 어중간하게 받쳐 들고 집사가 진우에게 사정하듯 말했다. 그는 상황을 정리할 생각인 것 같았다. 그 총으로 누구를 쏠 생각은 없는 것처럼, 총구는 의지 없이 이쪽저쪽을 옮겨 다녔다.

진우는 이 일의 진실을 이해했다. 저 여자들은 거기 갇혀 있었던 게 아니다. 그곳의 지하를 자유롭게 드나들면서 살았을 것이다. 얼마 전부터 동생들이 돌아오지 않았다. 그래서 그녀들을 찾도록 회장을 부추겨 이진우를 불렀을 것이다.

"이제 다 됐소. 동생들을 찾았소. 아이들을 데려갈 테니, 제발 아무 말 하지 말아주시오. 다친 사람은 당신들이 아니오. 동생 손이……. 당신을 원망하진 않소. 그러니 제발……."

집사가 진우에게 사정했다. 그는 울먹였다.

"오빠, 이 일을 끝내야 해요. 이게 저의 사명이에요. 그분이 오시기를 오랫동안 기다렸어요. 이제 곧 오실 거예요. 저 아이의 육체를 갖게 해줘요. 내가 새롭게 태어날 수 있도록."

작은 여자가 고운 목소리로 말했다. 아무 데도 겨누지 못하는 리볼버의 총신이 허공에서 떨렸다.

"저는 그분의 메시지를 들었어요. 전 소명을 받았어요. 제가 그 아이를 가질 수만 있다면 그 아이가 가진 능력으로 저는 이 더럽고 무식한 동생 녀석의 몸에서 빠져나갈 수 있어요. 우리들은 두 개의 뿌리를 가진 한 몸이에요. 하나는 썩어 문드러진 더러운 영혼을 가진 나무고 다른 하나는 영롱한 정신을 가진 건강한 나무예요. 그게 바로 저예요. 전 연약하고 깨끗한 영혼이에요. 이년은 살인자예요. 이년이 살아 있는 사람의 간을 빼 먹었어요. 제가 이년의 등에 붙어서 다 봤어요. 전 그걸 보고도 막을 수 없었어요. 두 나무가 한 가지에 붙어서 우리는 끝없이 싸우고 다투었어요. 오빠, 절 도와주세요. 부탁이에요. 그분의 계시가 있었어요. 저기 있는 아이가 마지막이에요. 그 아이가 필요해요. 제발……, 절 도와줘요."

작은 여자가 무너지듯 흐느껴 울었다.

"이봐요. 잘 생각해봐요." 진우가 집사에게 소리쳤다. "지금 이곳엔 총이 아니라 붕대와 거즈가 필요해요. 당신 동생이…… 소독약이 필요해요. 총을 내려놔요. 도대체 누굴 위협하는 거죠?"

진우의 말에 집사가 흔들렸다. 진우의 말이 맞다. 이곳에 위협받을 자는 아무도 없다. 평범한 사람들, 그리고 평생 억눌리고 짓눌린 삶을 산 가여운 여자들이 있을 뿐.

"오빠, 우리가 어떻게 살았는지 오빠는 다 알잖아요. 전 부상당했어요. 저자가 내 손을 잘랐다구요. 저자를 쏴요, 어서. 너무 아파. 이런, 아직도 피가 새고 있어. 전 죽을 거예요. 오빠, 이 팔에 붕대를 다시 감아야겠어. 한 손으론 못해. 이리 와서 날 좀……."

집사가 총을 거두고 그녀에게 걸어갔다. 그의 얼굴에 생긴 가느다란 눈물 줄기에서 눈물이 바닥으로 떨어졌다.

"여기, 그래, 여기……."

집사가 그녀의 작은 팔을 조심스럽게 잡았다. 그때 작은 여자의 오른팔이 허공으로 올라갔다. 그리고 그녀의 손에 들린 독침이 집사의 목을 찔렀다.

"아악, 악……."

집사가 비틀거리며 자리에서 일어섰다. 그가 총을 치켜들었다. 그리고 작은 여자를 겨누었다.

"그래요, 오빠. 이 어둠을 끝내요. 이 증오를, 아무런 죄가 없는 자의 이유 없는 고통을. 오빠, 이젠 끝내줘요."

집사는 의식을 잃지 않으려고 고개를 세차게 저었다. 그의 몸이 비틀거렸다.

"안 돼요, 집사님. 쏘면 안 돼요!"

진우의 외침과 함께 한 발의 총성이 울렸다. 커다란 폭발음이 작은 신당 안을 때렸다. 덩치 큰 여자가 허리를 꺾으면서 바닥에 쓰러졌다. 그녀의 몸에 매달린 작은 여자가 한 손으로 바닥을 긁으며 짐승 같은 소리로 울부짖었다.

경희가 어렴풋이 의식을 차렸다. 그녀의 눈앞에서 다시 한 발의 총성이 울렸다. 작은 여자의 고개가 뒤로 젖혀졌다. 작고 아름다운 여자의 이마 한가운데에 뚫린 구멍으로 검은 피가 흘러내렸다. 경희 앞으로 집사의 몸이 쿵 쓰러졌다. 여기저기

서 흐르는 피가 바닥으로 퍼졌다.

진우가 세차게 떨리는 손으로 휴대전화를 들었다.

"동생분들은 샴쌍둥이였습니다. 알고 계셨는지요?"

진우의 말에, 그는 말없이 창밖을 보았다. 두 개의 뿌리가 한 가지로 만나 얽혀든 연리지 소나무를 보고 있었다. 그의 눈에서 차르르, 눈물이 흘러내렸다.

새로 온 집사가, 제 딴에는 시중을 든다고 산만하게 거실을 들락거렸다. 얼음물이 든 컵을 진우 앞에 내려놓다가 찰랑, 물이 바닥으로 튀었다. 그가 손에 든 행주로 바닥을 닦았다. 노인이 인상을 찌푸렸다. 집사가 겁먹은 얼굴로 거실을 나갔다.

"연주."

노인이 고개를 숙인 채 돌멩이 같은 말을 뱉었다.

"네?"

"연주와 연희. 그 아이들의 이름이었소. 난 그 아이들이 어떤 모습이었는지 알지 못했소. 집사가 아이들을 보살폈지. 그 많은 세월을……." 노인이 코를 벌름거렸다. 입술과 턱이 심하게 떨렸다. 노인이 깊은 숨을 들이마셨다가 내뱉었다. "아이들은 어떻게 살았을까…….”

진우는 대답하지 않았다. 회장의 말은 진실인 것 같았다. 진우는 더 많은 것을 묻고 싶었지만 입을 다물었다. 회장은 몇 마디를 입에 걸고 우물거렸다. 차오르는 눈물이 그의 말을 막았다. 갑자기 회장이 턱을 당기고 굳은 눈으로 창밖을 보며 말했다.

“악마는 평범한 이름을 가지고 있어. 아무에게도 들킬 염려가 없는 이름을.”

그는 무언가를 알고 있는 듯했다. 하지만 더 이상 말을 잇지 않았다.

“무엇인가요, 그 이름은?”

진우가 물었다. 콜렉터의 실체를 묻고 싶었으나 어떤 힘이 진우의 그 말을 막았다. 회장은 알지 못한다, 그의 힘이 그런 믿음을 주었다. 그는 한낱 늙고 쪼그라든 노인일 뿐.

노인이 차가운 거실 쪽으로 고개를 돌렸다. 거실은 동굴 같았다. 진실을 감추고 위장하는.

“두려움. 그것이 악의 이름이지.” 노인이 말했다.

‘두려움, 정말 그것이 그가 본 악의 실체였을까. 늘 곁에 있지만 볼 수 없는 것, 보지 못하기 때문에 물을 수 없는 것, 사람에게서 생기와 의지를 앗아가는 것, 두려움…… 그것이 악마의 일일까?' 진우는 생각했다. '만약 그렇다면 악마와 싸우는 일은 진실의 문제가 아니다. 그건 믿음의 문제다. 두려움은 무지에서가 아니라 불신에서 싹튼다.'

노인이 고개를 숙였다. 깊은 그림자가 그의 눈을 가렸다. 그는 더 이상 움직이지 않았다. 진우가 자리에서 일어나 그를 향해 잠깐 묵념하듯 고개를 숙였다.

진우가 차에 올라타기 전에 허리를 숙여 차의 하부를 꼼꼼하게 살폈다. 또 추적 장치 같은 게 붙어 있는 건 아닌지.

그가 운전석 문을 열고 차에 탔다. 조수석에 앉아 있던 경희가 심각한 표정으로 그를 바라보았다.

"좀 전에 경찰에서 연락이 왔어요. 집사의 카드 사용기록 중에 혹시 우편물 발송기록이 없는지 알아봐달라고 부탁했었어요. 정확하게 한 달에 한 번씩, 서른 개 정도의 우편을 발송했더군요."

"그럼……?"

"그가 콜렉터였어요. 콜렉터들은 손으로 편지를 쓰며 생각을 연결해요. 기도하듯 편지를 쓰죠. 하루에 한 통씩, 한 달이면 서른 통이 돼요. 그들은 매일 기도하는 사람들이에요. 집사는 아마 자신과 타인의 고통을 쓰고 읽었을 거예요. 동생들과도 편지를 주고받았겠죠."

"콜렉터는 스스로를 콜렉터라고 생각하지 않겠군요. 그저 편지를 쓰는 일에만 몰두할 뿐이고?"

"맞아요. 콜렉터는 이름일 뿐 실체가 아니에요. 오즈는 그들이 이 세계에 대한 믿음을 버린 사람들이라고 했어요. 허무와 무한, 사람은 불행과 두려움에 사로잡히면 자신이 알고 있던 믿음을 버리죠. 집사처럼." 경희의 눈빛이 차갑게 식었다. "이 싸움은 아직 끝나지 않았어요. 이제 시작일 뿐이에요. 콜렉터가 가까이에 있어요. 당신과 나, 그리고 아이들 곁에."

낡고 초라한 흰색 아반떼가 조용한 잠에서 깨어나듯 부르르 떨었다.

46화
Emit

방출 1

최현조 목사가 카페에 앉아 수첩을 들었다. 갈색 하드커버를 넘기자 깨알 같은 글이 이어졌다. 뒤쪽으로 한참을 넘긴 후 빈 페이지가 나타났다.

오전 11시 20분. 최 목사가 시간을 확인했다. 그리고 똑딱이 볼펜을 들어 글을 썼다.

……1905년 5월 12일, 멕시코 남부 살리나크루스 항구에 배가 한 척 도착했……

문장을 끝맺으려 했을 때, 형사가 앞에 서 있었다. 최 목사가 수첩을 덮었다. 똑딱, 원터치 볼펜의 머리를 눌렀다.

"오셨군요." 최 목사가 말했다.

"사건은 어느 정도 마무리됐습니다." 형사가 맞은편 자리에 앉으면서 말했다.

"뭘 좀 드시겠습니까?"

"됐습니다. 커피 자꾸 먹으면 오줌만 마렵고."

형사가 검은 가죽 수첩을 테이블에 툭 던졌다. 얼굴에서 땀이 줄줄 흘렀다. 땀 냄새, 담배 냄새가 확 밀려왔다. 형사는 폰을 열어 메시지 몇 개를 확인했다.

"아이스커피라도 한잔하시죠?" 최 목사가 물었다.

"괜찮습니다. 금방 가봐야 돼서요."

최 목사가 고개를 끄덕였다. 의자 등받이에 기대앉아 침착하게 형사를 바라보았다. 형사는 폰 화면과 최 목사를 번갈아 쳐다보았다. 잠시만요, 그가 양해를 구했다. 최 목사는 괜찮다는 뜻으로 고개를 끄덕였다. 형사가 통화 버튼을 누르고 폰을 귀에 댔다.

"어, 왜? 나 여기, 저, 목격자 아니 피해자 아이 아빠 만나러……."

최 목사가 시선을 창밖으로 돌렸다. 형사가 입을 가리고 몇 마디를 더 했다.

"그거야 그쪽에서 해결해야지. 지리산 쪽은 2팀이 맡기로 했잖아. 나도 몰라. 나는 이쪽만 해결하면 끝이야. 그래. 나 지금 바쁘니까 나중에 말해. 그래, 그래…….”

죄송합니다, 괜찮습니다, 의례적인 인사가 한 번 오갔다.

“워낙 큰 사건이라…….” 형사는 최 목사가 마시던 물을 들어 한 모금 마셨다. “피해자로 가닥이 잡혔습니다.”

“당연히 그래야겠지요.”

“용의자가 아이를 납치해서 범행을 저지르기 직전에 담임 교사하고 그 사람 여자 친구가 나타나(형사가 픽 웃었다), 영화처럼 아이를 구출한 걸로요. 요즘 영화들이 좀 리얼해야죠.”

형사가 대놓고 웃었다. 최 목사는 웃지 않았다.

“그런데 한두 가지 의문점이 남아 있기는 합니다.”

형사는 망설임 없이 말했다. 그는 최 목사의 얼굴에서 눈을 떼지 않았다.

“뭐가요?”

최 목사가 물었다. 그가 탁자 위에 올려둔 수첩을 다시 펼쳤다. 오히려 최 목사가 형사처럼 보였다. 그는 항상 메모하는 습관을 가지고 있었다. 어떤 내용이든 항상 메모했다. 성경 구절, 기도문, 사람들의 말, 상상, 혹은 그 모든 것들이 혼합된 문학적 산문이 그의 수첩에 가득했다.

“실은 그거 때문에 아버님을 뵙자고 한 겁니다. 우선은 그

샴쌍둥이 자매가 왜 하필 동훈 학생을 노렸냐는 거. 동훈 학생 말대로라면 그 여자들이 학교 운동장에 나타났다가 병원으로 이동한 거지요. 박에스더를 만나러."

"그 살인자들은 학교 이사장의 여동생들이지요?"

최 목사가 중요한 대목을 빠트리지 말라는 뜻으로 형사의 말을 자르고 들어갔다.

"맞습니다. 그런데 이해가 잘 안 되는 부분이 있습니다. 그 여자들하고 박에스더는 아무 관련이 없거든요. 이 사건에서 그 여자들하고 관련 있는 사람은 최동훈 학생 한 명밖에 없습니다. 학교 CCTV에도 그 여자들과 동훈이 약간의 시간 차를 두고 찍혔으니까요."

"우리 아들이 그 여자들을 데리고 갔다고 생각하시나요?"

최 목사는 언성을 높이지 않았다. 대신 말을 천천히 했다.

"꼭 그렇다는 건 아닙니다. 그 여자들이 죽었기 때문에 그건 확인할 길이 없습니다. 그 부분은 여전히 풀리지 않네요. 그 샴쌍둥이……'접촉 쌍둥이'라고 말하라더군요. 그게 올바른 표현이라고. 언론 때문에. 내 참! 어쨌든 그 여자들이 학교로 간 건 이해가 되는데 왜 박에스더가 입원해 있는 병원으로 이동한 건지…….

"그렇군요."

형사는 어떤 식으로든 최동훈과 샴쌍둥이 여자를 엮으려는 것 같았다. 최동훈이 여자들을 데리고 갔고 최동훈이 여자들을 죽였다는 얘기도 얼마든지 성립 가능할 것이다. 샴쌍둥이 여자들은 학교 이사장의 동생이다.

최 목사가 수첩을 열었다. 그는 방금 떠오른 생각을 놓치지 않으려고 적었다.

우리 동훈이가 여자들을? 주여, 저 상스럽고, 담배를 피우고, 죄악을 거짓으로 꾸며내는 속이 시커먼 인간을……

"또 다른 건 뭔가요?"

최 목사가 안쪽이 보이지 않게 수첩을 세워서 들고 물었다.

"여자들의 사인(死因)은 분명 또 다른 살해범, 그러니까 이부 오빠가 쏜 총에 맞은 건데요. 참 이상한 건 두 여자의 목에 사람 손자국으로 보이는 멍울이 있다는 겁니다. 목뼈를 상당한 힘으로 눌렀어요. 물론 피부에 남아 있는 지문 같은 건 없습니다만."

최 목사가 수첩에 대고 형사를 욕하는 메모를 끼적거리다가 잠깐 멈췄다. 형사가 그의 볼펜 끝을 유심히 쳐다봤다. 최 목사는 고개를 들지 않았다.

"만약 현장에 같이 있던 선생님이 목을 조른 거라면 그 사람 지문이 남아 있어야 하는데 깨끗합니다. 목을 조른 손가락 크기를 비교해봐도 그 선생님 손하고는 맞지가 않고요."

"우리 아들 손과는 일치합니까?"

최 목사가 고개를 살짝 들어 단도직입적으로 물었다.

"그게 저……."

"괜찮습니다. 사실만 말씀해주세요."

"과학수사 쪽 얘기로는 그렇습니다. 전에 손 모양 본뜬 거를 가지고, 그 뭐냐, 입체 영상 같은 걸 돌려봤대요. 고고학자들이 쓰는 스캐너 같은 걸로요. 92퍼센트가 일치합니다."

"8퍼센트는 일치하지 않는군요."

최 목사가 고개를 숙여 다시 수첩을 들었다. 그의 볼펜이 '8'을 그렸다.

"92퍼센트는 일치하지요." 형사가 말끝에 입술을 굳게 닫았다. 그리고 다시 입을 열어 또박또박 말했다. "어쨌든 직접적인 사인은 신체 절단 및 총상으로 인한 과다출혈과 심박정지입니다. 질식이 아니고요."

"그러면 우리 아이 손목과 팔목에 있던 밧줄 자국은요?"

"저희들도 참 이해하기 힘든 부분입니다."

"뭐가요? 뭐가 이해 안 된다는 말씀입니까?" 목소리가 좀 컸나 싶었는지 주변을 한 번 힐끗 보고는 최 목사가 목소리를 낮추어 말을 이었다. "사람 간을 빼 먹는 지리산 괴물에게 아이가 두 시간 동안 감금돼 있다가 풀려난 게 이해가 안 됩니까? 그게 아니면 이사장 여동생들이 독침을 쏘아 아이를 기절시켜 빈집으로 끌고 간 게 이해가 안 되나요? 서울 시내 곳곳에 깔린 CCTV에 범인이 찍혔는데도 경찰이 범인의 행방을 알아내지 못한 건, 저도 잘 이해가 가지 않습니다."

"그냥 사실 관계만 말씀드린 겁니다."

형사는 차갑게 말했다. 다시 한 번 최 목사가 먹던 물을 마셨다.

최 목사가 빠른 속도로 수첩에 휘갈겼다. 형사가 수첩 쪽으로 눈동자를 굴렸다. 글을 쓰는 면은 볼 수 없었다.

내가 측량할 수 없는 주의 공의와 구원을 내 입으로 종일 전하리이다…… 저 가련한 정박아에게 주께서 구원을 베푸시고……

"그렇군요."

최 목사가 수첩을 덮었다. 고개를 높이 들고 아래로 깔아보듯 형사를 쳐다보았다.

"뭐, 어찌됐든 학생이 안 다쳤으니 저희로서야 참 다행이지요."

"다행인가요?" 엄지로 원터치 볼펜 머리를 클릭하며 최 목사가 물었다.

형사가 침을 삼켰다. "애는 좀 어떤가요?"

"많이 힘들어합니다." 좀 누그러진 목소리로 최 목사가 말했다.

"그래요?" 진심 어린 눈이었다.

"꼭 그 사건 때문은 아니고요." 최 목사도 부드럽게 말을 흐렸다.

"무슨 다른 일이 또?"

형사가 의자 팔걸이에서 손을 떼며 몸을 앞으로 숙였다. 어떤 일이든 도와주겠다, 그런 몸동작이었다.

까다로운 질문과 추측을 던지긴 했지만 형사로서 해야 할 일을 한 것뿐이었다. 그는 남아 있는 의문과 해결되지 않은 인과관계를 확인해야 했다. 살인사건 같은 강력 범죄는 거기 연루된 모든 사람들이 하나둘쯤 거짓말을 하게 마련이었다. 그걸 대충 덮고 넘어가면 가해자와 피해자가 뒤바뀌는 경우도 있었다.

'주께서 내 원수의 목전에서 상을 베푸시고……'와 같은 구절을 수첩에 쓰고 싶었으나 최 목사는 그냥 담담하게 형사를 바라보았다. 그리고 학부형 같은 표정을 지으며 말했다.

"그냥 사춘기 애들 일입니다."

형사가 싱긋 웃었다. "다 그렇지요. 애들이란."

그가 자리에서 일어섰다. "다음에 또 연락드리겠습니다. 목사님." 하고 오른손을 내밀었다.

"다음에 또 연락드릴 일이 없었으면 좋겠네요, 형사님."

형사의 손을 잡고 일어서며 최 목사가 웃었다.

"형사들하고 헤어질 때 사람들은 꼭 그렇게 말하지요."

형사는 입을 크게 벌리며 웃었다. 흘가분해하는 표정이었다.

"천국에서 만납시다."

최 목사의 말에 형사가 깜짝 놀란 얼굴로 쳐다봤다.

"목사는 사람들과 헤어질 때 이렇게 말하지요."

형사가 양장 수첩을 손에 들고 거수경례하듯 눈썹에 붙였다 떼고는 웃으면서 카페를 걸어 나갔다.

최 목사가 자리에 앉았다.

담배를 물고 불을 붙이는 형사의 모습이 창밖으로 보였다. 더위 때문인지 잔뜩 구겨진 얼굴로 길을 건넜다.

최 목사가 수첩을 들었다. 아까 쓰던 페이지로 수첩을 넘겼다. 그가 다시 글을 쓰기 시작했다.

……1905년 5월 12일, 멕시코 남부 살리나크루스 항구에 배가 한

척 도착했다. 배의 이름은 일포드(Ilford) 호. 화물칸에 타고 있던 1033명의 한국인이 멕시코 땅을 밟았다.

"묵서가(墨西哥 · 멕시코)에서 4년만 일하면 부자가 되어 돌아온다." 어느 날 신문에 실린 이민 광고를 보고 사람들이 제물포항으로 몰려들었다. 일포드 호는 4월 4일에 그곳을 떠나 40여 일 만에 멕시코에 도착했다.

나의 할아버지(네게는 증조부가 되겠지) 역시 '묵서가 드림'을 안고 고향을 떠나온 사람들 중 하나였다. 구한말에 의병운동을 하신 최익현의 후손이자, 조선 왕실의 퇴역 군인이었다.

할아버지는 내가 태어나기 전에 하늘나라로 가셨다. 나는 그분의 고난을 보지 못했다. 다만 남아 있는 두 장의 사진을 통해 힘겨웠던 그분의 삶을 그려볼 뿐이다.

유카탄 반도의 메마른 대지 위에 악마의 발톱을 가진 에네켄(henequen) 선인장이 서 있다. 2미터까지 자라는 이 나무는 알로에와 비슷하게 생겼지만 그보다 더욱 악질이다. 잔인한 불꽃처럼 내뻗은 굵은 녹색 잎사귀에 날카로운 가시가 박혀 있다. 그걸 하루에 2천 장씩 따내는 게 한인 노동자들의 일이었다. 에네켄의 가시가 온몸을 물어뜯었다. 밤 10시가 다 되어 사막 위에 합판으로 지은 합숙소로 돌아왔을 때 그들의 몸은 피로 덮여 있었다.

할아버지는 일당 50센트와 주의 은혜로 간신히 살아남았다……

여기까지 쓰고 수첩을 덮었다. 그의 눈이 빨갛게 충혈되었다. 그가 다시 수첩을 열었다. 쓰다 만 페이지 아래쪽에 이렇게 적었다. 우리 집안의 역사와 뿌리.

일주일 뒤, 최현조 목사가 쓴 〈우리 집안의 역사와 뿌리〉가 그의 장남 동훈의 책상 위에 가지런히 놓였다. A4 용지 40매 분량의 가제본 원고였다.

여름방학이 시작되었다. 동훈은 책상 위 클립보드에 해야 할 일을 메모해 붙였다. 대부분 수학과 과학 공부였다. 어려서부터 보고 배운 게 있는지라 동훈도 아버지처럼 수첩을 좋아했다. 동훈이 수학식을 수첩에 쓰고 있을 때 아버지가 들어왔다.

"그거 읽어봤니?"

아버지는 책상 한쪽에 밀어둔 가제본을 가리켰다. 1미터 정도 거리를 두고 아이 뒤에 서서 물었다.

"아직요."

"왜, 바빠?"

엄마가 방문 뒤에 서서 둘의 대화를 엿들었다. 혹시나 진화론 얘기가 나오면 말려야 한다. 언제 또 따귀가 터지고 벽에 금이 갈지 모르니까.

"몸은 어때?"

"괜찮아요."

두 부자의 빳빳한 대화가 살벌하게 느껴졌다. 동훈 엄마가 침을 꼴깍 삼켰다.

"강릉에 갈래?"

"거긴 왜요?"

"글쎄, 바다나 보자고."

최 목사는 아들에게 어떤 말을 해야 하는지 알고 있었지만 언제 말해야 좋을지 몰랐다. 타이밍이라고 생각할 때마다 아들은 자리를 피했다.

사실 타이밍이랄 것도 없는 말이었다. 넌 내 친아들이 아니다, 이 말은 언제 들어도 하늘이 무너지는 소리가 될 게 뻔했다. 어쩌면 그 말은, 다스 베이더가 루크 스카이워커에게 "I am your father!(내가 네 애비다!)"라고 했을 때와 비슷하거나 조금 더 충격적인 말이 될지 모른다. 어쨌든 루크에게는 없던 아버지가 생기는 꼴이지만, 동훈에게는 아빠와 엄마, 동생이 전부 남이 되는 순간이다.

훈이는 뭔가 알고 있는 것 같았다. 말과 행동에서 그게 느껴졌다. 아이는 집안 식구들을 남처럼 대했다. 살갗이 닿는 것조차 꺼려했다. 당장에라도 집을 나갈 사람처럼 자기 방을 비우고 또 비웠다. 추억으로 간직해둔 물건들을 하나둘 내다 버렸다. 방에 걸려 있던 가족사진이 사라졌고 똑같은 사진으로 만든 베갯잇을 벗겼다. 혼자 밥을 먹고 가족 카톡방을 나갔다. 방에서 술 냄새가 나기도 했다. 소주로 병나발을 분 것 같지는 않았지만 어디서 구했는지 맥주를 홀짝거리며 마신 것 같았다.

결국 최 목사는 말하기로 했다. 하지만 그 전에 아이에게 꼭 들려주고 싶은 얘기가 있었다. 가족이란 피나 유전자로 뭉친 동물 집단이 아니다. 만약 그렇다면 전 지구상에 얽히고설킨 모든 불륜 관계가 다 가족으로 엮여야 한다. 가족은 그런 게 아니다.

자고로 가족이란, 오랜 시간과 기억을, 살갗 속으로 파고드는 생생한 고통과 배꼽이 찢어지게 웃어젖히던 기억을 함께 공유하는 집단이다, 이게 최 목사의 신조였다. 그는 이 말을 두꺼운 수첩 곳곳에 적어놓았다. 그는 아이에게 그 말을 해주고 싶었다. "너의 아픔이 나의 아픔이 된 순간부터 너는 내 아들이었다"고(이 말은 볼펜으로 꾹꾹 눌러서 썼다). 그래서 그걸 적기 시작했다.

〈우리 집안의 역사와 뿌리〉.

그걸 먼저 읽게 한 후 아이에게 말할 작정이었다. 가족이란 자고로…….

"예, 가요."

훈이가 아무 기대감 없이 대답했다. 내일 몇 시에 가느냐, 코스는 어떻게 짰느냐, 묻지 않았다. 따로 설득할 필요도 없었다. "어, 어, 그래." 최 목사가 오히려 어색하게 대답했다.

"저도 같이 가요."

문밖에 서 있던 아내가 들어와 말했다. 그녀는 또 싸움으로 끝나게 될 비극적인 대화를 염려했다.

"아냐, 됐어. 당신은."

최 목사가 무심하게 대답했다. 그래도, 하고 말하려는 걸 눈빛으로 막았다. 바닷가에 앉아 가족이 부둥켜안고 질질 짜고 하는 꼴은 상상하기도 싫었다.

바다가 있으면 괜찮겠지, 최 목사는 혼자서 생각했다.

아버지가 방을 나갔다. 동훈은 읽던 페이지를 다시 펼쳤다. 〈우리 집안의 역사와 뿌리〉 12쪽 상단부.

……할아버지가 에네켄 농장에서 얼마나 힘든 생활을 하셨는지는 어느 날 역사책을 보고 알았다. 1905년 7월에 〈황성신문〉에 실린 중국인 신부 허웨이의 편지를 보면 이런 말이 나온다. "이곳 토인(흑인)을 지구상 5~6등 노예라 칭하는데 한인은 7등 노예가 되어 우마(牛馬) 같다. 제대로 일하지 못하면 구타당해 피가 낭자하여 차마 못 볼 모습에 통탄 통탄하였더라."

할아버지는 결국 유카탄 반도를 탈출해 하와이로 갔다. 목숨을 걸고 22일 동안 말(馬) 우리 화물칸의 똥통에서 버틴 끝에 하와이에 도착했다. 이번에는 사탕수수 농장의 노동자가 되었다. 하루 일당이 50센트에서 70센트로 올랐고 채찍질이 사라졌다. 할아버지는 이렇게 위기와 고난의 순간마다 주님의 은혜를 경험했다…….

— 최현조, <우리 집안의 역사와 뿌리>

동훈은 거기까지 읽고 잠이 들었다.

다음 날 아침, 동훈이 에쿠스 조수석에 앉아 메모리 시트 2번을 눌렀다. 동훈의 체형에 맞게 의자가 움직였다.

오디오를 켰다. 빈 소년합창단이 부르는 가톨릭 성가 3번 트랙 '찬미의 기도'가 흘러나왔다. 동훈의 아버지는 개신교 목사였지만 가톨릭 문화에 익숙했다. 그 이유는 〈우리 집안의 역사와 뿌리〉 21쪽에 나오지만 동훈은 아직 그곳을 읽지 못했다.

운전석에 앉자마자 최 목사가 오디오를 껐다. 귓속을 공명하던 신비로운 울림이 벼랑처럼 끊어졌다.

"왜 꺼요?" 동훈이 뚱하게 물었다.

"넌 이런 거 안 좋아하잖아. 가톨릭 성가."

시동 버튼을 누르면서 최 목사가 말했다. 딸깍, 안전벨트를 채우고는 최 목사가 부드럽게 핸들을 돌리면서 액셀을 밟았다. 오전 9시 30분이었다.

"근데 왜 아버지는 가톨릭 음악을 들으세요?"

"아직 책 다 안 읽었구나?"

동훈이 아버지 쪽으로 고개를 돌렸다. 아들의 질문이 살갑게 느껴졌는지 아버지는 흡족한 표정을 지었다.

"할아버지가 하와이로 간 부분부터 잘 읽어보면 나와. 내가 왜 가톨릭 음악을 즐겨 듣는지."

동훈이 책을 펼쳤다. 앞부분을 아직 읽지는 않았지만 '하와이에서의 놀라운 은혜' 장부터 읽기 시작했다.

……아버지(이 분은 훈이 너의 할아버지다)는 1918년생이다. 할머니는 사탕수수밭에서 일하다가 아버지를 낳았다. 맥주 원료인 당밀에 물을 타서 만든 죽을 젖 대신 먹고 컸다고 한다. 그것도 없어서 굶어 죽는 아기가 많던 그 시절에 당밀죽은 대단한 호사였다…….

할아버지가 독실한 가톨릭 신자가 된 것은 깊은 체험에 뿌리를 두고 있다. 아버지는 할아버지에게서 들은 그때의 체험을 마치 당신이 직접 겪었던 일처럼 늘 말해주곤 했다. 그 체험이 우리 집안의 깊은 신앙의 뿌리가 되어주었기 때문이리라. 하와이의 사탕수수 농장에서 일한 지 10년쯤 지나 할아버지는 작은 사탕수수밭(2에이커쯤)을 가진 농장주가 되었다. (정말 주님의 은혜는 놀랍고도 놀랍다!) 어느 날 새벽 할아버지는 밭에 물을 대려고 물통을 수레 가득 싣고

밭 한가운데로 들어갔다.

그런데 갑자기 하늘에서 밝은 빛이 내려왔다. 할아버지는 눈이 부셔서 눈을 뜰 수가 없었다. 귀에서는 아무 소리도 안 들리고 고요한 적막 가운데 빛이 할아버지의 몸을 감싸 안았다. 모세가 떨기나무 가운데서 본 그 빛과 같았을 것이다. 할아버지는 잠깐 기절했다가 깨어났다. 그리고 그는 놀라운 주의 은혜가 사탕수수밭에 내려와 있는 걸 목격했다. 추수 때가 다 된 수수들이 일제히 쓰러져 있었는데 그 모양이 마치 커다란 동그라미와 별 같았다고 한다. 그건 도저히 사람이 할 수 있는 게 아니었다고 했다. 할아버지는 그것이 천사장 미카엘이 다녀간 증거라고 말했다.

내가 어렸을 때 살던 집에는 할아버지가 그려놓은 은혜의 심벌이 벽에 붙어 있었다. 그것은 삼각형 두 개를 거꾸로 맞물려놓은 형태였다. 지금 생각해보면 그것은 '다윗의 별'이다. 다윗은 이스라엘에서 가장 작은 자였지만 주께서 그를 지켜주시고 함께하셨기 때문에 이스라엘의 왕이 되었다. 주께서 우리 집안을 크게 들어 높이 쓰실 징조였다. 우리 집안의 뿌리에는 이렇듯 놀라운 주의 간섭과 섭리가 곳곳에 자리하고 있다.

— 최현조, <우리 집안의 역사와 뿌리>

"아버지!"

동훈이 큰 소리로 불렀다. 출발한 지 40분이 지났다. 차는 이제 서울양양고속도로를 달리고 있었다.

"응?"

잠깐 졸음운전을 하던 최 목사가 정신을 차리고 아들을 보았다.

"다윗의 별은 뭐죠?"

"거기 나와 있는 대로야. 사람이 말로는 설명할 수 없는 일이 가끔 우리 삶에서는 일어난단다. 하나님이 우리 할아버지를 지켜주고 계신다는 걸 밭에 새겨주신 거지. 그때부터 할아버지는 성당에 열심히 다니기 시작하셨어."

최 목사가 방긋 웃었다. 아들이 〈우리 집안의 역사와 뿌리〉에 깊은 감명을 받은 것 같았다. 아이의 얼굴에 경이의 표정이 가득했다.

"이건, 이건……."

아들이 21쪽을 읽고 또 읽었다. 거기에는 아들의 할아버지가 빛 가운데서 주님을 만나는 장면이 나온다. 역시 신앙의 뿌리는 체험에 있다. 아이도 이제 그걸 깨닫기 시작한 건가.

"이건 크롭 서클이에요!"

"뭐?"

방금 터진 동훈의 말에 차가 한 번 휘청했다.

"이 빛은 UFO예요! 할아버지도 사탕수수밭에서 UFO를 만나신 거라고요! 틀림없어요. UFO가 사탕수수밭에 나타나

크롭 서클을 만든 거라고요. 제가 얼마 전에 보리밭에 가서 봤던 것도 할아버지가 본 거랑 비슷해요. 저도 별을 봤……."

"시끄러!" 최 목사의 얼굴이 심각하게 일그러졌다.

그러라고 쓴 게 아닌데. 일주일 동안 거의 밤을 새다시피 하며 쓴 우리 집안의 역사……를 읽고 고작 한다는 소리가 UFO라니! 최 목사의 얼굴이 붉으락푸르락 변했다.

아버지가 꽥 소리 지르자 동훈이 입을 다물어버렸다. 어차피 말해도 믿지 않는다. 사람들은 자기가 믿고 싶은 걸 믿는다. 아버지는 천사를 믿고 동훈은 UFO를 믿는다.

동훈은 아버지와 자신 사이에 무한히 깊은 강이 흐르고 있음을 느꼈다. 진짜 아버지와 아들 사이가 아니라서 그럴까. 동훈은 자기 말을 믿어주지 않는 사람들 틈에서 외로웠다. 친아버지가 아닌 사람에게마저 버림받았다는 생각이 들었다. 그는 외로운 사도 바울이 된 것 같았다.

그때부터 두 시간 동안 두 부자는 말없이 고속도로를 달렸다.

47화
Emit

방출 2

동훈은 태엽이 다 풀린 장난감처럼 어쩌다 가끔 말을 하거나 움직였다. 그의 동작 하나하나가 다 말을 하는 것 같았다. 동훈이 움직일 때마다 최 목사는 정적을 향해 귀를 열었다.

등뼈가 아팠다. 두 시간 넘게 둘은 아무 말 없이 고속도로를 달렸다. 최 목사가 핸들을 잡은 채 몸을 비틀었다. 가죽 시트에서 뿌드득거리는 소리가 났다.

"피곤하시면 휴게소 들렀다 가요."

동훈이 말했다. UFO 얘기 이후, 두 시간 만에 처음으로 한 말이다.

"그럴까?"

10분 후 차가 휴게소로 진입했다.

여름방학이 시작된 후 첫 주말, 휴가객들이 보였다. 하얗고 빨갛고 노란, 원색의 옷을 입은 사람들은 잔뜩 먹고 시끄럽게 지껄였다.

"어디로 가는 거죠?" 동훈이 목적지를 물었다.

"지도를 좀 봐야겠다."

"아직 안 정하셨어요?"

"길 위에 있으면 어디로든 가게 돼. 우리가 가는 곳이 목적지야."

동훈이 고개를 살짝 돌렸다. 아이 얼굴에 짜증이 비쳤다. 늘 교훈을 주려 하는 저 말투. 아이는 비꼬는 눈빛을 던지며 차에서 내렸다.

"저 사람들은 어디로 가는 거죠, 아빠?"

아빠, 하고 부르는 말에 아비는 희색을 띠고 아들을 보았다. 버릇처럼 한 말이겠지만 반가웠다.

"바다로들 가겠지. 우리도 바다 갈까?"

"바다 가는 거 아니었어요?"

"아니, 내 말은 바다 가서 우리도 물에 들어갈까 해서. 여벌 옷은 챙겼니?"

동훈이 고개를 끄덕였다.

"네가 초등학교 때는 여름마다 바다에 갔었지. 넌 바다를 참 좋아했어. 기억나니?"

아이가 다시 끄덕였다. 입가에 엷은 미소가 나타났다 사라졌다. 그리고 다시 어두워졌다. 왜 그러니, 묻고 싶었지만 그러지 않았다.

둘은 휴게소 식당으로 들어갔다. 냉메밀국수를 시켜 먹었다. 최 목사가 너덧 젓가락을 먹었을 때 동훈은 그릇을 다 비우고 멀뚱거리며 주변을 둘러보았다.

아들은 빈 그릇을 손가락으로 뱅뱅 돌렸다. 어떻게 그렇게 하는지 모르겠지만 손가락을 가볍게 대기만 했는데도 국수 그릇이 빙글빙글 제자리에서 돌았다.

"그거 어떻게 하는 거야? 마술이야?"

최 목사가 신기하게 바라보며 물었다. 동훈은 조금 놀라 얼른 손을 테이블 아래로 내렸다. 플라스틱 그릇이 달그락 소리를 내며 흔들렸다.

"그냥 아무것도 아니에요. 아빠, 나 화장실 좀."

동훈이 손으로 머리를 쓸어 넘기면서 자리에서 일어섰다.

뭘 감추려는 걸까, 저렇게 늘, 아비가 관심을 보일 때면 아이는 자리를 피했다. 고등학교에 들어간 후에 너무 많은 게 달라져버렸다. 뭔가가 사라진 얼굴. 그 공허한 얼굴에는 근원을 알 수 없는 집요한 집착이 들어찼다. 진화론에 빠지고 UFO에 미쳤다. 방에는 커다란 비행접시 사진을 붙였다. 거기다 연쇄 살인범을 찾아내 무찌르려 했다. 하마터면 아들을 잃을 뻔했다. 너무도 끔찍하게……. 최 목사는 그 생각만 하면 몸서리가 쳐졌다. 아들의 뒷모습을 보면서 최 목사는 작게 한숨을 쉬었다.

알고 있는 걸까, 우리가 가족이 된 사연을? 최 목사는 사람들에게 진실을 사랑하라고 가르쳤다. 비밀이라는 곰팡이가 퍼지면 악이 된다. 악은 왜곡되고 위조된 것이다.

"아이 혈액형이 O형이에요. 난 A형이고 당신은 B형, 아이가 나중에 이상하게 생각하지 않을까요?"

새벽이슬을 맞으며 문밖에 버려져 있던 갓난아이를 우리 자식으로 키우자고 했을 때, 최 목사의 아내가 말했었다. 아내는 아이를 병원에 데려가 간단한 건강검진을 받았다. 건강한 사내아이였다. 두 사람은 결혼 후 10년 동안 아이가 없었다. 그래서 거기 버렸을 것이다. 자기에게 필요 없는 것을 필요한 다른 사람에게 주려고.

"O형은 열성이라서 그럴 수도 있어. 당신이 AO 타입이고 내가 BO 타입이면 O형이 나올 수도 있어."

"아버님하고 어머님 혈액형은요?"

“거기까진 생각하지 말자고.”

“그냥 공개 입양해요. 어차피 알려고 하면 알 수도 있을 텐데.”

거짓말을 잘 못하는 아내는 망설였지만 최 목사는 동훈을 친아들로 키웠다. 진실은 세월이 지나면서 잊혀졌다. 그것은 숙성되고 발효되었으며 적당히 익어 자연스러운 이야기가 되었다. 최현조 목사의 장남 동훈은 키도 크고 잘생겼고 공부도 잘하는 아이로 자랐다. 아무도 동훈이 최 목사의 친아들이라는 걸 의심하지 않았다. 부부는 빛바랜 비밀에 안심했다.

그들은 아이를 마음으로 키웠다. 아이가 아프면 함께 아팠고 아이 살이 찢어지면 제 살처럼 아팠다. 부부에게는 첫 아이, 그러니까 동훈의 동생이 태어났을 때도 그들의 사랑은 변함이 없었다. 최 목사는 오히려 동훈을 편애했다. 그는 지금까지 한 번도 동훈을 남의 자식이라고 생각해본 적이 없었다.

‘굳이 말해야 할까?’

그는 휴게소 식당을 나서면서 자신에게 물었다. 그걸 말하려고 지금 바다로 가고 있다. 하지만 그는 망설였다. 훅 하고 열기가 얼굴을 덮었다.

‘말해야 할 이유가 있을까?’

벤치에 앉아 있는 동훈이 보였다. 귀에는 이어폰을 꽂은 채

굵직한 다리를 까딱거리며 리듬을 탔다. 단단하고 각이 진 몸, 녀석은 잘 다듬어놓은 대리석처럼 빛났다. 〈우리 집안의 역사와 뿌리〉를 펼쳐 읽고 있었다.

……아버지(그는 너의 할아버지다)는 하와이 남서 해안에 있는 킹 스트리트 묘지에 묻히셨다. 그는 죽음을 두려워하지 않았다. 내가 기억하는 마지막 모습은 요단강을 건너가는 평화로운 뱃사공의 얼굴이었다. 아버지에게는 그 죽음이 두 번째였다.

기적이라고밖에는 달리 설명할 길 없는 아버지의 첫 죽음은 1941년 12월 7일에 있었다. 그래, 맞다. 진주만 공습이 있던 그날 아침 말이다.

아버지는 사탕수수밭에서 평생을 썩을 수 없다며 기술학교로 진학했다. 졸업장을 받았을 때 가족들은 노벨상을 받은 것처럼 좋아했다고 한다. 훈이 너의 할아버지는 젊은 시절 우리 집안의 자랑이었다.

12월 7일 오전 7시 30분경, 야마모토 연합 함대를 출발한 일본의 공중공격기 183대가 하와이의 흐린 하늘에 모습을 드러냈다. 일본군 비행사들은 머리에 하얀색 '하치마키'를 질끈 동여매고 돌아올 수 없는 공격에 나섰다. 7시 49분 일본군 비행총대장 후치다가 돌격명령을 내렸다. 일본 놈들 비행기가 중기관총, 미사일, 어뢰를 연이어 발사했다. 총알이 다 떨어진 비행기는 함선으로 날아들어 자살 공격을 했다. 미친놈들이었다. 사악한 악마가 따로 없었다. 진주만에 정박해 있던 배들은 처참하게 침몰했다. 4천 명에 가까운 사람들이 그날 희생되었다.

아버지도 그날 아침 많은 전사자들과 함께 죽음을 맞았다. 그때 아버지 나이 스물세 살이었고 아직 결혼도 하기 전이었다. 당연히 나는 그때 세상에 존재하지도 않았다…….

— 최현조, <우리 집안의 역사와 뿌리>

최 목사는 흡족한 미소를 띠고 멀찍이서 아들을 보았다. 그러고는 화장실 쪽으로 걸었다. 화장실로 가면서도 몇 번이나 돌아보았다. 그냥 바다나 보고 물회나 한 그릇 먹고 오자, 최 목사는 홀가분한 마음으로 가볍게 걸었다.

더위가 사람들을 미치게 하고 있음이 분명했다. 저쪽에서 작은 시비가 붙은 모양이었다. 화장실 입구 쪽에, 어느 휴게소에나 있는 무허가 점포에서 큰 소리가 났다. 사람들이 그쪽으로 고개를 돌렸다.

딱 봐도 조폭이다. 팔뚝에 사나운 문신을 드러낸 남자가 풍선처럼 부풀어 오른 어깨 근육을 씰룩이며 점포 주인과 다투었다. 남자가 슬쩍 밀어붙이자 벌여놓은 좌판 위로 주인이 넘어졌다. 조폭 녀석은 함께 온 일행과 낄낄거리며 웃었다.

"제대로 된 물건을 팔아야지, 어디서 중국산 짝퉁 갖고 사기를 쳐!"

문신한 남자가 손에 든 물건을 주인의 코앞에서 흔들어대며 소리쳤다.

"그러니까 환불해드린다고 하잖아요!"

주인도 사납게 대들었다.

"이게 어디서! 미안하다고 사과부터 해야 할 거 아냐! 소리도 안 나는 스피커 바꾸려고 고속도로를 몇 바퀴 돈 줄 알기나 해? 니미럴, 더워 죽갔고만! 빨리 사과 안 해?"

그가 스피커를 바닥에 패대기쳤다. 스피커가 박살났다. 'BOSS' 상표가 떨어져나갔다.

"멀쩡한 스피커를 왜 던지고 지랄이야? 환불이고 뭐고 없어. 당장 꺼져!"

점포 주인도 악에 받쳐 소리 질렀다.

"이 씨부랑탱이가 콱 죽을라고!"

문신한 남자가 주인을 위협하며 좌판을 발로 걷어찼다. 알루미늄 지지대가 꺾였다. 정교하게 진열돼 있던 좌판 위의 물건들이 바닥으로 쏟아졌다. 점포 주인은 쓰러진 물건들을 향해 양손을 뻗으며 허리를 숙였다.

"야, 야, 내 말이 말 같잖아? 사과하라고!"

주인의 뒤통수에 대고 남자가 계속 이죽거렸다. 바닥의 열기가 주인의 얼굴을 덮쳤다. 순간 그의 손에 단단하고 묵직한 물건이 잡혔다. 검은 무광택 코팅이 들어간 작은 삽. '특수 티타늄 합금 야전삽'이라는 홍보 문구가 붙은 고급 캠핑 장비였다. 그가 삽자루를 꽉 잡았다. 그사이 남자는 계속해서 가벼운 발길질로 좌판을 헝클어트렸다.

정말로 티타늄 합금 재질인지 어떤지는 알 수 없지만, 또 정말로 그 티타늄 합금 야전삽으로 남자의 머리를 찍을 생각은 없었겠지만, 주인은 허리를 펼쳐 세우면서 야전삽을 휘둘렀다. 야전삽을 쥔 오른손이 허공에서 웅 소리를 내며 호를 그렸다. 문신한 남자는 깜짝 놀라 어어, 하며 뒤로 한 발짝 물러섰다. 기역 자로 꺾인 야전삽의 날이 무섭게 공기를 갈랐다.

"이 새끼들, 당장 꺼져!"

다시 한 번, 주인이 삽을 휘둘렀다. 문신한 남자는 또 한 번 몸을 피했지만 그 다음 번 회전에는 피하지 않고 달려들었다. 그는 그런 식의 조잡한 무기 따위에는 조금도 겁을 먹지 않았다. 실실 웃으면서 발을 살짝 들어 올렸다.

주변을 지나던 사람들이 몸을 피했다.

점포 주인이 세 번째로 야전삽을 휘둘렀을 때, 문신한 남자의 발이 올라갔다. 그리고 주인의 오른쪽 손목을 탁 걷어찼다. 그와 동시에 묵직한 야전삽을 꽉 잡고 있던 주인의 손에서 힘이 빠졌다. 야전삽에 가해지던 회전력이 순식간에 등속

운동으로 바뀌었다. 야전삽은 공중으로 휙 날아올라 짧은 포물선 운동을 시작했다.

삽이 날아가는 방향에 두 명의 남자아이가 걷고 있었다. 대여섯 살쯤 돼 보이는 아이들은 당장에라도 바다로 뛰어들 것처럼 시원한 원색의 스포츠웨어를 입고서 앞서가는 아빠를 좇았다.

야전삽이 최초의 포물선 운동을 시작하던 지점으로부터 6미터 거리, 포물선의 정점에서 대각선 아래로 정확하게 3미터 지점에 작은 남자아이의 머리가 있었다.

순식간에 침묵이 번졌다. 사람들이 입을 벌렸고 눈을 가렸다. 어어, 안 돼, 악, 어떡해, 갖가지 소리가 터져 나왔다.

"니들 이거 먹을래?"

아이들 아빠는 구슬 아이스크림 가게 앞에 서서 아이들 쪽을 향해 고개를 돌리며 말했다. 그는 둘째 아이 뒤통수 쪽으로 날아오는 야전삽을 보지 못했다.

"피해!"

누군가 아이들을 향해 소리쳤다.

최현조 목사였다. 그는 화장실 입구 쪽에서 싸움을 지켜보던 중이었다. 좀 심한 몸싸움이 되었을 때부터 최 목사는 그 광경을 보고 있었다. 경찰에 신고라도 해야겠다고 생각하며 휴대폰을 꺼내들었다.

그가 막 숫자 두 개를 눌렀을 때, 문신한 남자가 좌판을 걷어찼다. 나머지 하나의 숫자 2를 입력하고 통화 버튼을 누르자마자 점포 주인이 야전삽을 휘두르기 시작했다. 한 번의 신호음이 들리고, 경찰 접수계원이 전화를 받았다. 그리고 야전삽이 공중을 날기 시작했다. 최현조 목사가 휴대전화를 손에 든 채 소리쳤다. "피해!"

48화

Emit

방출 3

동훈은 음악을 듣는 척하며 아버지와 거리를 두었다. 아빠가 봤을까? 봤으면 어쩌지? 그는 아까 식당에서 그릇 표면에 손을 대지 않고 손가락으로만 그릇을 돌렸다. 아버지는 보지 못했지만 그릇은 공중에 1센티미터 정도 떠오른 상태로 회전했다.

그는 요즘 손가락 염력을 연마 중이었다. 인아에게 보여줄 생각으로. 잘 봐, 마술이야, 하면서 볼펜 같은 걸 허공에 띄워 돌리면 인아가 좋아하겠지. 동훈은 인아가 환하게 웃을 때가 가장 좋았다. 그럴 때 인아는 정말 섹시해 보였다. 진홍색 입술이 가늘게 열린다. 동훈은 그걸 볼 때가 가장 행복했다.

게다가 그런 식의 염력 부리기는 또 다른 효과도 있었다. 이를테면 섬세한 염력 통제를 터득하는 것이다. 동훈은 아직까지 자신의 능력을 제대로 써본 적이 없었다. 지리산 괴물을 만났을 때도 어이없이 무너져 죽을 뻔했다. 이제 겨우 능력자 3개월 차가 아닌가.

손, 시선, 생각. 그는 이 세 가지로 염력을 발산했다. 가장 쉬운 건 손으로 사물을 움직이는 거였지만 힘의 세기나 방향이 정확하지 않았다. 시선으로 염력을 쓰면 사물이 움직이기보다는 파열되거나 깨진다는 걸 얼마 전에 알았다.

삼쌍둥이 여자에게서 '업둥이'라는 말을 듣고 난 후, 그는 거울을 보지 않았다. 거울을 볼 때마다 거울이 쩍 하고 깨져나갔다. 화가 난 눈으로 뭔가를 노려보면 물건이 깨지고 터졌다.

그리고 생각. 염력(念力)이란 말 그대로 생각으로 힘을 내는 거다. 하지만 그는 아직 한 번도 생각만으로 물건을 움직인 적이 없었다. 어떤 거대한 힘이 생각 속에서 출렁이는 걸 느꼈지만 어떻게 꺼내는지 몰랐다. 지갑 속에 넣어둔 돈을 못 찾는 거나 마찬가지였다.

최 목사가 화장실 쪽으로 걸어가고 있을 때, 동훈은 생각으로 휴대전화를 허공에 띄우는 연습을 하고 있었다. 그의 손

안에서 폰이 빙글빙글 돌았다. 다른 한 손으로는 〈우리 집안의 역사와 뿌리〉 27쪽 '부활' 편을 펼쳐 들고 있었다.

아버지는 그때 일을 회상하실 때마다 기적이라는 단어를 강조하셨다. 진주만 공습 당시 아버지는 해상 철교에 쓰일 철판 용접 작업 때문에 해군기지에 머물고 있었다. 포드 섬 동측 계류장, 이곳은 공습 당시 가장 먼저 공격당해 심각한 피해를 입은 곳이다.

아버지는 거기서 '첫 번째' 죽음을 맞았다. 뜨겁게 타들어가는 총알 두 개가 아버지의 가슴을 관통했다. 숨을 쉴 때마다 벌컥거리며 피가 쏟아져 나왔다고 한다. 아버지는 심장이 멎을 때의 느낌을 이렇게 표현했다. "그건 말이다…… 꾹꾹 참았던 설사를 한 번에 터뜨리는 거하고 비슷해. 고통스럽지만 시원하지." 정말 멋진 표현이다. "몸에서 뭔가 싹 빠져나가는 느낌이야!" 아버지는 자기 영혼이 천국으로 올라가던 그때의 느낌을, 미 해군 기술 군무원의 언어로 그렇게 표현한 것이다.

— 최현조, 〈우리 집안의 역사와 뿌리〉

화장실 쪽에서 고성이 들렸다. 시끄러운 소리, 좌판이 엎어지고 물건 쓰러지는 소리가 어지럽게 들렸다. 동훈이 자리에서 일어섰다. 화장실 입구에 서서 휴대전화에 귀를 대고 있는 아버지가 보였다. 주변에 있던 사람들이 둥글게 뒤로 물러났다. 사람들 앞에 뭔가 일이 터진 것 같기는 한데, 잘 보이지 않왔다.

'뭐지?'

동훈이 일어서서 그쪽으로 걸었다. 어어어, 사람들이 웅성거리며 비켜섰다. 이윽고 두 사람이 벌이는 살벌한 싸움이 눈에 들어왔다. 동훈이 빠른 걸음으로 걸었다. 한 남자가 검은 쇠뭉치 같은 걸 들고 휘두르는 게 보였다.

동훈은 그걸 보고서 염력, 말 그대로 '생각'으로 힘을 써보려 했다. 어림없었다. 남자가 손에 든 흉기를 어떻게 할 수 없었다.

악! 그때 누군가 저쪽에서 짧게 비명을 질렀다. 동훈이 그 자리에 멈춰 섰다. 작은 남자아이가 구슬 아이스크림 가게 앞에 서 있는 아빠에게 달려가는 중이었다. 아이의 뒤통수 위로 검은 쇠뭉치가 날아가고 있었다. 동훈은 아이 앞 10미터 지점에 선 채로 아이의 머리를 향해 날아오는 야전삽을 보았다. 아주 짧은 순간이었다.

손을 뻗으면 허공에서 잡을 수 있다. 하지만 사람들은 관성의 법칙에서 벗어난 하나의 비정상적 물리 현상을 보게 될 것이다. 그리고 그 물리 현상이 벌어진 곳 맞은편에서 요란하게 손을 벌리고 서 있는 고교생도 볼 것이다. 그 광경은 아버지도 볼 수 있다.

아버지는 UFO를 믿지 않는다. 진화론은 다 헛소리다. 찰스 다윈은 펄펄 끓는 유황불에 떨어졌고 리처드 도킨스는 그의 옆자리를 예약해두었다. 아버지가 내 손에서 나간 초능력을 본다면 TV를 망치로 때려 부수면서 이렇게 외칠 것이다. "이 사탄의 똥구멍 같은 빌어먹을 물건!" 이건 귀신의 역사(役事)야, 이리 와, 기도하자, 내가 주 예수의 이름으로 명하노니……. 그러니까 사탄의 장난 같은 초능력을 아버지 앞에서 쓰면 안 된다.

염력 말고는 방법이 없었다. 말 그대로 생각으로 힘을 쓸 시간이 왔다.

동훈이 그 자리에 우뚝 멈추어 섰다. 주먹을 아래로 내린 채 꼭 그러쥐었다. 고개를 숙이고 눈을 감았다.

한 줄기의 힘이 느껴졌다. 처음에 그 힘은 물처럼 출렁였다. 큰 물통을 흔들 때처럼 묵직한 힘은 출렁이기만 할 뿐 뻗어나가지 않았다. 자꾸만 손이 앞으로 나아가려 했다. 물장구를 칠 때처럼 손을 찰랑거리면 힘을 쓸 수 있다. 하지만 힘은 쏟아버린 물처럼 새어 나간다. 손에서 나간 힘은 통제할 수 없다.

동훈은 순식간에 숨을 들이마셨다. 그리고 멈추었다. 정수리가 꽉 막힌 느낌이 들더니 우웅 하고 압력이 오르는 소리가 귀에서 들렸다. 눈을 감았을 때 하나의 초점이 보였다. 붉게 흔들리는 초점이 머릿속에 나타났다. 이윽고 동훈이 눈을 떴다. 그가 머리에서 생각한 빨간 불빛이 앞으로 쭉 뻗어나갔다. 아무에게도 보이지 않는 불꽃, 그건 마치 얇은 블라우스에 비친 여학생의 유두를 볼 때와 비슷한 느낌이었다. 그것 말고는 아무것도 눈에 들어오지 않았다. 동훈의 생각에서 뻗어나간 불빛이 정확하게 야전삽에 꽂혔다.

날아가던 야전삽이 허공에서 멈추었다.

그 일은 순식간에 일어났다. 1초도 안 되는 짧은 시간이었다. 동훈은 처음으로 자신의 염력을 하나의 사물에 집중시키는 데 성공했다. 생각이 통제 가능한 에너지를 발산했다. 자신이 생각하고 의도한 대로 힘이 움직였다. 턱을 아래로 내린 채로, 동훈은 1.8초 동안 야전삽을 노려보았다. 그가 다시 눈을 감았다.

최현조 목사는 그날, 기적 혹은 신의 간섭, 내지는 물리 법칙에서 벗어난 초자연적인 신의 섭리를 보았다.

"피해!" 하고 그가 소리친 후, 사람들이 모두 그가 가리키는 쪽을 보거나 고개를 돌렸다. 그쪽을 바라본 사람들은 무슨 일인가 하는 표정이었고, 고개를 돌린 사람들은 끔찍한 광경을 예측하고서 본능적으로 눈을 감았다.

검은색 무광택 코팅이 들어간 티타늄 합금 추정 재질의 중국산 캠핑용 야전삽은 그때, 삽질 모드인 기역 자 형태로 꺾여 있었다. 그러니까 두 개의 날이 이쪽저쪽으로 날카롭게 뻗쳐 있었다. 점포 주인이 문신한 남자를 위협하기 위해 휘두른 자리에서 구슬 아이스크림 가게까지의 거리는 6미터. 야전삽은 초속 7미터의 속도로 날았다. 중량은 3.3킬로그램, 속도와 무게를 합친 힘의 크기를 고려하면 인간이나 포유류 동물의 두개골을 가볍게 뚫고도 남을 정도였다.

바로 그 야전삽이 공중에서 멈추었다. 관성의 법칙이 무시되고 자연의 원리가 깨진 채로 야전삽은 허공에서 1.8초 동안 머물렀다. 그 정도 시간이면 손 빠른 소매치기가 동시에 두 개의 지갑을 훔칠 수 있는 시간이고, 커닝에 익숙한 고교생의 경우, 세 개 문항의 답을 베낄 수 있는 시간이다. 그리고 한 남자가 여자에게 사랑해 하고 말하면서 여자의 마음을 순식간에 빼앗을 수 있을 만큼 충분히 긴 시간이다.

사람들은 모두 기가 막혀 입을 벌렸다. 심지어 싸움을 벌이던 두 남자들조차 그 자리에 얼어붙었다.

1.8초 후, 야전삽은 땡그렁 하고 요란한 소리를 내며 바닥으로 떨어졌다. 허무하게 울리는 금속 소리, 그리고 침묵.

“나도, 나도 구슬 아이스크림!”

아이가 밝게 외치며 아빠에게 뛰어갔다. 사람들이 아이와 아빠를 뚫어지게 쳐다보았다. 아이를 안아 올린 남자는 아무것도 의식하지 못한 듯 사람들의 시선을 피해 몸을 돌렸다.

방금 야전삽을 손에서 놓친 점포 주인은 손을 벌벌 떨면서 그 자리에 털썩 주저앉았다. 문신을 한 남자는 더럽게 가래를 끌어올려 바닥에 뱉고는 손을 탁탁 털면서 자리를 피했다. 걸어가면서 담배를 물었다. 함께 가던 동료들과 고개를 갸웃거리며 자꾸만 뒤를 돌아보았다.

구슬 아이스크림 가게에서 저만치 떨어진 곳에 최동훈이 서 있었다. 눈을 감고 있는 그의 얼굴은 온화하고 부드러웠다. 방금 피어난 꽃 같기도 했고, 묘한 깨달음을 얻은 수도승 같기도 했다. 그는 눈을 뜨고 아빠 품에 안긴 아이를 보았다. 그리고 살짝 미소 지었다.

최 목사는 아들의 얼굴에서 여태 그런 평화를 본 적이 없었다. 눈을 감고, 고개를 약간 아래로 비스듬히 내린 채, 아들은 선하게 웃었다. 오랜만에 보는 아들의 웃음이었다.

무슨 일이 일어난 걸까. 사람을 죽일 힘으로 날아가던 흉기가 허공에서 멈추었다. 사람들은 이 기적을 보았을까?

공습이 시작되고 얼마 지나지 않아 포드 섬 동측 계류장 북쪽에 있던 네바다 호가 침몰했다. 곧이어 그 아래쪽에 있던 애리조나 호에서 대폭발이 일었다. 아버지는 그 폭발 광경을 하늘에서 지켜보았다고 한다. 마치 다큐멘터리 카메라로 공중에서 촬영을 하는 것처럼 몸이 붕 떠서 하늘 위로 올라가고 있었다! "이런 젠장! 내가 죽었잖아!" 아버지는 늘 그 장면에서 눈을 동그랗게 뜨고 웃기게 말씀하셨다. 1941년 12월 7일 오전 8시 14분, 그는 사망했다. 그리고 천국의 문을 향해 가고 있었다.

— 최현조, <우리 집안의 역사와 뿌리>

최현조 목사는 아버지가 젊은 시절 보았던 기적을 자기 눈으로 보았다. 야전삽이 그대로 날아갔다면 처참하고 끔찍한 일이 벌어졌을지도 모른다. 아무런 죄가 없는 어린아이가 고통스럽게 죽었을 것이다. 하지만 주님은 죽은 사람도 살리는 분이 아닌가!

환한 빛이 내려오더라 하셨다.

"둥글게 퍼진 동그란 빛이었어. 징그럽게 꿈틀거리는 지네처럼, 마치 교류 전기에서 방전 전류가 흐를 때처럼 빛이 꿈틀거리며 방출했어. 그리고 소리가 사라지더구나. 나는 이제 죽었구나, 그 생각을 했지. 한참 동안 내 몸이 붕 떠서 어디론가 가는 느낌이었어. 아주 먼 여행을 다녀온 것 같았어. 내가 깨어났을 때, 난 지퍼팩 안에 들어가 있었어. 그래, 맞아. 시체 담는 봉지 말이다. 안에서는 열 수가 없게 만들어놨어. 시체 담는 거니까 당연하지. 안에서 꿈틀대는 걸 누가 봤나 봐. 지퍼팩이 열리더니 빌어먹을 군의관 놈이 이렇게 소리치는 거야. '이봐, 여기 이 봉지가 살아났어!' 정말 난장판이었지. 검은 연기가 자욱하고 바다에는 수천 구의 시체가 둥둥 떠 있었어. 차라리 봉지 안이 더 편했어."

예전에 아버지의 간증을 녹음해두었다. 지금 그걸 다시 들어보니 성경에서 예수님이 죽은 나사로를 살리는 장면이 생각난다. 아버지는 믿음이 약한 분이었다. 게다가 그의 입은 해군들이 쓰는 거친 언어로 오염돼 있었다. 그는 주님의 은혜를 그 정도로밖에 표현하지 못했다. 하지만 나는 아버지가 주의 영광을 보았다고 확신한다. 아버지가 본 교류 전기의 방출 현상은 천사의 날개였을 것이다. 시공을 초월하시는 전지전능한 그분의 영광 속에서, 그는 죽음으로부터 부활했다. 끝도 없는 깊은 절망, 어두운 동굴에 갇혀 썩어가던 죄인 나사로를 살리신 주의 능력이 그를 살리신 것이다.

"이 말씀을 하시고 큰 소리로 나사로야 나오라, 부르시니 죽은 자가 수족을 베로 동인 채로 나오는데 그 얼굴은 수건에 싸였더라." (「요한복음」 11장 43~44절 말씀.)

— 최현조, <우리 집안의 역사와 뿌리>

최 목사는 긴장이 풀린 다리를 끌고 옆에 있는 벤치로 가서 앉았다. 자신도 모르게 가쁜 숨을 몰아쉬었다. 헉, 헉, 천천히 숨이 잦아들었다. 누군가 그의 옆에 와서 그늘을 만들었다. 최 목사가 그를 바라보았다. 동훈이 빛나는 얼굴로 옆에서 있었다.

"아버지, 괜찮으세요?"

7월 말의 푹푹 찌는 여름, 최현조 목사는 고속도로 휴게소 화장실 앞에서 두 가지 기적을 보았다. 하나는 죄악의 저주를 깨트리시는 주님의 놀라운 능력이었고, 다른 하나는 아들의 얼굴에 깃든 평화였다.

"너도 그거 봤니?"

"뭘요?"

"날아가던 삽이 허공에서 멈춘 거!"

"날아가던 삽이요?" 동훈이 시치미를 뗐다.

"그래. 분명히 날아가던 삽이 멈췄어. 주께서 나의 다급한 기도에 응답하신 거야. 내가 그 날아가는 야전삽을 보고 주여, 하고 불렀거든. 그랬더니 그게 허공에서 딱 멈췄어. 이건 기적이야. 기적!"

최 목사는 사탕수수밭에서 UFO라도 본 사람처럼 침을 튀기며 말했다.

"그럴 리가요. 잘못 보신 거겠죠." 동훈은 느긋하게 서서 빙긋 웃었다. "너무 더워서 그러신 거예요. 차에서 좀 쉬었다 출발해요."

"아니야. 내가 분명히 봤어. 이 두 눈으로. 삽이……."

최 목사는 어쩐지 아들 앞에서 좀 작아진 느낌이 들었다. 녀석이 만든 그늘이 시원하기도 했다. 허허, 그가 멋쩍게 웃었다.

동훈이 주차장 쪽으로 앞서 걸었다. 발랄하게 걸어가는 아들의 뒷모습을 보고는 최 목사가 양손으로 무릎을 탁 치며 일어섰다.

'말해도 되겠다, 이제는. 삽도 멈췄으니까!'

최 목사가 혼잣말로 속삭였다.

아버지는 그때 가슴에 생긴 총탄의 흉터를 보고 이렇게 말씀하셨다. "멋진 모양이야. 안 그래? 똥구멍보다 훨씬 낫지. 그렇고 말고."

아버지는 유머감각이 탁월한 분이었다. 주님은 아버지에게 유머의 은사를 주셨다. 아무리 힘든 순간에도 그는 농담을 던지셨다. 미 해군 기술 군무원 식으로. 우리 집안에는 유머감각의 은혜가 넘쳐흐른다.

— 최현조, <우리 집안의 역사와 뿌리>

먹고 돌아다니면서 반나절을 보냈다. 최 목사는 하와이에서 살던 시절을 얘기했다. 처음 듣는 이야기는 없었다.

매끄러운 드라마. 사탕수수 농장 노동자였던 아시아인 가족이 성공한 중산층이 된다. 그분이 함께하셔서. 그러다 한국에 와서 네 엄마를 만났다. 그분의 섭리로. 여기까지 얼룩이 없는 삶이다. 이제 주께서 동훈이를 주실 차례다. 문득 아버지는 고개를 돌렸다.

그는 미지근하게 데워진 아이스커피의 컵을 문질렀다. 둘은 휴가 온 사람처럼 보이지 않았다. 반바지에 가벼운 셔츠를 입고 해변의 카페에 앉아 무대 뒤편의 연극배우들처럼 굳어 있었다.

"좀 걸을래?"

해변을? 이 더위에? 좀 전에 차에서 들은 일기예보에 따르면 한낮의 기온이 37도까지 올라 여러 사람들이 더위에 쓰러졌다 한다. 지금은 오후 2시. 죽일 듯이 해가 뜨거웠다.

할 얘기가 있다면, 그 얘기가 비밀스런 가족사에 대한 것이라면, 마음을 가라앉힐 만큼 시원한 곳에서 해야 하지 않을까. 뜨거운 햇살을 보며 아들이 물었다.

"안 더우세요?"

"바다가 있잖아. 해변에 가자."

아들은 짐작하고 있었다. 뜬금없이 바다에 가자고 아버지가 불쑥 말을 던질 때부터. 정지 위성처럼 아들은 움직이지 않았다. 아버지가 그의 주위를 분주히 맴돌 때도.

정지 위성은 통상 지구 적도 위 3만5천 킬로미터 고도에서 지구의 자전 속도와 함께 회전운동을 하는 인공 천체를 말한다. 그러니까 정지 위성이라는 말은 거짓말이다. 정지하기 위해 움직이는 위성이 정지 위성이다. 그것은 움직이고 있을까, 멈추어 있을까. 아들도 아버지 주위를 어지럽게 맴돌았다.

아버지가 먼저 일어섰다. 허무하게 정돈된 동작으로 그는 컵을 챙기고 휴대폰을 자꾸 열었다가 닫았다. 그리고 바닥을 보며 카페를 나섰다.

모래사장 위를 수만의 인파가 피난민처럼 뒹굴었다. 파도는 잔잔했다. 옷을 벗은 사람들이 죄 없는 표정으로 바다 위를 떠다녔다. 고통이 없는 천국 같았다.

수상 안전요원 하나가 감시탑 위에 앉아 느리게 이쪽저쪽으로 고개를 돌렸다. 누군가 죽을 지경에 빠지지 않으면 그는 할 일이 없었다. 어쩌다 가끔 쌍안경으로 바다 위를 보거나 무전기를 들어 누군가와 말을 주고받았다.

방송국에서 나온 박스카 두 대가 해수욕장 입구에 서 있었다. 연예인들이 타는 봉고차도 있었다. 사람들이 몰려 있는 해변 한쪽에서 무슨 촬영을 하는 것 같았다.

아버지와 아들은 거기 해수욕장에 있는 어떤 사람들과도 어울리지 않았다. 그들은 바다 이쪽에서 저쪽까지 땀을 흘리며 걸을 뿐이었다.

"옛날 얘기 하나 해줄까?"

융단처럼 푹신하게 빠지는 젖은 모래 위를 걷다가 최 목사가 말했다. 30분 만에 꺼낸 말이다. 지금까지 옛날 얘기만 하지 않았던가. 파도가 주기적으로 밀려와 발등을 덮었다.

"네가 아주 어렸을 적 얘기야."

최 목사가 걸음을 멈추고 바다 쪽으로 몸을 돌렸다.

"어느 봄날 새벽이었어. 3월인가. 꿈을 꾸었는데, 웬 곰 한 마리가 우리 집으로 들어오는 거야. 태몽인가 싶어 잠에서 깼단다. 그런데 어디서 아기 우는 소리가 나지 않겠니!"

웃어야 할까. 아들은 잠깐 망설였다. 아들도 그 자리에 멈추어 섰다. 파도가 발을 덮었다. 모래가 스르르 빠져나가면서 발이 모래 속에 묻혔다.

"네 엄마는 자고 있었어. 난 잠이 덜 깼나 보다 했지. 찬물로 세수를 했는데 그래도 우렁찬 아기 울음소리가 계속 나는 거야. 아직 해가 뜨기도 전이었어. 현관문을 열고 밖으로 나갔어. 대문 밖에 커다란 가방이 하나 놓여 있었는데 거기서 아기 울음소리가 들렸어."

동훈은 그동안 그 장면을 샴쌍둥이 자매의 사악한 능력이 만들어낸 지저분한 환상이라고 우겼다. 그 자매들은 기억을 되살리는 '메모리 리버스' 능력을 가지고 있었다. 악마는 거짓말을 하지 않는다. 다만 망각의 마법을 풀어줄 뿐이다. 한번 끄집어낸 기억은 지워지지 않았다. 동훈의 뇌는 그날의 기억을 고스란히 간직하고 있었다. 마지막으로 자기 얼굴을 만지던 어떤 여자의 눈빛까지 그 기억 속에 들어 있었다.

"훈아."

"예."

그 여자의 눈빛은 노란색이다(지금 말하는 여자는 샴쌍둥이 여자가 아니다). 쇠갈고리처럼 차가운 손으로 아가의 볼을 만진다. 표백한 듯 창백한 하얀 머리, 치즈처럼 말랑말랑하고 매끄러운 피부……. 그 여자는 어쩌면 동훈의 친모일지도 모른다. 동훈은 그 섬뜩한 여자의 얼굴이 생각날 때마다 벽에 머리를 찧고 싶었다.

"두 가지를 말해줄게. 하나는 진실이고 다른 하나는 거짓이다. 제법 아플 거야."

아버지는 고운 모래 위에 조심스럽게 발을 찍으며 다시 걸었다. 동훈은 아버지를 쳐다볼 자신이 없었다. 그의 눈은 담

황색의 모래 빛으로만 가득 찼다. 귀에는 아버지의 목소리만 들렸다.

"이 세상에 존재하는 단 하나의 진실은 네가 나의 자랑스러운 아들이라는 거다." 누가 손가락으로 누른 것처럼 아버지의 목이 꽉 막혔다. "네가 나의 아들이 아니라는 말은 거짓말이다." 그렇게 말하고서 아버지는 더 이상 말을 잇지 않았다.

동훈이 바다를 향해 몸을 틀었다. 그의 앞에 바다가 있었다. 출렁이는 거대한 물. 동훈이 눈을 감았다.

'네가 나의 아들이 아니라는 말은 거짓말이다.'

아버지의 마지막 말이 바람처럼 귀에서 회오리쳤다. 아들은 진실과 거짓의 무게를 가늠하기 어려웠다.

'상관없다. 진실이든 거짓이든. 존재하는 것은 진실과 거짓을 구분하지 않는다. 바다가 있다는 말은 거짓이다. 저것은 응축된 기체일 뿐이다.'

동훈의 팔에 힘이 들어갔다. 바다 쪽에서 조금 거센 바람이 불기 시작했다. 파랑이 일면서 하얀 물보라가 수면 위에서 부서졌다. 해안가의 파라솔이 파르르 소리를 내며 흔들렸다.

'업둥이, 넌 업둥이야. 가엾은 것…….'

처음 그 말을 들었을 때는 무시무시한 외과용 톱으로 몸을 절단 내고 싶었다. 그의 기억 속에 있던 기억이 전부, 그 업둥이라는 말 때문에 일그러진 채 폐기되었다. 아빠와 엄마는 내가 업둥이라서, 업둥이였기 때문에, 업둥이에게 하는 행동을 했던 게 아닐까.

동훈이 주먹을 쥐고 눈을 번쩍 떴다. 흰자위가 노랗게 변해 있었다.

49화

Emit

방출 4

몸이 밀릴 만큼 강한 바람이 불었다. 모래가 날렸다. 사람들이 얼굴을 가리고 허리를 숙였다. 동훈의 아버지도 자세를 낮추었다.

수면 위를 날 듯이 달려가던 모터보트가 갑자기 일어선 파도에 뒤집혔다. 지금까지 할 일이 없던 안전요원들에게 다급한 일거리가 생겼다. 한둘이 아니었다. 모터보트가 뒤집히고 파라솔이 날아가 사람들을 덮쳤다. 방송국 장비가 무너졌다. 합판으로 만들어둔 무대장치가 쓰러졌다.

안전요원들은 바다로 뛰어들거나 무너진 시설물을 향해 달려갔다. 오리발을 낀 안전요원이 바다로 뛰어들었다. 아이들 몇 명이 파도에 휩쓸렸다. 여기저기서 비명 소리가 터졌다.

"훈아, 안 돼! 그러면 못써!"

세차게 불어닥치는 바람을 피해 최현조 목사가 허리를 숙였다. 그가 아들의 주먹을 꽉 잡았다. 아들이 아버지를 바라보았다. 동훈이 부르르 떨고 있던 주먹을 폈다. 아버지는 알고 있었을까?

"제가 그런 게 아니에요. 보셨잖아요. 바람이……."

아들의 말을 등지고 아버지가 바다로 첨벙거리며 달려 들어갔다. 그가 허우적거리던 아이들 둘을 끌어안고 나왔다.

애애앵, 사이렌이 울었다. 경고 방송이 요란하게 터졌다.

"……신속히 대피하여주십시오. 갑작스런 대기 불안정으로 강풍이 불고 높은 파도가 일고 있습니다. 바다에서 물놀이 중인 피서객들은 안전사고에 유의하시어 신속히 대피하여주시기 바랍니다. 다시 한 번 알려드립니다……."

해변은 순식간에 아수라장이 되었다. 뽑혀나간 파라솔이 흉기처럼 사람들을 위협했다. 물놀이 기구들은 뒤집어진 채 제 맘대로 바다 위를 떠돌았다. 파도에 고꾸라진 아이들이 물을 먹어 캑캑거리며 바다에서 뛰쳐나왔다. 아이들 우는 소리, 부모들이 뛰어가는 모습, 해변은 폭격이라도 맞은 것처럼 혼란으로 가득 찼다.

최 목사가 흠뻑 젖은 몸으로 저벅거리며 동훈에게 다가갔다. 잔뜩 화가 난 얼굴이었다. 그가 오른손을 높이 치켜들었다. 동훈이 고개를 오른쪽으로 돌리고 눈을 아래로 내리깔았다. 아버지가 손을 들고 씩씩거렸다.

"사람이……, 사람이 죽을 뻔했어. 그만해. 분노를 풀어. 집이 무너지고 사람이 다쳐. 훈아, 정말 네가 그런 게 아니니?"

아버지가 거칠게 물었다. 아들의 어깨가 들썩거렸다. 열일곱 먹은 소년이 작게 소리 내어 울었다.

"훈아, 넌 내 아들이다. 다른 건 아무것도 중요하지 않아. 넌 내 아들이야. 그게 가장 중요한 거야."

아들이 훌쩍거렸다. 다시 바람이 불기 시작했다.

사이렌이 울고 경고 방송이 터졌다. 이번에는 해일주의보가 발령되었다. 사람들이 신속하게 해변을 벗어났다.

"그만해, 훈아! 그만!"

모래 먼지 속에서 아버지가 소리쳤다. 아들은 아무 말 없이 고개를 숙이고 주먹을 쥔 채 울고만 있을 뿐이었다. 최현조 목사가 아들의 손을 잡고 몇 발짝 뒷걸음질 쳤을 때, 성난 짐승 같은 파도가 들이닥쳤다.

최 목사가 파도에 휩쓸렸다. 엎어진 채로 파도에 처박혀 그의 몸이 바다 쪽으로 밀려갔다. 처음에는 허리께에 찬 물살을 헤집고 바닷물을 뒤집어쓴 채 걸어 나왔지만 두 번째 파도에서 그의 몸이 파도 속으로 완전히 들어가버렸다.

"아버지!"

동훈이 바다를 향해 소리쳤다. 한번 성이 난 파도는 쉽게 수그러들지 않았다.

"아빠, 아빠!"

동훈이 바다로 뛰어들었다. 안전요원들이 달려왔다. 사이렌 소리가 계속 울렸다. 사람들이 바닷가에 서서 몸에 묻은 물기를 닦으며 바다 쪽을 보았다.

"저, 저, 저게 뭐야?"

한 사람이 바다를 가리켰다. 모두들 그쪽으로 시선을 돌렸다. 사람들의 눈이 둥글게 열렸다. 바다 반대쪽으로 떼를 지어 도망치는 사람들이 보였다.

"어어어, 도망쳐! 빨리! 해일이야!"

바다가 일어서고 있었다. 몇 사람은 도망치지 않고 그 광경을 지켜보았다. 해일이라고 하기에는 정말 이상한 모양으로 바다가 일어섰다.

풍선처럼 바다가 동그랗게 부풀어 오르면서 이리저리 출렁거렸다. 수십 미터 높이로 부풀어 오른 바닷물이 이쪽으로 옮겨졌다가 다시 저쪽으로 이동했다. 마치 누군가가 바다를 휘젓는 것 같았다.

바다에 있던 안전요원들이 전부 바다 밖으로 나왔다.

"저런 해일 봤어?"

안전요원 하나가 물었다. 옆에 서 있던 요원이 겁에 질려 입술을 떨었다.

"저건 또 뭐야?"

누군가가 비명처럼 내지른 소리에 사람들이 모두 바다 쪽으로 고개를 돌렸다.

바다가 뒤로 물러나고 있었다. 해안가 전체의 물살이 뒤로 물러났다. 바다 밑의 펄이 드러나기 시작했다.

"해일이다. 큰 해일이 오고 있어. 빨리 사람들 대피시켜!"

해일 경보 사이렌이 해안을 크게 울렸다.

한 소년이 남자 하나를 업고 펄에서 걸어 나오는 모습이 보였다. 그의 뒤로 바다가 벽처럼 일어서 있었다.

마른 모래가 있는 곳까지 동훈이 아버지를 부축해 걸어왔을 때, 바다가 터질 듯이 육지 쪽으로 밀어닥쳤다. 동훈은 아버지를 모래 위에 내려놓은 후 산더미처럼 밀려오는 파도를 향해 몸을 돌렸다. 고개를 숙이고 눈을 감은 채 주먹을 쥐고 서 있었다. 동훈이 서 있는 바로 앞까지 거대한 파도가 들이닥쳤을 때 소년이 눈을 떴다.

파도는 두 사람을 삼키지 못했다. 파도는 어떤 거대하고 투명한 장벽에 부딪친 것처럼 둥글게 부서졌다. 물 한 방울도 그 둥근 보호막 안으로 들어가지 못했다.

10여 분 동안 동훈은 성난 채 출렁거리는 파도 앞에 서 있었다. 파도가 부서졌다. 바다가 다시 잠잠해졌다. 최 목사가 심하게 기침을 하며 일어나 앉았다. 그는 다시 잔잔해진 바다와 뜨거운 햇살, 그리고 평화롭게 날고 있는 갈매기 떼를 보았다.

최 목사가 아들의 손을 꽉 잡았다.

"동훈아, 이제 그만해. 넌 괴물이 아니야."

아버지가 몸을 부들부들 떨면서 말했다. 아들이 아버지를 노려보았다. 동훈의 눈동자가 노랗게 변해 있었다.

"훈아!"

"전 누구죠?" 노란 눈을 뜨고 동훈이 물었다.

"여기가 네 고향이야. 여기 강릉이."

동훈이 바다를 향해 고개를 돌렸다. 주변으로 동그랗게 모래가 파여 있었다. 원의 직경은 20미터 정도. 그들 머리 위로 드론 한 대가 날았다. 방송국 차량 앞에 선 스태프가 해일이 밀어닥치던 광경을 아까부터 찍고 있었다.

"17년 전에 너는 내 아들이 되었다."

아버지가 그날의 일을 떠올렸다. 이제는 더 이상 단조로운 옛날이야기가 아니었다. 그것은 어떤 비극의 서막처럼 장엄하게 들렸다. 가쁜 숨을 몰아쉬며 그날의 일을 이야기하는 아버지는 어떻게든 뭔가를 수습해야 하는 사람처럼 힘겹게 말을 골랐다.

"미안하구나. 난 그리 자애로운 사람이 아닌데, 내가 네 아비가 되어서."

"어째서 여기 강릉이 제 고향이죠?" 아들이 무뚝뚝한 로봇처럼 물었다.

그의 등 뒤로 해가 기울고 있었다. 바다에서 제법 시원한 바람이 불어왔다. 동훈이 고개를 돌려 아버지를 보았다. 그다음 말을 어떻게 이어갈까 고민하다가 최 목사가 고개를 숙였다. 흠뻑 젖은 머리에서 물방울이 떨어졌다.

"아기를 두고 간 어미의 심정이 어땠을지 짐작이 되더구나. 가방 속에 3만 원이 든 돈 봉투가 있었어. 눈물에 젖고 말라서 쭈글쭈글했어. 국민은행 강릉 지점 로고가 새겨진 돈 봉투. 그걸 보고 네 고향이 이곳이리라 짐작했다. 강릉, 여기가 네 고향일 거야."

아버지는 차분하게 말했지만 울먹이는 소리를 감추지 않았다. 그는 한참 동안 훌쩍거렸다.

동훈은 그게 무슨 말이냐고 따져 묻지 않았다. 과거의 사실 하나가 더해졌다고 해서 진실이 뒤집어지는 것은 아니다. 동훈은 아버지의 말을 들으면서 자기 안의 힘이 거대한 융단처럼 다시 출렁이는 것을 느꼈다.

문득 동훈은 어쩌면 그것을 통제할 수 있을지도 모르겠다는 생각이 들었다.

아버지가 손을 바지 뒤로 돌려 물에 젖은 휴대전화를 꺼냈다. 그리고 가죽 케이스를 열었다. 물이 뚝뚝 떨어졌다. 물에 젖었지만 곱게 접은 작은 봉투 하나가 나왔다. 아버지는 조심스럽게 봉투를 펼쳤다. 봉투 속에서 또 다른 봉투가 나왔다. 아들의 손에 그걸 쥐여주었다.

흙빛으로 변한 작은 봉투에는 국민은행 강릉 지점의 로고가 새겨져 있었다. 구겨진 흔적이 실금 같은 무늬로 남아 있었다. 그것이 유일한 생모의 흔적이었다. 무인 현금인출기 위에 다발로 쌓아두는 돈 봉투. 금반지나 옥구슬도 아니고 돈 봉투라니.

"네 엄마가 보관해두었단다. 그걸 왜 성경책에 넣어두느냐고 내가 뭐라 그랬는데도 지금까지 그걸 간직하고 있었어. 강릉에 간다니까 꺼내서 주더라. 햇볕에 말려야겠는데……."

물에 흠뻑 젖은 봉투를 들고 동훈이 손을 떨었다. 작은 힘에도 봉투는 찢어질 것 같았다. 힘을 통제해야 한다. 그러지 않으면 봉투가 찢어지고 만다. 바다를 휘저어대던 힘으로는 물에 젖은 연약한 종이봉투를 어쩌지 못한다.

"방금 넌……, 훈아. 그 힘으로 사람을 죽인다면 넌 내 아들이 아니다. 악마가 되지 말거라."

"전 악마가 아니에요!"

그 말과 동시에 모래 입자들이 허공으로 떠올랐다. 수많은 모래알들이 공중에 떠 있었다. 모래 입자는 하나하나가 예리한 칼처럼 부유했다. 그것들이 달려들어 사람 몸에 박힌다면 어떻게 될까. 위태롭게 바다 쪽으로 날아갔던 드론이 다시 이쪽으로 돌아왔다.

집요하게 달려드는 날파리처럼 두 사람 주위를 맴도는 드론을 향해 동훈이 고개를 들었다. 그를 찍고 있는 게 분명했다. 화가 난 동훈이 부들부들 떨면서 눈을 감았다.

머릿속에서 출렁이는 힘. 동훈이 그 안에서 작은 물줄기 같은 느낌을 잡았다. 그가 눈을 번쩍 뜨고 드론을 노려보았다. 동훈 주변의 허공을 맴돌던 모래 입자들이 쏴아 소리를 내며 드론을 향해 날아갔다.

모래가루가 드론을 덮쳤다. 모래 입자 하나하나가 동훈의 분노를 품고 드론의 동체를 물어뜯었다. 드론이 바닥으로 떨어졌다. 모래가 먼지처럼 피어올랐다. 드론 동체에 셀 수 없이 많은 구멍이 뚫렸고 아래쪽에 달린 카메라의 렌즈가 박살났다.

"훈아, 그러지 마." 낮고 침착한 목소리로 아버지가 말했다. "넌 악마가 아니야. 귀신에 씐 것도 아니고. 넌 단지 작은 아이에 불과해. 넌 아직 어리고 연약한 내 아들이야."

노란 눈이 검게 변했다. 동훈의 안구 전체가 악마의 눈처럼 검은색으로 변했다. 검은 눈이 번쩍거렸다. 아이는 몸을 떨면서 분을 삭이려 애썼다. "무서워요."

"알아. 괜찮아. 나아질 거야."

아버지가 동훈의 어깨를 감싸 안았다. 아들은 어깨를 움츠리고 아비 품에 안겼다.

"모세가 홍해를 가를 수 있었던 건……." 아버지의 입술이 파랗게 변해 달달 떨렸다. "자신이 버림받은 자식이라는 열등감에서 해방되었기 때문이야."

아들의 어깨가 작게 들썩거렸다. 이를 물고 입에서 터지는 울음을 간신히 참으며 눈물을 흘렸다.

"자유롭게 해주면 돼." 아버지가 아들의 등을 쓸었다. "널 자유롭게 해주거라. 넌 내 아들이야. 넌 자유로워."

아들이 아버지의 굵은 허리를 세게 끌어안았다. 검은 눈이 노랗게 변했다가 다시 회백색으로 변했다.

부글부글 끓어오르던 분노가 고운 모래처럼 가라앉았다. 힘이 정돈되었다.

"너무 늦게, 혹은 너무 빨리 얘기하게 될까 봐, 그게 두려웠단다. 사실은 지금도 적당한 때인지 잘 모르겠구나."

아들은 아버지의 허리를 잡고서 잠시 동안 아무 말이 없었다. 아버지가 아들의 등을 계속 쓸어주었다.

해변을 빠져나갔던 사람들이 다시 돌아왔다. 백사장은 여전했다. 뜨거운 열기, 포말을 터뜨리는 파도, 강풍과 파도에 난장판이 된 모래밭. 성난 개처럼 물어뜯던 폭풍이 가라앉았다. 아무도 다친 사람이 없었다.

동훈이 힘을 다스렸다. "아무도 잘못하지 않았어요." 그가 말했다.

"무슨 말이니?"

"아빠도 엄마도, 그리고 저를 거기 두고 간 엄마도요. 아무도 잘못한 게 없어요."

어쩐지 그렇게 할 수 있을 것 같았다. 무겁게 출렁이는 바다였지만, 눈을 감고 집중한다면 바다의 물을, 분자 하나하나에 이르기까지 모두 들어 올릴 수 있을 것도 같았다. 그리고 어쩌면 자기 안에서 끓어오르는 힘을 조절할 수 있을 것 같았다.

"주께서 네게 힘을 주셨다. 훈아, 주님은 교만한 자를 치고 겸손한 자를 들어 쓰신다. 주님 안에 있으면 넌 강한 용사가 될 수 있어." 아버지가 아들의 어깨를 꽉 쥐었다.

동훈이 모래를 향해 손바닥을 펼쳤다. 최 목사가 다시 긴장한 눈으로 아들의 손을 내려다보았다.

한 줌의 모래 입자들이 작게 회오리치더니 동훈의 손안으로 들어왔다. 동훈이 손바닥을 위로 올렸다. 테니스공만큼 작게 뭉쳐진 모래공이 그의 손바닥 위에서 천천히 회전했다. 원시 지구의 모형을 보여주는 그래픽 같았다.

옆을 지나던 아이가 그걸 보고 유령을 본 것처럼 하얗게 질려서 도망갔다.

"어떻게 하는 거니? 그 마술?" 놀라움과 두려움이 뒤섞인 눈으로 최 목사가 물었다.

바다에서 가벼운 바람이 불어왔다. 동훈이 손안에 있던 모래를 놓아주었다. 부드럽게 회전하던 모래 공이 스르르 바람에 흩어졌다.

"자유롭게 해주는 거예요." 동훈이 손바닥을 가볍게 털어냈다. "자유롭게."

그의 다른 손에 들려 있던 국민은행 강릉 지점 돈 봉투가 햇볕에 말라 흔들렸다.

아버지의 두 번째 죽음은 1989년 10월에 찾아왔다. 땅이 흔들리는 폭발도 없었고 빗발처럼 쏟아붓는 총알도 없었다. 방에는 여린 가을 햇살이 들었다. 그렁거리는 숨소리가 들렸다. 그는 나사로를 살리신 주님과 힘든 노동을 견디게 해준 담배를 사랑했다. "한 대만 다오." 아버지가 말했다. 형이 담배에 불을 붙여 아버지의 입에 물려주었다. 몇 번 연기를 빨았다. "이제 좀 살 것 같다." 그렇게 말씀하시고 아버지는 숨을 거두셨다.

— 최현조, <우리 집안의 역사와 뿌리>

50화
Emit

방출 5

병원 입구까지 택시가 들어왔다. 가방 하나에 짐을 다 넣어 옆구리가 불룩했다. 택시를 기다리던 사람은 방금 수감 생활을 마치고 출소한 사람 같았다. 두부라도 먹어야 하나?

"흑석역이요."

박에스더가 택시 뒷좌석에 조심스럽게 몸을 밀어 넣으며 말했다. 노년의 기사는 그녀가 편안한 자세로 앉을 때까지 침착하게 기다려주었다.

차가 천천히 출발하면서 병원 경내를 돌아 나갔다. 차의 방향이 바뀔 때마다 에스더가 고개를 이리저리 돌려가며 병원을 바라보았다.

햇빛이 강했다. 갈색으로 선팅이 돼 있는데도 눈이 부셨다. 에스더는 눈을 가늘게 뜨고 얼굴을 찡그렸다.

"몸이 많이 안 좋은가 보네요?"

택시 기사가 룸미러를 보며 물었다.

"이제 다 나았어요."

홀쭉하게 살이 빠진 에스더는 아름다운 아가씨로 변해 있었다. 방금 변태를 마친 나비 같았다. 그녀는 불순물을 완벽하게 걸러낸 나비가 이제 막 첫 비행을 시작할 때처럼 연약해 보였다.

택시 기사는 룸미러로 자꾸만 손님 얼굴을 쳐다보았다. 오른팔을 차 천장으로 뻗어 실내등이 켜져 있는지 확인했다.

"손님, 얼굴이 환하시네요. 얼굴에서 무슨 빛이 나오는 것 같아요."

"제가요?"

"혹시 테레비에 나오는 분이세요?"

"어머, 아네요." 에스더가 얼굴을 두 손으로 가리며 부끄럽게 웃었다.

"얼굴이 하도 환하길래."

머리가 하얗게 센 고령의 택시 기사는 여자 손님의 외모에 감탄하며 부드럽게 웃었다. 얼핏 보아서는 고등학생인지 대학생인지 분간이 잘 안 됐다. 어떤 맛을 품고 있을지 모르는 탐스러운 열대 과일처럼 그녀는 아름다웠다.

"대학생이신가 보죠?"

혼란스러운 그녀의 외모를 보고 기사가 물었다.

"아뇨. 아직 고등학생이에요."

"우리 막내딸이 대학교 2학년인데, 걔는 아직 어린애라. 학생은 다 큰 어른 같네. 낼 모레 시집가도 되겠어."

지금 자신이 20대라면 당장 청혼하겠다, 그런 말처럼 들렸다. 에스더는 기사의 지나친 찬사가 불편하게 느껴졌다.

하지만 기사의 말은 음흉한 과찬이 아니었다. 에스더는 자기 몸의 변화를 느끼지 못했다. 살이 조금 빠지고 피부가 매끄러워졌다는 느낌 정도? 균형 잡힌 병원 밥 덕이라 생각했다. 자기 얼굴에서 빛이 난다는 생각은 결코 하지 못했다.

택시 기사는 여고생의 얼굴에 자꾸만 눈이 갔다. 이상하게 심장이 고동치고 사지의 근육이 씰룩거렸다. 시야가 흐려지기도 했다. 얼굴에서 진땀이 흘렀다. 후우, 후우 하고 몇 번이나 크게 숨을 쉬어야 했다.

"학생, 주유소에 잠깐 들렀다 가도 될까?"

출발한 지 30분쯤 지났을 때, 결국 기사는 차를 멈춰야 했다.

"어디 불편하세요?" 에스더가 걱정을 가득 담은 얼굴로 기사를 보며 물었다. 그녀는 겁이 났다. 혹시 또 자기 때문에 의도하지 않은 일이 일어난 건가, 그녀는 두려웠다.

"아, 아니. 화장실에 가려고."

"예, 그러세요." 에스더가 겁먹은 목소리로 대답했다.

주유소 주차장에 차를 댄 기사는 얼른 화장실로 뛰어갔다. 서둘러 바지 지퍼를 내리고 방광에 힘을 주었다. 세찬 오줌 줄기가 소변기를 때렸다.

"뭔 일이래?"

10년 만이었다. 이렇게 시원한 느낌으로 소변을 본 적은 지난 10년 동안 한 번도 없었다. 오줌을 누면서 쾌락을 느끼던 지난날을 잊은 지 오래였다. 아, 좋다, 시원하다, 우후, 이런 말을 연발로 내뱉었다. 기사는 쭉쭉 뿜어 나오는 오줌 줄기를 신기하게 바라보았다.

기사가 다시 운전석으로 돌아왔다.

"괜찮으세요?" 에스더가 조심스레 물었다.

"갑자기 소변이 마려워서……. 미안해, 학생."

민망한 표정을 지으며 기사가 핸들을 잡았다. 그가 다시 인상을 썼다. 여전히 시야가 흐렸다. 안경을 벗고 앞을 보았다. "으응?" 기사가 고개를 갸웃거렸다. 안경을 수납함에 접어 넣었다. 택시가 다시 목적지를 향해 출발했다.

남부순환로를 지나는 동안 기사는 몸에서 약간의 열감을 느꼈다. 더위 때문이 아니라 몸 자체가 뜨겁게 달아오르는 느낌이었다. 에어컨을 3단으로 올렸다. 평소보다 약간 거칠게 차를 몰았다. 팔다리의 힘을 조절하기가 불편했다.

아픈 것 같지는 않은데 뭔가 이상한 느낌이었다. 안경 없이 운전하는 것도 이상했다. 그의 시력은 좌우 모두 심한 근시였다. 늙으면 근시가 정상 시력으로 회복된다는 말은 들었지만 이렇게 갑작스레 변한다고는 생각 못 했다. 이상한 일이었다. 길 끝의 소실점까지 눈에 들어왔다.

에스더는 창밖을 보거나 폰을 들여다보았다. 병원을 출발한 지 한 시간쯤 지나 택시가 흑석역 앞에 멈추었다.

기사는 이제 땀을 흘렸다. 기사가 요금을 말하며 에스더를 보았을 때, 이번에는 에스더가 깜짝 놀라 기사의 얼굴을 보았다.

"18200원이야. 그냥 18000원만 줘요."

좀 전과 다른 목소리로 기사가 말했다. 더 또렷한 목소리였다. 에스더가 돈을 내고 차에서 내렸다. 내리면서 자꾸만 기사의 얼굴을 바라보았다.

얼굴에서 광채를 내는 아가씨에게 기사가 환하게 웃으며

잘 가라 손짓했다. 에스더가 근심 가득한 표정으로 차 문을 닫았다.

구레나룻 아래로 흐르는 땀을 닦으며 기사가 룸미러로 자기 얼굴을 보았다. 순간 기사는 꺅, 하고 비명을 질렀다.

하얗던 그의 머리가 검게 변해 있었다. 자기 머릿결을 떨리는 손으로 매만졌다. 아침에 면도하면서 본 머리는 파 뿌리처럼 하얀색이었다. 50대부터 자라난 은발과 백발의 머리카락이 사라지고 없었다. 흑표범의 털빛 같은 검은 머리가 자신의 머리가죽 위에 얹혀 있었다.

그는 귀신을 만난 사람처럼 덜덜 떨면서 자기 머리와 얼굴을 쥐어뜯었다. 몇 번이고 살을 꼬집었다. 피부의 주름이 펴져 있었다. 그의 기억에 있던 40대 때의 모습이었다.

그는 얼른 문을 열고 차에서 내렸다. 아까 그 손님이 걸어가던 쪽을 보았다. 횡단보도를 건너 그녀가 걸어가고 있었다. 큰 소리로 불러보았지만 그녀는 뒤돌아보지 않고 가던 길을 계속 갔다. 그녀의 머리 주위로 무지갯빛 후광이 동그랗게 떠 있었다.

"고마워. 고마워, 학생."

왜 그렇게 말했는지 모르겠지만, 기사는 그렇게 혼잣말을 하고 차에 다시 올랐다. 상쾌한 기분이었다. 그는 아직도 힘

조절이 어색한 팔다리로 힘차게 기어를 넣고 액셀을 밟으며 출발했다.

택시를 타고 올라갈 수도 있었지만 에스더는 일부러 큰길에서 내렸다. 걸어 올라가면서 생각을 정리하고 싶었다.

집에 가면 뭐가 있을까. 두려움의 흔적이 있겠지. 에스더는 몇 번이나 빈집에 들어가는 꿈을 꾸었다. 검은 먼지에 뒤덮인 집, 회색 곰팡이가 핀 부엌, 수백 마리의 갈색 바퀴벌레들, 모호한 침묵, 망가진 가전제품들, 움푹 내려앉은 천장, 금 간 벽, 죽어버린 장미……. 집은 버림받았다. 돌아오지 않는 아빠와 함께. 어떠한 생명체도 살지 않는 거대한 은하처럼.

그녀는 집을 불태우고 싶었다. 집은 이제 커다란 쓰레기가 돼 있을지도 모른다. 생각하기도 싫었지만 그 일이 자꾸 떠올랐다. 방바닥에 쓰러져 온몸에서 피를 흘리며 꿈틀대던 사내들. 에스더는 세차게 고개를 가로저었다.

그때 전화가 걸려왔다.

“인아야!”

에스더가 반갑게 전화를 받았다. 고갯길을 오르느라 차오른 가쁜 숨 사이로 인아의 이름을 불렀다.

— 에스더야, 왜 퇴원한다고 말 안 했어?

"어떻게 알았어?" 하얀 이를 드러내며 에스더가 웃었다.

길을 지나는 남자들 몇 명이 에스더를 쳐다보았다. 너무 크게 말했나 싶어 에스더가 폰을 가리고 말했다. 하지만 방금 그 남자들은 에스더가 걸어온 1킬로미터의 길에서 에스더를 쳐다본 수많은 사람들 중 일부에 지나지 않았다. 길가의 사람들이 모두 에스더를 보았다. 어쩜, 저렇게 예쁜 아가씨가 우리 동네에 살고 있었나. 그들은 흑석동 산동네 비탈길에서 낯익은 연예인이라도 보는 듯 에스더에게서 눈을 떼지 않았다.

"파티?"

— 그래. 소독약 냄새 빼야지. 두 달 가까이 병원에 있었으니까. 어때? 오늘 저녁? 너네 집에서 할까? 혼자 있기 심심하잖아.

"나야 좋지. 근데 집 청소하려면 시간 좀 걸릴 텐데?"

— 그건 걱정하지 마. 우리가 거들어줄 테니까. 얘들이 능력이 좀 있거든.

킥킥거리며 에스더가 웃었다. 다시 사람들 눈이 보였다. 에스더는 사람들이 왜 자꾸 자신을 쳐다보는지 이해할 수 없었다. 얼굴에 뭐가 묻었나? 손으로 가볍게 얼굴을 닦았다.

— 지금 어디야?

"집 근처. 이제 다 왔어."

— 빨리 올라와!

"뭐?"

— 그래. 여기 너희 집 앞이야. 두 시간 동안 기다렸어, 얘. 사실은 진우 쌤이 엊그제 말해줬거든. 너 오늘 퇴원한다고. 애들이 더워 죽을라 그래. 특히 철산이. 한 5분 있으면 쟤 죽을지도 몰라.

에스더가 아까보다 더 큰 소리로 웃었다. "전부 다?"

— 전부 다. 너까지 치면 슈퍼 쎄븐!

에스더의 얼굴이 더욱 환하게 밝아졌다. "알았어. 얼른 올라갈게. 좀만 기다려!

에스더가 폰을 뒷주머니에 넣었다. 그리고 뛰기 시작했다. 가파른 경사였다. 어깨에 무거운 가방까지 멨다. 그래도 힘들지 않았다. 탁탁거리며 땅을 밟아 뛰었다. 날씬한 곡선의 몸이 탄력 있게 움직였다.

길을 지나던 사람들이 좌우로 물러섰다. 모두 그녀의 얼굴을 뚫어지게 바라보았다. 병원을 나선 후 지금까지 에스더는 자기 얼굴을 보지 못했다. 마주 오던 여자아이 하나가 에스더 얼굴을 손가락으로 가리키며 이렇게 말하기 전까지는.

"엄마, 저 언니 얼굴에서 빛이 나와!"

대여섯 살쯤 돼 보이는 그 아이가 큰 소리로 말했다.

"그, 그러게. 지, 진짜 예쁘다……."

아이 엄마가 그렇게 말했다. 그런데 아이 엄마의 얼굴은 놀라운 미녀를 본 표정이라기보다 귀신을 본 얼굴이었다. 그제야 에스더는 걸음을 멈추었다. 턱 밑까지 차올라 가쁜 숨을 몰아쉬었다. 가슴을 들썩이며 그녀가 상점 진열장 유리 쪽으로 고개를 돌렸다.

달덩이처럼 환한 얼굴이 유리에 비쳤다. 에스더는 유리 쪽으로 좀 더 다가갔다. 정말로 얼굴에서 광채 같은 것이 나오고 있었다. 그저 예쁜 얼굴이 아니었다. 무대 위에서 환한 조명을 받고 있는 여자 가수처럼 보이기도 했고 햇빛에 반사된 스테인리스 동상 같기도 했다.

사람들이 여전히 에스더를 이상한 눈으로 쳐다보며 길을 비켰다. 에스더는 허리를 숙여 가방을 뒤졌다. 모자를 꺼내 푹 눌러 썼다. 그리고 다시 뛰었다. 이번에는 사람들 눈을 피해 달아나는 도둑처럼 뛰었다. 서치라이트를 받은 듯 그녀의 피부에서 빛이 나왔다.

집이 보이는 골목으로 접어들었을 때 에스더는 친구들을 보았다. 고인아, 최동훈, 우도윤, 김철산, 이치훈, 변기태. 여섯 명의 친구들이 에스더를 보자마자 환하게 웃었다.

2초 후에 아이들의 얼굴이 딱딱하게 굳었다. 그들이 본 것은 에스더의 옷을 입고 에스더의 모자를 쓴 에스더의 형상, 눈부시게 빛나는 사람 모양의 빛이었다.

에스더의 모양을 한 빛나는 인간 형상이 에스더의 집 앞으로 뛰어왔다. 남자아이들이 에스더 앞으로 나서며 그녀의 몸을 가렸다. 에스더가 가방을 뒤졌다. 열쇠, 열쇠, 그녀가 그렇게 중얼거렸다. 떨리는 손으로 가방을 뒤졌지만 열쇠가 나오지 않았다.

"비켜봐."

철산이 에스더를 옆으로 물렸다. 그가 주먹을 쥐었다. 그리고 철문의 잠금장치를 가볍게 통 때렸다. 삐걱 소리를 내며 문이 열렸다. 에스더가 안으로 뛰어 들어갔다. 아이들 모두 눈부신 빛의 움직임을 따라 안으로 들어갔다.

51화

Diffusion

확산 1

철산은 부서진 잠금장치를 고치느라 다른 친구들보다 늦게 집 안으로 들어갔다. 집 안은 그런 대로 정리가 돼 있었다.

진우 쌤 짓이다. 피 묻은 방바닥을 닦아내고 벽지를 새로 갈아놓았다. 부서진 가구는 새 나무를 대고 못질을 해 고쳐놓았다. 망가진 TV는 어쩌지 못했는지 어정쩡하게 선반에 올려두기만 했다.

"에스더는?"

철산이 기름때 묻은 손을 휴지로 닦아내며 물었다.

"욕실에. 인아랑 같이."

동훈이 부엌으로 이어지는 문 앞에서 대답했다. 그는 안에서 나는 소리에 귀를 기울이며 서 있었다.

"뭐 잡히는 거 없어?" 철산이 기태에게 물었다.

"아무것도. 네 몸에서 나오는 거랑 똑같아." 기태가 에스더 책상 의자에 걸터앉아 대답했다.

"그럼, 저 빛은?" 철산이 다시 물었다. 아이들 모두 기태를 쳐다보았다. 기태가 어깨를 으쓱했다.

"진우 쌤한테 전화해야 하는 거 아냐?" 도윤이 속삭이듯 물었다. 감마선에 대해 말하고 싶었지만 그러지 않았다.

"그게 감마선이었다면 우리 모두 피폭돼서 지금쯤 피를 토하며 방바닥을 구르고 있을 거야. 아니면 세포막이 전부 허물어져서 살가죽이 곤죽처럼 변했겠지. 걱정하지 마. 감마선 아냐." 기태가 톡 까놓고 말했다.

"그럼 뭐야?" 철산이 바지 벨트 위에 두 손을 올리고 어깨를 쭉 편 자세로 서서 심각하게 물었다.

"애들 나와. 조용히 해." 동훈이 철산의 말을 막았다.

이윽고 욕실 문이 열렸다. 인아가 먼저 나왔다. 괜찮아, 이제 나와도 돼, 인아가 에스더를 에스코트했다. 에스더가 몸을 드러냈다.

철산이 에스더를 보았다. 그리고 철산의 눈이 휘둥그레 열리는 것을 기태가 보았다.

철산의 눈은, 태어날 때부터 어두운 동굴 속에 갇혀 빛이라곤 전혀 보지 못하고 살던 수인(囚人)이 그 몸을 포박해놓은 밧줄을 끊고서 동굴 밖으로 나가 처음으로 눈부신 햇빛 사이로 날아가는 무지개 빛깔의 나비를 보았을 때의 그 눈이었다.

플라톤이 말한 '혈거인의 각성'은 지금 철산에게서 일어나는 근본적인 변화와도 같은 것이었다.

에스더의 몸은 더 이상 아까처럼 빛나지는 않았다. 하지만 그 아름다움은 감출 수 없었다. 남학생들이 전부 입을 쩍 벌렸다. 우도윤은 어이가 없다는 듯 에스더 주위를 맴돌았다. "에스더야, 너, 너……." 도윤은 도대체 무슨 화장품을 쓰느냐고 묻고 싶었다.

그 기적 같은 아름다움에 반한 여섯 명의 아이들 중에서 철산은 특히 깨달음의 깊이가 더 컸다. 철산은 급격한 내적 변화를 겪고 있었으며 그 변화는 일종의 존재론적 각성과도 같은 것이었다.

지금까지 본 여자들은 전부 그림자에 불과하다. 여기 참된 여인의 이데아가 서 있다. 에스더는 이제 모든 여자의 본성이며 아름다움의 실체가 될 것이다. 박에스더라는 저 단 한 명의 여자로부터 모든 여자가 파생될 것이다. 에스더의 아름다움을 본 이상, 철산은 앞으로 자신이 살면서 보게 될 무수한 여자들은 그저 참된 여자의 그림자이거나 그것의 모방에 지나지 않을 거라는 걸 직감했다. 단 하나의 본질이 있을 뿐이다. 그 단 하나의 본질적 형상이 지금 그의 앞에 서 있었다.

철산은 갑자기 눈물이 나오려고 했다. 가슴이 벅차오르고 숨이 막힐 지경이었다. 아, 얼마나 숱한 세월을 찾아 헤매었던가. 오직 '참된 여자'를 찾기 위해 철산은 얼마나 많은 아이돌 여가수의 사진을 수집하였으며, 얼마나 자주, 매일 밤, 자다가도 일어나서, 새아빠의 주민번호를 도용해 19금 사이트의 허무한 바다 속을 방황하였던가.

이제 더 이상 방황할 필요가 없다는 기쁨이 철산의 가슴속에서 솟아올랐다. 샘솟는 열정과 터져 나오는 호르몬을 그는 막을 수 없었다. 솟아오르는 모든 것을 억누를 수 없는 지경이 되었다. 다리가 휘청거렸다.

철산은 부푼 바지춤을 추스르며 허리를 구부정하게 숙인 채 황급히 밖으로 달려 나갔다.

걔, 왜 저래? 다들 그런 눈으로 철산을 째려보았다.

"가까이 오지 마. 내게서 멀리 떨어져."

에스더가 친구들을 경계했다. 친구들에게서 멀찍이 떨어져 바닥에 웅크리고 앉았다.

"아니, 여기서 당장 나가. 너희들 모두. 감마선에 노출될지 몰라. 지난번 그 아저씨들처럼 너희들도……."

에스더가 심하게 몸을 떨면서 울었다.

"아니야, 에스더야. 그렇지 않아. 넌 예전보다 더 예뻐졌을 뿐이야." 어느새 몸을 추스른 철산이 다시 들어와 말했다. "지금까지 살면서 너처럼 아름다운 여자를 본 적이 없어. 어쩌면 앞으로도 그럴 것 같아. 아니, 그럴 거야. 확실히! 살아 있는 여신 같아."

호들갑을 떠는 철산의 말에, '지랄한다'와 '꼴값한다'를 합쳐놓은 눈으로 아이들이 철산을 노려보았다.

에스더는 고개를 푹 숙이고 몸을 최대한 작게 웅크린 채 앉아 있었다. 인아가 일부러 에스더 옆에 가서 앉았다.

"그래. 철산 말이 맞아. 네 몸에선 아무것도 나오지 않아." 기태가 침착하게 말했다.

모두들 기태 쪽으로 고개를 돌렸다. 에스더도 고개를 들어 기태를 보았다.

"다들 알지, 내 능력? 난 전자파를 느낄 수 있어. 너한테서 뭔가가 방출되기는 해. 내 생각에 그건 평범한 광자 같아. 말하자면 햇빛 같은 건데, 그냥 좀 따뜻할 뿐이야. 아무에게도 해가 되지 않아. 믿어도 돼. 에스더야, 넌 지금…… 그냥 눈부

시게 아름다울 뿐이야."

에스더는 기태의 말에 위로를 얻은 것 같았다. '정말?' 하는 눈으로 기태를 보았다. 기태가 따뜻한 표정으로 고개를 끄덕였다.

"자, 이걸 봐." 철산이 방 한쪽에 걸려 있는 반신 거울을 떼어내 에스더 앞으로 가져왔다. 에스더가 거울 앞에 섰다. 에스더는 거울에 비친 것이 자기 얼굴이라는 게 믿어지지 않았다.

에스더의 얼굴이 밝아졌다. 그녀의 몸에서 더 이상 빛 같은 건 나오지 않았다.

에스더는 방을 둘러보았다. 부서지고 망가진 살림이 눈에 들어왔다. 그녀가 짧게 한숨을 푹 쉬었다.

"퇴원 축하 파티는 저녁에 하자. 일단 여기 청소부터 해야 해! 최동훈, 이치훈, 김철산, 너네들은 여기 있는 가구들 전부 밖으로 꺼내. 지금부터 대청소야. 도윤아, 저기 비닐봉지에 고무장갑하고 수세미 꺼내. 우리는 주방 청소할 거야. 자, 모두들 청소 시작!"

인아가 손바닥을 탁 치고서 움직였다. 가방을 뒤져 앞치마를 꺼내 두르고 머리에 두건을 썼다. 동훈이 인아를 보고 씩 웃었다. 인아의 얼굴이 빨개졌다.

슈퍼 쎄븐의 초능력은 집 안 청소에 꽤 쓸 만했다. 에스더의 완벽한 아름다움을 목격한 후 터져나온 철산의 정열(내지는 정력)은 집 안 가구를 마당으로 들어내는 데 유용하게 쓰였다. 가끔 중심이 안 맞아 기울어질 때는 동훈이 염력을 써서 자세를 바로잡아주었다.

우도윤은 더 놀라운 능력을 보여주었다. 바닥을 쓸고 닦을 때마다 바퀴벌레가 튀어나왔다. 꺅꺅거리며 비명을 지르던 도윤은 "더 이상 못 참아!" 하고 말하더니 방 한가운데 섰다. 그녀는 아주 미세하게 들리지 않는 소리로 노래를 불렀다. 매우 높은 음역의 고주파였기에 그것이 노래인지도 알 수 없었지만 어쨌든 노래 비슷한 것을 1분 넘게 불렀다.

그 소리는 아무도 들을 수 없을 만큼 정말 미세한 소리였다. 얼마 후 집 안 구석구석 숨어 있던 바퀴벌레며 개미들이 스멀거리며 기어 나오기 시작했다. 도윤은 '피리 부는 사나이'처럼 벌레들을 집 밖으로 몰았다. 밖에서 대기하고 있던 이치훈이 에프킬라 두 통을 양손에 들고 칙칙 뿌려 죽였다. 기태는 슬리퍼를 들고 내리쳐서 죽였다. 수백 마리의 바퀴들이 마당에서 몰사했다.

가구들을 다시 집 안으로 들였다. 기태가 부서진 가전제품을 일일이 확인했다. 그의 손길이 닿은 고장 난 TV와 컴퓨터가 다시 작동했다. 그는 자기가 마음먹은 대로 전자파를 통제할 수 있음이 확실했다.

청소를 시작한 지 세 시간 후, 아이들이 마당에 모였다. 반짝거리며 빛나지는 않았지만, 한때 에스더가 아빠와 함께 살던 집은 이제 그녀가 혼자 살아도 무섭지 않을 만큼 아늑한 곳으로 변했다.

대청소의 피날레는 최동훈이 맡았다. 마당의 흙바닥 위에 대충 깔아놓은 벽돌이 들쭉날쭉했다. 동훈이 바닥의 수평선을 의식하며 눈을 감았다. 아이들이 심란한 표정으로 동훈 주위에서 물러났다. 저 녀석은 자기 힘을 통제하지 못해 집을 무너뜨린 놈이 아니던가. 철산은 에스더 옆에 섰다. 여차하면 자기 몸으로 에스더를 감싸 보호하겠다는 계산을 깔았다.

동훈이 눈을 감았다. 출렁이는 힘의 감각이 느껴졌다. 그는 생각으로 수평선을 그렸다. 그리고 번쩍 눈을 떴다. 위에서 아래로 평평한 힘이 지속적으로 가해졌다. 바닥의 돌들이 보이지 않는 힘을 받아 아래로 내려가면서 수평을 이루었다. 동훈의 염력 쇼가 끝나자 인아가 혼자서 크게 박수를 쳤고 아이들은 겨우 불안한 마음을 달랬다. 마당에는 보기 좋게 정렬된 블록이 깔렸다.

손에 고무장갑을 끼고 땀을 닦는 에스더의 모습은 놀랍도록 아름다웠다. 철산이 발정제를 먹은 돼지처럼 흥분하는 것도 무리는 아니었다. 고무장갑을 낀 여자의 모습이 그렇게 아름다울 수 있는지에 대해 도윤조차 다시 생각해보았다. 분홍색 고무장갑을 끼고 아이스크림을 먹는 에스더의 모습은 여자가 보기에도 참 예뻤다.

한낮의 기온이 40도 가까이 올랐다. 아이들은 진땀을 흘리며 세 시간을 쓸고 닦았다.

에스더는 더 이상 두렵지 않았다. 묵은 쓰레기를 치우자 마음에 고여 있던 슬픔과 고통의 무게도 줄어들었다.

에스더가 창문 밑 화단으로 가 쪼그려 앉았다. 장미나무가 시커멓게 변해 있었다. 에스더는 고무장갑을 벗어 줄기를 만져보았다. 수액이 다 빠져나간 줄기가 힘없이 꺾였다.

"엄마가 심은 건데……."

그녀의 손끝이 장미나무를 계속 어루만졌다.

신기한 일이 일어나기 시작했다. 에스더의 손끝에서 환한 LED 불빛 같은 백색 불빛이 나왔다. 아이들이 에스더 주변으로 다가갔다. 에스더는 자기 손끝에서 나오는 불빛을 보더니 손바닥을 펼쳤다. 불빛이 손 전체로 퍼졌다. 빛이 몸 전체로 번져나갔다.

에스더가 빛나는 손을 뻗어 장미나무를 쓰다듬었다. 시커멓던 줄기에 초록색 기운이 감돌았다.

"저거 뭐야?"

철산이 손으로 가리키는 곳에서 장미꽃이 부풀었다. 마치 식물의 생장 과정을 고속 촬영 카메라로 찍어 재생하는 것 같았다. 에스더의 손길에서 나온 불빛이 닿는 곳마다 죽은 장미나무에 생기가 돌았다.

에스더 스스로도 놀랐다. 몸에서 나온 불빛이 장미나무 덤불 전체를 휘감았다. 어두운 동굴 속에 햇빛이 들면서 검은 그림자가 걷히는 것 같았다. 무언가가 흘러나와 장미나무를 감싸 안았고 죽은 나무가 살아났다.

"〈이티(E.T.)〉에서 본 거랑 똑같아. 그 왜 있잖아. 외계인 손끝에서 불빛이 나오면 죽은 식물이 살아나고 하는 거. 아, 물론 그 똥배 나온 외계인하고 에스더는 완전히 다르지만 말이야."

말수 적은 이치훈이 흥분한 소리로 떠벌렸다.

기태가 절뚝거리며 장미나무 앞으로 다가갔다. 그는 꼼꼼한 수사관처럼 나무줄기의 탄력과 생명력을 확인했다. 맨손으로 땅을 파서 뿌리 부분을 살펴보기도 했다.

"훌륭해. 완전히 회복됐어! 박에스더, 너 정말 끝내준다! 우리 능력을 다 합친 것보다 더 강력해. 죽은 생명을 다시 살리다니."

"에스더야."

인아가 턱에 손을 괴고 선 채 에스더를 불렀다. 인아가 턱에 손을 대고 있다는 건 뭔가 심각한 일이 벌어지고 있다는 말이었다.

"왜?" 에스더가 광채 나는 얼굴을 들어 인아를 보았다.

인아가 기태를 향해 고갯짓을 했다. 아이들이 모두 기태를 내려다보았다. 기태는 불편한 다리를 쭉 펴고 바닥에 앉아 장미나무의 뿌리를 흙으로 탁탁 다지는 중이었다.

기태가 동작을 멈추었다. 친구들의 침묵을 향해 머리를 들었다.

"다들 왜 그래?" 기태가 불안하게 물었다.

"가능하지 않을까?" 인아가 말했다.

"해봐! 빨리 해봐!" 철산이 부추겼다.

"그래. 가능할 거야. 어때, 넌?" 인아가 단호하게 물었다.

기태가 시선을 아래로 내렸다. 그는 생각에 잠겼다.

"좋아." 기태가 대답했다. 기대에 찬 목소리였다.

"에스더, 넌?" 인아가 에스더 쪽으로 고개를 돌려 물었다.

"장미나무를 쓰다듬을 때 어떤 느낌이 들었어. 그게 어떤 건지 이제 알겠어. 실은 아까 병원에서 나올 때 할아버지가 모는 택시를 탔어. 난 그때 집에 간다는 생각에 들떠서 기분이 엄청 좋았어. 그 기사님 말이 내 얼굴에서 자꾸 빛이 난다는 거야. 처음 택시 탈 때 그분 머리를 봤는데 백발이었어. 나중에 집 근처에서 내릴 때는 머리가 검게 변해 있었어."

"어떤 기분이 들었니?" 인아가 냉정한 눈빛을 작동시켰다. 그녀는 심각한 상황에서 늘 그런 눈빛을 보였다.

"그건 그러니까……, 지금처럼 더운 날 아이스크림 먹는 거하고 비슷해. 약간 아찔하게 붕 떠오르는 것 같고, 몸에서 열이 나는 느낌, 몸의 감각이 무딘 것 같지만 온몸에 소름이 돋으면서 예민해지고 그래. 그런 느낌이 들면 몸에서 빛이 나오는가 봐."

"키스할 때하고 비슷한 거야?" 철산이 물었다. 동훈이 철산 옆구리를 쿡 찔렀다.

"글쎄, 안 해봐서 모르겠지만……." 에스더가 얇은 입술을 깨물면서 말했다.

"다시 할 수 있겠어?" 인아가 여전히 차갑게 물었다.

"아마도." 짧고 확신에 찬 에스더의 대답.

"정말?" 불신을 지우기 위해 집요하게 파고드는 검사처럼 인아가 재차 물었다.

에스더가 마당 저쪽으로 시선을 돌렸다. 그녀가 죽은 바퀴벌레 쪽으로 걸어갔다. 아이들이 긴장한 눈으로 뒤따랐다. 바퀴는 등을 바닥에 대고 징그러운 다리를 오므린 채 죽어 있었다. 에스더가 손에 든 아이스크림 막대기로 바퀴를 툭툭 건드렸다. 바퀴는 전혀 반응이 없었다. 죽은 게 확실했다.

에스더는 쪼그려 앉은 채 고개를 들어 친구들을 둘러봤다. 기적을 지켜보는 민중들의 들뜬 눈. 부활과 불사를 목격했던 역사의 한 무리들이 저런 표정이었을 것이다. 생명을 살리는 능력은 죽음 자체보다 더 무서웠을 것이다. 아이들의 눈에 공포와 흥분이 뒤섞였다.

기태는 저쪽 장미나무 화단 앞에 앉아 지켜보았다. 그의 얼굴에는 복잡한 표정이 머물렀다. 그는 불구의 다리에 한쪽 손을 얹고서, 유혹에 저항하는 순결한 성직자처럼, 절박하지만 태연한 자세를 유지했다.

에스더와 기태의 눈이 마주쳤다. 어떠한 흠도 없는 아름다운 여인의 육체가 기태의 눈에 비쳤다. 텅 비어 있던 기태의 눈에 갈망이 들어찼다. 절뚝거리는 다리로는 도저히 가질 수 없는 것을 그의 눈이 보고 있었다.

기태의 짧은 다리는 죽지 않는 신체의 일부로서 거추장스럽게 매달려 있었다. 질질 끌려 다니거나 대롱대롱 매달려 있는 것으로서, 지금까지 기태의 한쪽 다리는 쓸모없는 부품이었다. 그렇다고 잘라낼 수도 없는 그의 다리가, 도저히 파괴할 수 없는 신체의 일부로 그의 몸통에 붙어 있었다.

그것은 일종의 좀비였다. 사람 같지만 사람이 아닌 좀비가 걸어 다니는 것처럼, 다리지만 다리가 아닌 것으로서 불편한 걸음을 만들어내는 것, 그 좀비 같은 다리 때문에 기태는 골반이 뒤틀리고 척추가 휘어진 채로 살아가고 있었다.

에스더의 능력은 고인 물처럼 다 쓰면 사라지는 것이 아니었다. 그 잉여를 조금 흘린다고 해서 무슨 해가 되겠는가. 기태가 에스더의 능력을 갈망하기 시작했다.

에스더가 기태의 눈을 읽었다. 바퀴벌레의 시체를 보았을 때 에스더의 손은 이미 빛을 내고 있었다. 찌르는 빛이 아니라 감싸는 빛이었다. 번쩍거리며 촌스럽게 빛나는 광채와는 비교할 수 없을 만큼 황홀했다. 그것은 밤의 대기로 퍼져나가는 은은한 달빛 같았다.

에스더가 빛나는 손을 들어 죽은 바퀴벌레 위로 가져갔다. 손은 직접 벌레의 몸에 닿지 않았다. 빛이 벌레의 몸을 감쌌다. 몇 초 지나지 않아 벌레가 다리를 꼼지락거리더니 금세 몸을 뒤집어 달아났다.

아이들은 죽은 벌레의 부활을 목격했다. 벌레가 살아날 수 있다면 짧은 다리도 자라날 수 있지 않을까.

혼란스러운 눈빛이 아이들 사이에서 확산되었다.

52화

Diffusion

확산 2

"좋아. 해보자."

인아가 단호하게 생체 실험을 명령했다. "기태야. 어때, 넌?"

"글쎄, 난……." 기태가 자신 없는 목소리로 얼버무렸다.

"왜?" 인아가 물었다.

"아, 아니. 좀 떨려서 그래. 절뚝거리는 게 익숙해서 그렇겠지."

"후우, 졸라 떨린다!"

"조용히 좀 해!"

철산과 동훈이 수선을 떨었다.

화단 앞에 엉덩이를 깔고 앉아 있는 기태 쪽으로 에스더가 다가갔다. 손에서 시작된 빛은 온몸으로 퍼져나갔다. 반바지 아래로 드러난 허벅지와 종아리에서도 빛이 났다. 그녀의 목덜미와 가슴팍에서도 빛이 새어 나왔다. 철산이 폰을 꺼내 찍으려고 했다. 인아가 고개를 저었다. 동훈이 철산의 폰을 빼앗았다.

"에스더야. 있지, 난……." 기태가 망설이며 몸을 뒤로 뺐다.

"괜찮아. 느낄 수 있어. 내가 뭘 해야 할지 알 것 같아. 괜찮을 거야." 에스더가 차분한 음성으로 기태를 안심시켰다.

단풍나무가 만든 잔잔한 그늘 아래 기태가 앉아 있었다. 아이들은 약간 거리를 두고 마당 한쪽에 무리 지어 섰다.

에스더의 손이 기태의 다리를 향해 다가갔다. 기태가 몸에서 따뜻한 기운을 느꼈다. 길고 우아한 에스더의 손가락에서 푸른빛이 번졌다. 무지개 색깔의 빛이 에스더의 아름다운 몸을 뒤덮었다. 심해에 사는 갑오징어의 피부처럼 현란하게 번쩍거렸다. 그녀의 손에서 번져나간 빛이 기태의 다리를 감쌌다.

아이들은 순간 소리가 사라졌다는 것을 알았다. 서로의 얼굴을 번갈아 쳐다보았다. 뭐라고 말했지만 소리는 전달되지 않았다.

한밤중에 보리밭에서 보았던 UFO의 불빛과 비슷했다. 아이들은 당황했다. 저쪽에서 에스더를 크게 불렀다. 에스더는 돌아보지 않았다. 그녀의 시선은 기태의 다리 위에 고정돼 있었다.

"잠깐만!" 기태가 에스더의 손을 덥석 잡았다. 에스더가 깜짝 놀라 기태를 쳐다보았다. 그보다 더 놀란 건 철산이었다. 저 새끼가, 하며 달려들 태세였지만 동훈이 그를 잡았다. 철산이 다가가려고 버둥거렸지만 동훈의 염력이 그를 놓아주지 않았다.

기태가 불편한 다리를 접어 뒤로 뺐다. 에스더가 놀라 손을 치웠다. 그녀의 몸에서 확산되던 빛이 조금 약해졌다. 푸른빛이 약한 백색광으로 변했다.

"난 절뚝거리는 걸 좋아해."

"뭐?"

웃으면서 던진 기태의 말에 에스더가 심각한 표정으로 되물었다.

"휴……, 어떻게 설명하지? 얘들아."

기태가 친구들을 불렀다.

"기태야. 왜?"

인아가 차분하게 물었다. 철산이 콧방귀를 뀌며 깐죽거렸다. 말해 병신아, 그런 눈이었다. 다른 아이들이 없었으면 틀림없이 그렇게 말했을지도 모른다. 겁쟁이, 라고.

"기태 형, 왜 그래?"

치훈이 진지하게 물었다.

"에스더야. 오해하지 마. 네 능력을 못 믿어서 그러는 거 아니니까. 나 좀 잡아줄래?"

기태가 손을 내밀었다. 치훈이 기태에게 다가가 그의 손을 잡고 일으켰다. 절뚝거리며 기태가 마당 한쪽에 있는 작은 평상으로 걸어가 앉았다. 휴, 하며 그가 땀에 젖은 옷을 펄럭거렸다.

에스더의 몸에서 불빛이 완전히 꺼졌다. 여신에서 인간으로 환생한 사람처럼, 우아한 걸음으로 평상으로 가 앉았다. 아이들 모두 마루와 평상에 걸터앉았다. 철산이 에스더 옆 자리로 파고들어 앉았다.

"우리가 능력을 갖게 된 후로 난 과학책에 묻혀 살았어. 덥다. 얘들아, 물 한 잔 먹고 얘기 좀 하자."

기태가 철든 소리를 했다. 기태는 다른 아이들보다 한 살 많다. 잔병치레로 한 해를 병원에서 보낸 탓이다. 인아와 도윤이 주방으로 들어가 주스를 내왔다. 종이컵에 따라 친구들에게 돌렸다. 기태가 한 컵을 쭉 들이켰다.

"캬, 한 잔 더."

술 먹듯 연거푸 석 잔을 들이켠 후에 기태가 말했다.

"이건 마법이 아니야. 이건 과학으로 설명할 수 있는 현상이야. 너희들 능력을 모두 연구하려면 시간이 좀 필요하겠지만 내 능력은 어느 정도 설명할 수 있어. 전자파는 원자 단위에서 일어나는 변화야. 그러니까 내가 전자파를 느끼는 건 원자 단위의 미세한 활동을 감지할 수 있는 어떤 감각이 발현된 거겠지."

그는 진지한 물리학자처럼 말했다.

"이건 좀 전에 생각한 거야. 그러니까 에스더가 내 옆에 있을 때. 에스더야. 넌 재생 치유력을 가졌어."

"재생 치유력? 그게 뭔데?" 에스더가 물었다.

"지저스 크라이스트." 기태가 과장된 발음으로 대답했다.

"뭐?" 에스더가 미간을 찡그리며 다시 물었다.

"말 그대로, 예수님하고 비슷한 능력을 가진 거야. 세포 기능을 빠른 시간 안에 회복시키는 능력. 예수님은 죽은 나사로를 살렸지. 네가 날 고쳤다면 우리 아빠는 아마 이 집을 새로 지어주셨을 거야. 어쩌면 그보다 더 많은 걸 해줄지도 모르지."

기태가 양팔을 뒤로 빼며 편안하게 기대앉았다.

"근데 왜 거부해?" 우도윤이 안타까운 표정으로 물었다.

"잘 들어봐. 에스더가 장미와 바퀴벌레를 살리는 방식을 생각해보자고. 어떻게 죽은 세포가 살아날 수 있지?"

"그러니까 능력이지!"

철산은 왜 그렇게 당연한 말을 하느냐는 표정이었다. 그건 다른 아이들도 마찬가지였다. 아이들 모두 능력을 어떻게 쓸까에 대해 고민했지 능력의 실체에 대해선 생각하지 않았다.

"아니, 아니. 물리 현상이야. 내 생각엔 이래. 에스더의 몸에서 나오는 빛은 세포를 원자 수준에서 회복시키는 파동의 일종일 거야. 그런데 어떻게 원래 상태를 알 수 있지? 만약 기술적으로 그걸 실현하려면 엄청난 실험을 반복해야만 할 거야. 그래야 정상 세포 상태를 파악할 수 있을 테니까. 그런데 어떤 이유인지는 모르겠지만 에스더의 빛은 그 상태를 정확히 찾아낼 수 있어. 이렇게 생각해보자. 여기 이 한 줌의 흙 속에……."

기태가 허리를 숙여 화단의 흙을 손으로 퍼 올렸다.

"이 흙 속에는 셀 수 없이 많은 흙 알갱이가 들어 있어. 이 알갱이 중에 가장 똘똘한 알갱이 하나가 있다고 쳐. 에스더의 빛은 그 알갱이를 중심으로 확산되는 방식일 거야. 그 녀석을 기준으로 통계 물리학적인 의미에서 평균 상태로 되돌리는 거지."

"언제 그걸 연구했어?" 인아가 심문하는 투로 물었다.

"좀 전에. 퍼뜩 그런 생각이 들었어. 에스더가 내 다리에 빛 마사지를 하기 직전에."

"근데 왜 다리를 안 고쳐? 가장 우수한 세포로 거듭날 수 있을 텐데?" 도윤은 아무래도 기태의 행동을 이해할 수 없었다. 죽은 벌레가 살아나는 걸 보지 않았나.

"그래 맞아. 만약 에스더가 내 다리를 치료하면 내 다리의 세포들은 평균 상태로 재생될 거야. 정상적인 상태의 세포가 생겨나면서 다리가 자랄 거야. 장미꽃이 피듯이. 그러면, 그와 동시에……." 기태가 아이들을 돌아보았다. "내게서 능력이 사라질지도 몰라."

"뭐라고?" 인아가 따지듯 물었다. 그걸 네가 어떻게 알아, 하는 소리였다.

"말했잖아. 이건 평균적으로 수평을 맞추는 거하고 비슷해. 그런데 어떤 녀석을 기준으로 정하지? 죽은 세포와 살아 있는 세포, 이 둘을 비교하면 당연히 살아 있는 세포가 통계적으로 더 우월해. 그럼 일반 세포와 초능력 세포 중에 고르라면 어떤 게 더 우월하지? 알 수 없어. 빛 마사지 후에 내 몸이 어떻게 변할지. 아까 동훈이가 바닥을 평평하게 할 때를 생각해봐. 하나의 기준에 다른 것들을 맞추는 거야."

"무슨 말인지 알겠어. 평균 상태가 되면 수학적으로 중앙값이 된다는 거지? 그 중앙값이 뭐가 될지 확신할 수 없다는 거고?"

"맞아. 바로 그거야."

동훈이 요점을 명확히 짚어냈다.

"아, 진짜, 졸라 어려운 말만 해."

기태와 동훈이 주고받은 말에 철산이 짜증을 냈다. (철산과 비슷한 표정으로 짜증을 부린 아이들에는 우도윤과 이치훈 그리고 박에스더도 포함된다. 그들은 두 친구의 대화를, 대충 분위기로만 파악했다.)

"왜냐면 내 몸은 평균적으로 평범한 인간이거든. 내 몸 자체가 전자파 형태의 파동이 아닌 이상 난 통계적으로 평범한 인간이야. 좀 쉬운 말로 하면 난 유령이 아니라 사람이라는 말이야. 그러니까 에스더가 내 몸을 치료하면 난 유령이 되는 게 아니라 인간이 된다는 거야. 초능력이 제거된 그냥 평범한 인간이."

"그럴 가능성이 있다는 말이겠지." 고인아가 혼잣말하듯 중얼거렸다. 냉정한 말투였다. 그녀는 여전히 기태의 치료에만 관심이 있었다. 그녀는 슈퍼 쎄븐의 능력으로 사회 복지와 정의를 실현하는 데도 관심이 많은 것 같았다.

"확률은 실제 사건을 뛰어넘을 수 없어. 어떤 일이 실제로 일어나면 확률은 무의미해져."

"그래도……." 인아가 고집을 부렸다. 기태가 잠들었을 때라도 그녀는 꼭 대범한 생체 실험을 감행할 기세였다.

기태가 진심을 드러내며 이렇게 말했다.

"인아야. 난 이유를 알고 싶어. 왜 우리에게 이런 능력이 생겼는지. 이게 단지 보리밭에 나타난 크롭 서클 때문일까? 외계인이 UFO를 타고 날아와 고등학생들을 납치한 다음 생체 실험을 한 걸까? 아니야. 이유가 있을 거야. 왜 하필 우리였는지. 그들이 왜 나 같은 절름발이에게 능력을 주었는지."

아이들은 기태의 말을 듣고 자기들이 아무것도 모른다는 것을 깨달았다. 그들은 괴상한 초능력을 가지게 되었다는 것 말고는 아무것도 몰랐다. 그러자 소름이 돋았다. 기태는 어떤 비밀을 탐색하고 있는 것이 분명했다.

"게다가……." 기태가 친구들을 향해 천천히 고개를 돌렸다. "우리 각자가 가진 능력을 봐. 어떻게 우리 모두에게 딱 맞는 능력이 생겼을까?"

그 말에 아이들은 낯선 눈으로 서로를 쳐다보았다. 차가운 고집불통(고인아), 자폐적 오타쿠(이치훈), 이기적 공주병(우도윤), 질풍의 반항아(최동훈), 불안한 우울증 환자(박에스더), 판단력이 마비된 운동선수(김철산)에, 한쪽 다리가 짧은 절름발이(변기태)까지. '슈퍼 쎄븐'은 정말 놀랍도록 특색 있는 열등아 집단이었다.

"우리의 능력은 우리의 결함에서 나오는지도 몰라." 기태가 말했다.

"그건 네 생각이지."

고인아가 반박했다. 인아는 고집 센 목장 주인이 땅에 박아놓은 말뚝처럼 꼿꼿하게 선 채 움직이지 않았다.

"텔레파시, 초음파 발성, 타임 리프, 염력, 괴력, 전자장 증폭, 감마선 방출……. 만화 같지 않아? 정말 외계인이 우리 각자에게 그런 능력을 심어주었을 것 같아?"

"그럼 네 생각은 뭔데?" 인아가 물었다.

"그들은 단지 우리에게 씨앗을 심어주었을 뿐이야." 기태는 인아에게서 눈을 돌리지 않았다. "그 씨앗이 우리들 각자에게서 자란 거고. 나와 너희들의 결함을 양분 삼아."

기태가 불편한 다리의 무릎을 손으로 탁 치며 말했다. "에스더가 이 다리를 고치면, 내 능력은 사라질 거야."

인아가 고개를 숙였다. 친구의 비밀스런 일기장을 본 사람 같았다. 그녀는 다시 기태를 바라보며 여리게 고개를 끄덕였다.

"그냥 절뚝거리면서 다녀도 돼. 요즘은 장애인 복지가 꽤 괜찮거든. 에스더야, 나중에 우리가 이 능력의 이유를 알고 나면, 그때 내 다리를 치료해줄래?"

기태가 어린 여고생을 타이르는 큰오빠처럼 물었다. 에스더가 소심하게 고개를 끄덕였다.

"무슨 개똥철학 같은 소리야? 고쳐준다고 할 때 들이대!"

"시끄러, 인마! 분위기 좀 타!" 동훈이 철산의 뒤통수를 탁 때리며 말했다.

"이 새끼가 죽을라고. 한 번만 더 때리면 가만 안 둬!" 철산이 동훈을 위협했다.

철산은 기태에게 답답한 자기 마음을 터뜨린 것이었다. 서로 티격태격 다투기는 했지만 철산은 언제나 기태를 보살폈다. 학교에서 계단을 오르내릴 때도 기태는 철산 등에 업히기를 좋아했다. "다른 애들 등짝은 좀 불편해. 너처럼 푹신하지가 않아." 사실 철산은 자신의 초능력을 기태를 업고 다니는데 가장 많이 썼다.

"철산아, 내 다리가 나으면 넌 해고야. 더 이상 날 업을 필요가 없을 테니까."

"새끼!" 철산이 고개를 푹 숙였다.

"청소 다 끝났는데 이제 뭐할까?" 기태가 두 눈을 번쩍 뜨고 친구들을 돌아보며 물었다.

"저기, 에스더야. 요즘 허리가 좀 안 좋거든. 역기를 많이 들어서 그런지. 요기 요 아래쪽에 손 한 번만 갖다 대줄래?"

철산이 미꾸라지처럼 에스더 옆으로 슬쩍 다가가 고통스런 표정을 지으며 몸을 들이댔다.

"어디, 여기?"

에스더가 긴 손가락을 철산 허리에 대고 물었다. 철산이 단단한 근육을 부풀리며 움찔거렸다.

"아니, 거기가 아니고, 고기 고 아래쪽에……."

"에라이!" 동훈이 다시 한 번 철산의 뒤통수를 세게 갈겼다.

"아, 쓰바, 분위기 좋구만. 왜 나서고 지랄이야!"

"작작 좀 해라, 이 호르몬 덩어리야!"

"야, 넌 인아하고 사귀면서 난 왜 에스더하고 안 된다는 거야? 너 설마 에스더한테?"

"철산아, 너 일단 좀 맞자."

동훈이 염력으로 철산을 들어올렸다. 다들 깜짝 놀랐다. 동훈은 완벽하게 자신의 능력을 통제했다. 자신이 원하는 순간에 방해물이나 장애물을 제거하는 능력을 적절히 사용했다. 거대한 철산의 몸이 허공에서 버둥거렸다. 철산이 악을 쓰고 발악을 해댔다.

"인아야, 정말?" 에스더가 콧잔등을 찡긋 하며 인아에게 물었다.

"응." 인아가 부끄럽게 웃으며 고개를 숙였다. "그렇게 됐어."

"축하해."

"고마워."

약간 어색한 인사말이 오갔다. 에스더가 곁눈질로 동훈을 쳐다봤다. 그러고는 다시 인아에게 고개를 돌리며, "우리 오랜만에 삼겹살 파티 할까?" 하고 물었다.

"정말?"

"응. 나 실컷 먹고 싶어."

"나도!" 우도윤이 저쪽에서 소리쳤다.

"그래, 좋아. 훈아, 철산 그만 괴롭히고 가서 삼겹살 좀 사와!"

"알았어."

인아의 명령에 동훈이 염력을 거두었다. 철산이 1.5미터 높이에서 바닥으로 떨어졌다. 온갖 욕설이 바닥에서 위로 올라왔다. 철산이 죽어가는 바퀴벌레처럼 버둥거렸다.

말 못 할 고민과 상처를 가진 아이들이 누가 버린 쓰레기처럼 꺼져 앉은 단층집 마당에 모여 앉아 큰 소리로 웃고 떠들었다.

53화

Diffusion

확산 3

늦은 밤까지 마당에 삼겹살 굽는 냄새가 퍼졌다. 집 앞을 지나던 동네 어른들이 잠깐씩 문을 열고 안부를 물었다. 누가 아빠 소식을 물을 때마다 에스더의 얼굴이 굳어졌다. "아직요." 죄지은 사람처럼 에스더가 울먹였다.

무더운 여름밤이었다. 밤낮을 잊은 매미가 밤까지 울었다.

"이젠 아버지도 알아." 동훈이 불쑥 말했다.

"염력 쓰는 거? 어떻게 말했어? 또 싸웠어?"

"집은 괜찮아?"

아이들 말에 동훈이 웃었다.

"좀 다투긴 했지만 그래도 괜찮아. 아무도 안 다쳤으니까.

서로 비밀을 하나씩 얘기했어. 난 내 능력을 보여줬고, 아버지는…… 친엄마 얘기를 해줬어."

에스더가 위로하는 눈으로 동훈을 바라보았다.

"돌아오실 거야. 꼭……." 에스더가 말했다. 그녀가 고개를 숙였다. 아빠가 돌아오실 거라는 말인지, 동훈이 엄마를 만나게 될 거라는 건지, 애매한 말이었다.

인아는 에스더에게 말할 타이밍을 놓쳤다는 걸 알고 후회했다. 차라리 병원에 있을 때 말했어야 했다. 하지만 그건 너무 잔인한 말이다. 에스더의 아버지가 돌아오지 않을 거라는 말은.

대전 원자력연구원에서 에스더를 구출하고 돌아오던 길이었다. 밤의 도로에 서 있던 남자(의 형체)를 인아는 기억했다. 유령처럼 나타났다 사라진 그 남자는 고맙다고 말하는 듯 인아에게 인사했었다. 처음엔 그가 누구인지 몰랐지만 나중에는 확신이 들었다.

진우 쌤이 에스더 아빠를 찾아 마산의 공사 현장까지 내려갔지만 찾을 수 없었다. 에스더가 집에서 납치되던 날 에스더 아빠도 함께 실종되었다. 틀림없이 에스더 아빠는 원자력밸리의 그 연구소 지하에 에스더와 함께 갇혀 있었을 것이다. 에스더를 구출한 후, 군인들은 실험실이 있던 지하동 전체를 콘크

리트로 묻었다.

'어쩌면 에스더 아빠는…….'

인아가 고개를 세차게 저었다.

"그건 뭐야?"

동훈이 지갑에서 꺼낸 돈 봉투를 보며 도윤이 물었다. 쭈글쭈글하게 마른 봉투는 접힌 부분이 너덜거려 떨어질 것 같았다.

"우리 엄마. 엄마가 남긴 유일한 흔적이야. 아버지가 줬어."

동훈이 인아에게 돈 봉투를 건넸다.

"인아야. 사이코메트리, 해볼 수 있어?"

동훈의 입에서 흘러나온 낯선 단어에, 불판에 눌어붙은 삼겹살을 떼어 먹던 철산과 치훈이 동작을 멈추었다.

"사이코메트리? 손대면 느낀다는? 인아, 거기까지 갔어?"

치훈이 깜짝 놀라 고기를 입에 문 채 물었다.

"뭐야? 손만 대도 느낀다니? 니들 벌써 거기까지 간 거야?"

철산이 젓가락을 집어 던지며 불쾌한 표정으로 말했다. 이번에는 기태가 철산의 뒤통수를 후려쳤다.

"아야, 씨바라!" 철산이 버럭 소리쳤다.

"그런 거 아냐. 무식한 새끼야." 기태가 호기심 가득한 눈으로 파고들었다. "사이코메트리, 접촉 감응이라고 하지. 사물에 담긴 기억이나 상황을 읽어내는 능력. 인아야, 해봤어?"
인아가 조심스럽게 고개를 끄덕였다.
"조심해야 해. 알지?" 기태가 걱정스럽게 물었다.
"응."
"정보 부하가 걸릴 수도 있어. 너무 많은 정보를 받아들이면 뇌가 터져. 정보를 감당할 수가 없어서."
성능 떨어지는 컴퓨터 하드웨어를 걱정하듯 기태가 인아의 머리를 바라보았다.
인아가 봉투를 열었다. 만 원짜리 옛날 지폐 세 장이 나왔다. 인아가 돈을 만지작거렸다. 인아의 눈동자가 뒤로 넘어갔다. 불규칙하게 떨리는 눈꺼풀 사이로 흰자위가 드러났다. 인아가 심호흡을 했다. 차분하게 눈을 감았다. 그녀는 계속 호흡을 가다듬으려고 했지만 비명에 가까운 신음이 이 사이로 새어 나왔다.
"그만해." 기태가 말렸다.
인아의 고개가 좌우로 세차게 흔들렸다. 코에서 피가 흘렀을 때, 기태가 지폐를 인아 손에서 빼냈다. 동훈이 기태를 노려보았다.
"그만해. 이러다 죽어!" 기태가 사납게 외쳤다. "이게 단순해 보여도 엄청난 정보량을 가지고 있어."

기태가 지폐 끝을 들고 흔들면서 말했다. 그러고는 위험한 물건을 다루듯 조심스럽게 평상 위에 내려놓았다. 마루에 켜 놓은 선풍기 바람에 지폐 세 장이 흐트러졌다.

"그 지폐 쪼가리 세 장이?" 철산이 물었다.

"생각해봐. 이 지폐 한 장이 얼마나 많은 사람들 손을 거쳤겠어? 감정 정보가 많을수록 사이코메트리가 위험해. 특히 강력한 텔레파시 능력을 가진 사람들한테는."

기태가 걱정스런 눈으로 인아를 보았다.

"그럼 인아가 강력한 능력을 가진 거야?" 도윤이 물었다. 그녀가 인아를 살짝 당겨 안았다.

"알잖아, 저 녀석. 아마 밤마다 연습했을걸?"

기태가 그렇게 말하고는 어른처럼 한숨을 푹 내쉬었다.

인아가 숨을 헐떡거렸다. 몸에서 힘이 빠지는지 쓰러지듯 평상에 누웠다. 인아야, 인아야, 동훈이 소리치며 인아 곁으로 다가왔다.

그녀가 눈을 몇 번 깜빡였다. 그러다 갑자기 괴로운 표정을 지으며 구토를 했다. 저녁에 먹은 삼겹살이 올라왔다. 인아의 입에서 쏟아진 토사물로 바닥이 끔찍하게 뒤덮였다. 도윤이 주방으로 뛰어가 휴지를 가지고 나왔다. 도윤이 인아의 옷과 바닥을 닦았다.

"너무 많아. 혼란스러워. 미안해, 훈아. 이건 내 능력 밖이야."

마라톤 완주에 실패한 운동선수처럼 축 처진 소리로 인아가 말했다.

"네 잘못이 아냐."

도윤이 인아의 목덜미를 닦아주며 말했다. 인아가 제 몸에서 나는 냄새를 맡더니 자리에서 일어나 집 안으로 들어갔다. 동훈이 따라 들어가려 하자, 도윤이 말렸다. 도윤이 인아를 뒤따랐다. 욕실에서 수돗물 소리가 났다.

"쉽지 않겠는걸. 뭔가가 있나 봐. 그 지폐 속에."

기태의 말은 가망 없음을 인정하자는 말처럼 들렸다.

"근데 이 그림은 뭐야?" 봉투와 지폐를 가지런히 정리하던 에스더가 지폐를 들여다보며 물었다.

"그림?"

"여기 이 그림."

동훈이 지폐를 가져가 눈을 갖다 댔다. "어두워서 잘 안 보이는데. 치훈아, 여기 불빛 좀."

치훈이 폰 플래시를 켜서 지폐를 비추었다.

"그래도 잘 안 보이는데?"

"잘 봐. 여기 분명 그림이 있어. 여기는 지그재그로 올라간

선분이 있고, 이건 틀림없이 그림이야. 여기는 구불거리는 곡선. 그리고 이건 길쭉한 원뿔 모양이고."

그녀가 길쭉한 손가락으로 세 장의 지폐를 짚어가며 말했다. 그러는 사이에 에스더는 동훈 곁으로 바짝 다가앉았다.

"낙서 아냐? 돈에다 낙서하는 사람 많잖아?" 동훈이 인상을 잔뜩 썼다. 그는 에스더가 말한 그림을 대수롭지 않게 생각하는 것 같았다.

"이건 정말 신경 써서 그렸어."

에스더가 지폐를 들여다보며 작은 소리로 말했다. 동훈의 얼굴이 에스더 얼굴과 가까워졌다. 에스더가 바로 옆에 있는 동훈에게 속삭이듯 말했다.

"여기 직선과 직선이 만나는 부분을 봐. 정확하게 교차하면서 같은 비율로 크기가 줄어들고 있어. 자로 대고 그리진 않았지만 아주 정확해. 또 이 곡선들은 한 번에 휘갈겨서 그린 게 아냐. 조심스럽게 볼펜을 뗐다 붙였다 한 자국이 있잖아. 아무렇게나 낙서한 거라면 이렇게 정성 들여 그리진 않아. 게다가 아무리 사소한 낙서라 해도 모든 그림은 메시지를 담고 있어."

"메시지? 누가 그래?"

동훈이 엷은 미소를 머금고 물었다. 그는 에스더의 명쾌한 설명에 빨려들었다. 우아한 손동작과 잡티 하나 없는 깨끗한 피부, 깊고 은은한 목소리까지……. 마당에 앉아 에스더의 말을 듣는 네 명의 남자들은 판타지 영화에서 걸어 나온 요정을 보는 듯 입을 벌렸다.

"하라 켄야. 일본의 유명한 그래픽디자이너야. 내 생각에 이건…… 나비 같아. 지그재그로 선분이 겹쳐 있잖아. 꼭 나비가 나는 모습하고 비슷해. 종잡을 수 없이 이리저리 날아다니는 나비. 그러니까 이건 여러 마리의 나비를 그린 거야. 그리고 여기 구불거리는 곡선은 뱀. 꼭 뱀 같아. 곡선을 그렸다는 건 뭔가 연속적으로 움직이는 걸 그린 거야. 율동감을 표현한 거겠지. 넘쳐나는 에너지 같은 거."

"이건 뭐야? 이 원뿔 그림. 이건 그릇 같은데?"

동훈의 손가락이 에스더의 손에 닿았다.

"그릇 모양을 한 사람 얼굴 아닐까?"

에스더가 질문 끝에 성조를 높였을 때, 철산은 오줌을 지릴 뻔했다. 그는 앞으로 찾아올 밤들이 두려웠다. 이불이 다 젖도록 몽정에 빠져들지도 모를 일이다. 그런데 왜 저 자식은 여친도 있는 놈이 남의 여자한테 들이대고 지랄이야? 철산은 다정하게 붙어 앉아 얼굴을 맞대고 있는 두 사람을 어떻게든 뜯어 말리고 싶었다.

하지만 두 사람은 아무도 방해하지 못하는 진공 속에 들어가 있는 것 같았다. 그때쯤 철산과 기태와 치훈은 불안한 기운을 감지했다. 세 사람 모두 욕실 창의 전등을 쳐다보았다. 인아와 도윤이 나누는 작은 대화 소리가 들렸다. 웃음소리도 났다. 이제 곧 나올 텐데…….

동훈과 에스더는 여전히 진공 속에 있었다.

"그걸 네가 어떻게 알아? 그냥 원뿔일 수도 있잖아." 동훈이 물었다.

"나라면 그렇게 그렸을 거야. 나비와 뱀을 그렸다면 살아 있는 동물을 그린 거니까 역시 살아 있는 무언가를 그렸겠지. 나라면 그랬을 것 같아."

"나비와 뱀과 사람 얼굴이라……."

동훈이 지폐 든 손을 뻗어 멀리서 관찰했다.

"뭔가 있을지도 몰라."

에스더가 기대에 찬 눈으로 쌩긋 웃으며 말했다.

"그냥 낙서일 수도 있고."

동훈은 그렇게 말하면서도 만족스러운 표정이었다. 그는 이제 지폐에 그려진 그림이 낙서가 아니라는 걸 확신하는 듯했다.

"아무도 관심 갖지 않는다면 아무런 메시지도 없어." 에스더가 말했다.

"그것도 하라…… 그 사람이 한 말이야?" 동훈이 물었다.

"아니."

"그럼 누구?"

"그냥 내 생각이야."

동훈이 에스더의 그윽한 눈을 한참 동안 바라보았다. 두 친구의 거리는 아주 가까웠다. 일부 신체 부위는 가까운 게 아니라 접촉해 있었다. 동훈의 팔꿈치가 에스더의 팔뚝에 살짝 닿았고, 에스더의 무릎은 동훈의 허벅지에 밀착한 상태였다.

바로 그때, 인아와 도윤이 밖으로 나왔다.

기태가 심하게 기침을 했다. 철산은 실없이 마당에 엎드려 팔굽혀펴기를 했다. 치훈은 폰 플래시를 켰다, 껐다, 하면서 두 여자의 눈치를 살폈다.

밖으로 나오자마자 두 사람은 이상하게 내려앉은 마당의 분위기를 느꼈다. "무슨 일 있었어?" 하고 도윤이 물었고, 기태가 말을 더듬으며 겨우 설명해주었다.

"지, 지, 지폐에서 그, 그림을 찾았어, 그, 그게 뭐냐 하면 나, 나, 나비하고 배, 뱀하고 워, 우, 워, 원뿔 모양의 사람 얼굴인데 있지……."

인아가 기태의 말을 깡그리 무시했다. 지금 그녀의 귀에는 기태의 말이 들어오지 않았다.

기태가 결핵 말기 환자처럼 그렇게 큰 소리로 헛기침을 했건만, 동훈은 눈치 채지 못했다. 동훈과 에스더는 여전히 바짝 붙어 앉아 있었다. 인아가 차가운 표정으로 두 사람에게 다가갔다. 비극이 시작되려 하는 순간이었다.

기태가 이마에 손을 대고 눈을 질끈 감았다. 치훈은 폰 속으로 들어가고 싶은 심정이었다. 시간을 되돌릴까, 그런 생각도 얼핏 했다. 철산은 이 재미난 광경을 보기 위해 양반 다리를 하고 평상에 앉았다.

"뭔데?" 인아가 두 사람에게 다가가 차갑게 물었다.

"어? 어, 어, 여기 돈에 그림 같은 게 있어."

동훈이 약간 버벅거리며 말했다. 녀석은 아직도 모른다. 인아가 어떤 능력을 갖고 있는지. 그녀는 생각을 읽는다. 저 녀석 머리에 무슨 생각이 들어차 있을까. 기태가 침을 꼴깍 삼켰다.

"그러고 보니 사람 얼굴 같아. 나도 보여."

동훈이 퀴즈를 맞힌 것처럼 에스더를 보며 들뜬 표정으로 웃었다. 에스더가 맞장구를 쳐주며 같이 웃었다. 에스더가 동훈의 어깨를 치며 웃었을 때, 인아의 차가운 말이 웃음소리를 덮었다. "나 갈래. 몸이 별로 안 좋아."

"벌써? 아직 8시밖에 안 됐는데. 쫌만 기다려봐."

동훈이 무심하게 대답했다. 기태가 질끈 눈을 감았다. 차마 눈 뜨고 못 볼 광경이었다.

"최동훈!"

왕녀를 옹위하는 시녀가 버릇없는 간신배를 나무라는 목소리로, 우도윤이 한 발짝 앞으로 나섰다. 동훈이 동작을 멈추고 둘 쪽으로 고개를 들었다.

"방금 인아가 죽을 뻔했어. 너 때문에. 코피 흘리고 토하면서 쓰러졌잖아. 지금 뭐하자는 거야?"

"아니, 그게 아니고, 좀 전에 우리 에스더가 돈에서 뭘 발견했는데……." 철산이 얄밉게 간섭했다.

"넌 잠자코 있어!" 도윤이 철산을 향해 날카롭게 외쳤다.

에스더는 갑자기 울상이 되었다. 그녀는 입술을 잘근 깨물고는 손등으로 이마의 땀을 닦았다. 에스더는 어떤 힘을 느꼈다. 여자들에게만 있는 미묘한 힘.

"그만해. 늦었어. 몸도 안 좋고……. 이제 그만 가자."

그렇게 말하면서도 인아는 지금 동훈의 머릿속을 휘젓고 다니고 있을 것이다. 그러다 하나라도 걸린다면, 아마도 정의의 칼을 빼어 들 것이다. 다행히 아직은 그런 증거가 발견되지 않은 것 같았다.

"미안……." 동훈이 작은 소리로 중얼거렸다.

"미안하고 말 것도 없어. 그냥 몸이 안 좋아서 그래."

"인아야, 그게 아니고……."

미안, 하고 얼버무리는 말에서 멈췄어야 했다. 동훈이 그게 아니라고 말하는 순간 인아의 목소리가 사납게 변했다. "자꾸 그러면 더 이상해지는 거 모르겠어?"

"인아야. 미안해. 여기 지폐에서 우리가 뭘 찾아냈어. 나비 그림하고 뱀 문양이 그려져 있는데……."

"아냐, 에스더야. 내가 미안해. 너 퇴원하고 기분 좋은 날인데, 몸이 좀 그래."

에스더의 말이 귀에 들어올 리가 없었다.

인아가 불을 뿜었다. 인아가 내뿜는 불은 에스더의 그것과는 달랐다. 인아의 불은 가슴에서 타올랐다. 게다가 에스더는, 그녀의 몸을 구성하는 원자들의 완벽한 배열을 통해 엄청난 미모를 발산하고 있는 중이 아닌가.

160센티미터를 겨우 넘긴 인아의 키 작은 몸이, 드높은 송전탑처럼 날씬하게 쭉 뻗은 에스더의 몸 옆에서 더욱 작아 보였다.

"어쨌든 퇴원 축하해, 에스더야. 내일 방과후수업 때 보자."

여기서 주목해야 할 말은 '어쨌든'이라는 부사다. '아무튼'

이라는 말로도 대체가 가능한 이 단어에는 앞선 상황을 모두 봉합해버리는 강한 부정의 뉘앙스가 깔려 있다. 상황에 따라서 '두고 보자'는 말로도 해석이 가능하다.

인아는 다시 집 안으로 들어가 자기 짐을 챙겨 나왔다.

"에스더야, 우리 갈게. 잘 있어."

고비 사막에서 피어오른 황사처럼 푸석한 인사를 남기고 인아가 나갔다. 도윤은 약간 망설이다가 에스더의 손을 꼭 잡고 뭔가를 귓속말로 속삭였다. 그 말에 에스더가 부드럽게 웃었다.

"내일 학교에서 봐. 에스더야, 너무 속상해하지 마. 괜찮을 거야."

도윤이 에스더에게 환하게 인사하고 나갔다.

에스더의 집 마당에 남은 네 명의 남자들은, 아주 먼 은하의 블랙홀 속으로 빠져들어 조난당한 우주인들처럼, 허무하게 입맛을 다시며 뱃가죽을 긁었다.

에스더는 어쨌든, 친구들이 고마웠다.

54화

Diffusion

확산 4

갑자기 터진 알람 소리에 이치훈이 몸을 들썩거렸다. 도끼로 나무를 찍는 것처럼 격렬했다. 앵앵거리는 사이렌 소리.

눈을 감은 채 주변을 더듬어 폰을 찾았다.

'멍청이, 도대체 어디 있는 거야.'

속으로 소리쳤다. 손을 휘저었지만 휴대폰을 찾을 수 없었다. 알람 소리가 점점 커졌다. 눈을 뜨고 사방을 둘러보았다. 휴대폰은 머리맡에 있었다. 폰을 들어 시간을 확인했다. 오전 4시 4분. 방이 어두웠다.

휴대폰의 알람 소리가 아니었다. 또 다시 머리에서 소리가 들린다. 머리가 무거웠다. 몸에서 뭔가 빠져나가는 느낌.

에스더 집에서 돌아온 후, 사흘 밤낮을 게임에만 매달렸다. 짧은 여름방학은 이제 보름밖에 안 남았다.

게임에서 불리할 때마다 시간을 거슬러 갔다. 과거로 되돌아가 메모지에 글을 남겨놓고 원래의 시간으로 되돌아온다. 과거의 이치훈이 미래의 승부를 조작하는 것이다. 그렇게 해서 벌어들인 게임 머니가 잔뜩 쌓였다.

하지만 부작용이 있었다. 머리에 가득 찬 기억들이 끔찍하게 뒤엉켰다. 현재로 돌아왔을 때는 머리가 빠개지는 것처럼 아팠다. 몇 분 동안 바닥을 뒹굴다 보면 그가 하지도 않은 일이 기억 속에 들어가 있었다.

침대 아래로 다리를 내리고 무릎 위에 두 손을 올려놓고 고개를 푹 숙였다.

책상 위의 메모장을 열어보았다. 메모가 없다. 왜일까? 미래의 이치훈이 찾아오지 않는다.

'뒤죽박죽이야. 이대로 가다간 머리가 터질 거야.'

어떤 기억이 진짜인지 분간할 수 없었다. 시간 이동을 취미로 가진 자들의 후유증이랄까. 과거와 현재 사이를 오갈 때마다 그가 겪지 않은 일들이 머릿속으로 빨려들었다. 그때마다 머리에서 소리가 들렸다. 짐승이 고기를 뜯는 소리 같았다. 눈알이 튀어나올 것처럼 아프고 귀에서 이명이 울렸다.

치훈이 일어나 방문을 열고 몇 발짝 걸었다. 거실 등을 켜려고 전등 스위치 쪽으로 손을 뻗었을 때, 자기 손이 거실 벽을 향해 비스듬히 나아가고 있음을 알았다. 쓰러지고 있다고 생각한 순간, 쿵 하고 머리가 바닥에 닿았다. 구역질이 났다. 속에서 신물이 올라왔다.

거실에 불이 들어왔다. 엄마가 달려와 치훈의 머리를 흔들었다. 입가에서 침이 흘렀다. 놀라서 고함치는 소리. 아, 귀찮아. 치훈이 눈을 감고 숫자를 헤아렸다.

그것이 그의 방법이었다. 머리에서 숫자를 떠올리면 영상이 스친다. 숫자의 크기에 따라 이동하는 시간의 범위가 달라졌다. 아직 정확한 방법은 모르지만 어쨌든 숫자를 떠올리면 지나간 시간이 보였다. 1440분의 5. 숫자를 떠올렸다.

다시 머리에서 들리는 알람 소리. 지겹다. 벌써 다섯 번째다. 왜 거실로 나갈 때마다 쓰러지는 거지?

그가 다시 거실로 나가려다가 메모장을 열어보았다. 메모가 있었다.

'쥐새끼 같은 곤돌라 부대가 우회로 쪽으로 공격할 거임. 3만 골드 풀어 용병 모으고 서쪽 기지에 방어 병력 미리 투입할 것. 떼돈 확실!'

앗싸, 몽롱했던 기운이 달아났다. 다시 정신 집중. 사흘 동안 잠 안 자고 배틀하며 머니를 끌어모았다. 이 정도면 군주로 등극할 만하다.

아 참, 오늘 저녁에 진우 쌤이 모이라고 했는데. 아직은 시간이 있다. 아니, 시간이 많다. 시간은 내 맘대로다.

치훈이 다시 컴퓨터 앞에 앉았다. 목이 마르다. 치훈이 거실로 나갔다. 이번에는 거실 등을 켜는 데 성공했다.

치훈이 퀭한 눈으로 짜바 타워에 들어섰을 때 웃음소리가 딱 끊겼다. 아이들이 모두 입을 쩍 벌렸다.

"뭐? 왜?"

치훈이 따지는 표정으로 물었다. 그의 눈동자가 친구들을 쏘아보았다. 저승사자처럼 핏기 없는 얼굴에 입술이 바싹 말라 검게 보였다. 치훈은 꼽추처럼 구부정하게 굽은 허리로 의자에 앉았다.

"치훈아, 너 괜찮아?"

에스더가 물었다. 혹시 자신의 재생 치유력이 필요한가, 망설이는 듯했다. 하지만 딱히 어디가 아픈 것 같지는 않았다. 다만 어딘지 은밀한 구석이 있어 보였다.

아이들이 짜바 타워에 모여 있었다. 이진우가 아이들을 불렀다. 비공식 초능력자 동아리, 슈퍼 쎄븐이 결성된 후 처음으로 갖는 전원 회합인 셈이다.

하지만 분위기는 썩 좋지 않았다. 모두들 각자의 폰만 들여다보았다. 에스더의 몸에서 나오는 광채가 여전히 그들을 불편하게 만들었다.

동훈은 아직도 인아를 달랠 만한 적당한 말을 찾아내지 못했다. 꽃다발과 선물을 건넨다 해도 인아는 쉽게 풀리지 않을 것이다. 그녀는 고집이 세다. 스스로 풀지 않으면 어떤 것도 풀리지 않는다.

에스더가 의자에서 일어나 치훈에게 다가갔다. 인아와 도윤이 곁눈질로 에스더를 보았다.

"너 정말 괜찮아?" 에스더가 상큼한 샴푸 냄새를 풍기며 물었다.

"왜 이래? 부담스럽게. 그냥 한 며칠 잠을 못 잤을 뿐이야."

치훈은 폰을 꺼내 들고 에스더의 시선을 피했다.

"얼마나?"

인아가 팔짱을 끼고 소파에 앉아 물었다. 그녀는 치훈 쪽을 쳐다보지도 않았다.

"글쎄……, 한 사흘? 머니 좀 벌었지."

검은 입술을 찢으며 치훈이 징그럽게 웃었다. 배터리가 바닥난 장난감처럼 비실거렸다.

"그럼 그날 이후로 한숨도 안 잔 거네?"

인아는 '에스더네 집에서 만난 날'이라고 말하지 않았다. 그냥 '그날'이라고 말했다. 냉정한 그녀의 태도는 느긋해 보이기까지 했다.

"저 새끼 실제로는 한 열흘 안 잤을 거야. 맞지, 내 말? 우리한테는 사흘이지만 쟤는 지 맘대로 시간을 쓰거든. 밤낮없이 타임 리프하면서 싸돌아다닐걸?"

철산이 킬킬거렸다. 누구 하나 웃지 않았다.

컴퓨터 앞에 앉아 있던 기태가 치훈 쪽으로 등을 돌렸다. 기태가 나무라듯 노려보았다. "너 또?"

"니들은 몰라도 돼. 아, 피곤해. 근데 진우 쌤은 오늘 왜 보자고 한 거야? 방학도 얼마 안 남았는데. 하루하루가 아까워."

"너도 시간이 아깝기는 하냐? 시간을 물 쓰듯 쓰는 놈이?" 철산이 다시 빈정거렸다.

손가락 하나 안 움직이고 가만히 있어도 짜증나는 날씨였다. 에어컨을 틀어도 더웠다.

사람을 서서히 죽이는 독가스 같은 것이 실내에 퍼진 것 같았다. 아이들은 축 늘어져 말이 없었다. 숨소리가 들릴 지경이었다.

계단에서 발소리가 들렸다. 이진우와 김경희가 홀에 들어섰다. 순간 두 사람 다 말을 잃었다. 아이들의 표정을 읽었다. 김경희가 수선을 떨면서 반갑게 인사했지만 아이들은 뻣뻣하게 웃을 뿐이었다.

이진우가 입을 살짝 비틀어 아이들을 둘러보더니 탁자 앞으로 걸어가 가방을 탁 올렸다. 보험 판매원처럼 가방을 열어 파일을 꺼냈다. "레크레이션이라도 할까? 다들 왜 그래? 표정이……."

기태가 철산을 발로 툭 찼다. 철산은 아이 씨, 하다가 진우쌤을 힐끗 보고는 소파에 비스듬히 누운 자세를 고쳐 앉았다. 가래 끓는 기침 몇 번, 늘어지는 하품, 푹푹 찌는 햇살, 지루한 고등학교 1학년 여름방학.

"우리 오늘 공부 좀 해야겠다."

이진우의 말에 우우우— 아이들이 야유를 쏟았다. "방학인데, 먼 공부요—." 하며 철산이 또 하품을 했다. 녀석이 머리를 벅벅 긁었다. 도윤이 비듬 날린다고 인상을 썼다.

"너희들, 지금 뭐 같은 줄 알아?" 김경희가 의자에 앉아 허리를 꼿꼿하게 세우고 말했다. "포로들 같아. 여긴 포로수용

소 같고. 무기력해. 능력자들 맞아?"

김경희가 웃으면서 말했지만 아이들이 고개를 숙였다. 숨소리도 작아졌다. 아무도 서로 눈을 마주치지 않았다.

"자자, 다들 여기 봐!"

탁탁, 손바닥을 치며 이진우가 나섰다. 교사는 이런 분위기에 익숙하다. 지독하게 하기 싫은 걸 억지로 하게 만드는 일.

"지금부터 재밌는 걸 할 거야. 이름하여 슈퍼 쎄븐 능력 탐구!" 진우가 아이들에게 설문지를 돌렸다. 설문지를 받은 아이들이 작게 키득거렸다. "자기 이름하고 반 번호, 아니 참, 그냥 이름만 적어. 그리고 거기 있는 질문에 답을 달아."

김경희가 입을 쩝쩝거리며 고개를 가로저었다.

아이들이 무슨 대단한 문서를 작성하는 것처럼 설문지 쓰는 데 골몰했다. 설문지에는 별 내용도 없었다. 자신이 가진 능력은?(복수 응답 가능) 자신이 생각하는 능력의 최대치는?(주관적인 느낌을 쓰세요.) 이번 주 능력 사용 횟수는……? 아, 이걸 가지고 뭘 어쩌자고?

늦은 밤까지 이진우와 김경희는 설전을 벌였다.

김경희는 그냥 사실대로 말하자고 했다. 진우는 안 된다고 고집을 피웠다.

“안 그래도 혼란스러워하는 아이들한테, 어둠의 세력이 너희를 노리고 있으니 몸조심해, 하고 말하자고요? 애들 멘붕와요. 탈출구 없는 죽음의 게임 같은 거야, 죽을 때까지 너희들 뒤를 따라다닐지도 몰라, 저쪽은 실체가 없고 너희들은 눈에 확 띄는 일곱 명의 고등학생들이지, 게다가 너희를 보호해 줄 사람은 아무도 없어. 아무도 믿지 않으니 아무도 너희를 지켜주지 않아, 그러니 안심해. 이렇게 말하자고요?”

이진우가 거칠게 쏘아붙였다. 경희는 그가 그렇게 화내는 걸 본 적이 없었다. 성난 멧돼지처럼 씩씩거렸고 그녀 얼굴에 침을 튀기며 소리쳤다. 그는 긴장하여 몸을 떨었다. 김경희는 그를 이해할 수 있었지만 물러서지 않았다.

“지금 제가 아이들 겁주자는 거예요? 그냥 진실을 말하자는 거잖아요. 진실을 알아야 싸울 거 아녜요!”

그녀도 꽥 소리쳤다. 그러자 진우가 그녀에게 얼굴을 바짝 들이대고 더 큰 소리로 말했다.

“진실을 말하면 정신병자 취급당해요. 사실대로 다 까발리면 아이들은 괴물 취급 받을 거라고요. 경희 씨, 당신에게는 진실의 문제일지 모르지만 내 아이들한테는 인생이 걸린 문제라고요!"

식당 안이 조용해졌다. 지난번에 갔던 그 감자탕 집이었다. 손님이 많은 주말 저녁이었고 대략 스무 명 정도가 뼈다귀를 발라 먹는 중이었다. 누군가 손가락을 쪽쪽 빨았다. 진우가 소주잔에 남은 술을 들이켜더니 병째 들고 입에 부었다. 김경희가 입을 쩍 벌렸다. 사람들이 다시 감자탕에서 뼈를 건져내 먹었다. 식당이 식당처럼 돌아왔다.

"당신……, 아이들이라고요?" 경희가 차분하게 되물었다.

한 2분 동안, 진우는 멧돼지처럼 숨을 쉬었고 경희는 술을 혼자 따라 마셨다. 잠시 후 진우가 그녀에게 사과했다.

"미안해요. 술이 약해서."

"술이 약하면 고집이 세지나요? 비겁하게 거짓말하지 말아요. 아이들이 위험해요. 지켜줄 사람도 없고." 그녀의 목에 힘이 들어갔다. "저라고 겁 안 나는 줄 알아요? 진우 씨만큼, 아니 진우 씨보다 더 아이들 생각한다구요. 애들 땜에 잠도 못 자요."

그때, 옆 테이블에 앉은 노인이 두 사람 대화에 슬며시 끼어들었다.

"거, 젊은 사람들이 어떻게든 같이 살아야지. 갈라서면 쓰나. 참견하려는 게 아니고, 하도 큰 소리로 떠드니까 여기 다

들려서 말이야."

황당한 참견이었다. 쿡쿡 웃음이 나왔다. 가만 생각해보니 그렇게 들리기도 했겠다, 둘 다 어색하게 웃었다. 진우가 먼저 잔을 들어 술을 권했다. 술을 따르며 진우가 말했다.

"이번에는 나한테 맡겨요."

그는 고집을 꺾지 않았다. 경희는 술잔을 내려놓고 조용히 일어섰다. 그길로 집으로 가버렸다. 그녀는 고집불통 이진우를 저주하면서 밤새 이를 갈았다.

아이들이 설문지를 작성하는 동안 김경희는 아이들의 무거운 얼굴을 보았다. 그녀의 눈가가 촉촉하게 젖어들었다.

무엇이 기다리고 있을까. 경희는 한 달 전 싱가포르에서의 일을 떠올렸다. 콜렉터, 그들은 평범한 사람들이었다. 전문적인 킬러도 아니었다. 길을 지나는 수많은 사람들 속에 그들이 있었다. 김경희는 자기 머리에 총을 겨누던 나이 든 여자의 눈빛을 떠올렸다. 미친 개 같았다. 원하는 것을 얻기 위해 맹목적으로 달려들던 흐린 눈.

저 아이들에게 무슨 일이 생긴다면……. 그녀는 입술을 깨물었다. 고개를 저쪽으로 돌렸다. 긴장한 그녀의 눈빛을 인아가 유심히 보았다.

"자, 다 썼으면 걷어서 제출해."

꼭 학교에서처럼 이진우가 딱딱하게 말했다. 그가 일곱 장의 설문지를 하나하나 넘겨가며 보는 동안 아이들이 말없이 눈빛을 교환했다. 그러다가 모든 눈들이 인아에게 쏠렸다. 인아가 눈에 힘을 주었다. 그리고 이진우의 머리를 노려보았다.

"고인아, 텔레파시 중지." 진우가 고개를 숙인 채 말했다. 들켰다, 아이들이 키득거렸다. "좋아, 다 됐어. 그럼 이제 공부 시작하자."

"쌤, 그걸로 뭐하시게요?"

진우의 손에 들린 설문지를 보며 동훈이 물었다.

"누군가가 우리들에게 능력을 주었어."

동훈의 질문을 무시하며 진우가 말했다.

"설문지는 아무 의미 없이 돌린 거죠? 맞죠?"

동훈이 파고들었다. 진우가 그의 눈을 피하며 계속 말했다.

"그냥 우연히 일어난 일이라고 생각하니?"

아이들이 자세를 바로잡았다. 방금 그 질문은 아이들이 가장 궁금해하는 거였다. 며칠 전, 기태가 던진 질문과 똑같았다.

왜 이런 일이 생겼을까. 왜 갑자기 능력이 생기고 에스더가 잡혀가고 고인돌에서 영혼이 뒤바뀌고 동훈이 납치되어 죽을 고비를 넘기고…….

“그 이유를 알 때까지는 함부로 능력 쓰지 마.”

뭐야? 결국 모른다는 거잖아. 아이들의 눈빛이 허탈하게 변했다. 흥, 누군가가 힘없이 콧방귀를 날렸다.

“왜요? 전 역도 선수 하겠다고 엄마랑 얘기 끝냈어요. 다음 주부터 역도 코치한테 지도받기로 했단 말이에요. 그걸로 대학도 가고 올림픽 금메달도 따고 잘만 되면 강호동처럼 연예계로 나갈 거란 말이에요. 왜 안 돼요? 제 능력인데…….” 철산이 대들었다.

“누가 우리를 잡아가도 능력을 쓰지 말라구요? 친구들이 위험에 빠졌는데 가만있으라고요?”

동훈이 엄마에게 하는 것처럼 반항했다. 진우가 그를 노려볼 새도 없이 다른 녀석이 끼어들었다.

“어디까지가 제 능력이고 어디서부터가 초능력이죠?” 기태가 물었다.

거 참, 대답하기 어려운 질문이다. 아이들은 저마다 자기가 가진 불안을 쏟아놓았다.

“연기하면서 살라고요?”

"우리가 괴물이에요?"

"좋겠다, 진우 쌤은 자신도 못 믿는 예지력을 갖고 있으니까 그게 되나 보죠? 우린 병신이 아니라서 그렇게 잘 안 돼요."

좀 심하다 싶은 말을 철산이 내뱉었을 때 인아가 조용히 이진우 선생을 불렀다.

"쌤."

아이들이 모두 인아 쪽으로 고개를 돌렸다.

"뭘 두려워하시죠?"

아이들이 다시 진우 쌤 쪽을 돌아보았다. 선생님이 두려워한다고? 뭘?

"우리가 모르는 어떤 일이 벌어지고 있나요?"

"인아야, 걱정하지 마. 내가 있으니까 아무 일도 없을 거야. 아무 일도……."

"하지만 선생님도 두려워하시잖아요?"

"그건……."

여기서 말문이 막혔다. 열일곱, 저들은 애가 아니다. 누군가의 눈을 보고 그의 고통과 두려움을 읽을 만큼 아이들은 성숙해 있었다.

"전 텔레파시 안 썼어요. 선생님 눈이…… 뭔가를 두려워하고 있어요."

진우가 쓴웃음을 머금고 고개를 숙였다. 의미 없는 설문지를 보며 입술을 깨물었다.

"너희들은 세상에 노출되면 안 돼." 김경희가 팔짱을 낀 채 차분하게 말했다. 짧게 끊어진 말이 긴장감을 불러왔다.

"경희 씨, 안 돼요."

"말해야 해요. 아이들도 알아야 한다구요. 스스로를 지키기 위해서는 어쩔 수 없어요. 평생 두려움을 안고 살더라도 악마와 싸우려면 악마를 알아야 해요."

"악마?" 도윤이 어깨를 잔뜩 움츠렸다. 인아가 도윤의 손을 잡았다.

"말씀해주세요, 진실을."

동훈이 침착하게 말했다. 깨달음을 원하는 눈으로 경희를 바라보았다.

"너희를 노리는 자들이 있어."

김경희가 그렇게 말했을 때, 도윤의 가슴에서 흐억, 하고 허파에 공기 들어차는 소리가 났다.

"콜렉터라고 부르지. 그쪽에선 이미 너희들을 알고 있어. 너희를 보고 있고……. 그들이 뭘 원하는지, 어디에 있는지, 우리는 아무것도 몰라. 얼마 전에 내가 싱가포르 다녀온 거 알지? 거기서 사람이 죽었어. 그들 짓이야. 얼마 전에 동훈이 납치됐던 것도 관련이 있어. 생각보다 복잡해."

"어떻게 해야 하죠? 물리치려면?" 떡 벌어진 어깨를 세우면서 동훈이 물었다.

"불가능해." 경희가 짧게 대답했다.

"우린 능력자예요." 철산이 손을 우두둑거렸다.

"그렇지 않아. 너희들은 평범한 고등학생이야." 이진우가 선생님 목소리로 말했다.

"언제는 능력자라면서요? 감추고 살라면서요?"

동훈이 냉큼 대들었다. 침묵이 이어졌다.

"너희들!" 거의 소리 지르듯 아이들의 말을 자르며 김경희가 나섰다. "평범한 고등학생 맞아. 이 선생님 말에 백 퍼센트 동의해. 지금 여기서 가장 명확한 진실은 그거야. 너희들은 얼마 전에 중학교를 졸업한 고교 신입생이라는 거. 지금은 그게 가장 중요해. 그러니까 선생님 말씀 잘 들어."

경희가 '선생님'에 힘을 주어 말했다. 그녀가 진우에게 공을 넘겼다. 그녀가 살짝, 그를 보며 웃었다.

"난 너희들 걱정밖에 없어. 아직 총각이니까. 결혼하면 좀 다르겠지. 처자식이 먼저 아니겠어?"

아이들이 웃었다. 웃음이 긴장을 달랬다. 진우가 목소리의 톤을 높였다. "슈퍼 쎄븐, 지금 너희들은 위험에 처했어. 이제부터 배워야 할 게 있다."

"뭔데요?" 동훈이 물었다.

"참된 능력."

"가짜 능력도 있어요?"

"있지. 두려움을 피하려고 능력을 쓰면 그건 가짜 능력이야. 어떤 것도 지킬 수 없고 누구도 이길 수 없어. 아무것도 두려워하지 않을 때, 너희들은 참된 능력자가 되는 거야. 두려움을 버려. 도망치려고 능력을 쓰지 마. 능력이 있건 없건 두려워하지 않는 것, 그게 참된 능력이야."

동훈은 대답이 없었지만 무언가를 깨달은 눈으로 미소를 지었다. 우도윤은 이진우의 멋진 연설문을 휴대폰에 입력했다. '참된 능력이란…….'

도대체 역도 선수를 하라는 거야, 말라는 거야? 철산은 옆에 있는 인아에게 거칠게 따지고 물었다. 인아가 고개를 가로저으며 그의 어깨를 토닥거렸다. 뭐? 하지 말라고? 난 그렇게 안 들었는데? 참된 능력 어쩌고, 그거 하라는 말 아냐? 철산이 소란을 피우자 기태가 한마디 던졌다. "너 하고 싶은 대로 하면 돼." 그치? 내 말 맞지? 거 봐…….

이치훈은 갑자기 걸려 온 전화를 받고 있었다. 그의 표정이 점점 무거워졌다. 응, 응, 뭐? 통화가 끝난 뒤, 그가 이진우에게 말했다.

"쌤, 저 지금 가볼게요."

"우리 오늘 회식하려고 했는데. 왜, 급한 일이야?"

"외삼촌이 사고를 당했어요. 양산 공장에 내려가셨다가. 엄마하고 같이 양산에 가야 해요."

"사고? 많이 다치셨대?" 이진우가 걱정스런 얼굴로 물었다.

"모르겠어요. 그건 가봐야……."

치훈이 아이들에게 손을 흔들고 계단을 내려갔다. 그의 눈 밑에 파인 깊은 그림자에 아이들이 모두 걱정했다.

오후 8시 12분. 프라양 가구 안덕진 상무이사가 양산 공장에서 목재 붕괴 사고로 심각한 부상을 당한 지 40여 분이 흐른 뒤였다.

55화
Diffusion

확산 5

사고 발생 하루 전. 프라양 가구 양산 공장.

그들은 땅에서 그물 버섯을 땄다. 폐유로 기름을 먹인 원목 탓에 땅에서는 시큼한 기름 냄새가 났다. 그런데도 버섯이 피었다.

플라스틱 통 한가득 버섯을 따서 담은 인도네시아 기술자들이 샌드위치 패널로 지은 직원 숙소를 향해 걸어왔다. 세 명의 외국인 노동자들이 자기네 말로 떠들었다.

"저 새끼들은 어디서 저런 걸 주워 오는지 몰라."

얼굴이 시커멓게 그을린 한국인 인부가 입에 문 담배를 질경이며 말했다. 그는 칠성사이다 로고가 새겨진 간이 탁자 옆에 비스듬히 기대앉아 라이터 불을 튀기며 손장난을 했다.

"먹어도 꼭 좆대가리처럼 생긴 걸 처먹는단 말이야."

"네 좆은 저렇게 생겼냐?" 옆에 앉은 인부가 키득거렸다. 그의 얼굴에는 곰보 자국이 가득했다.

"뭐? 씨펄!"

저쪽에서 인도네시아 인부들이 와서 같이 먹자고 소리쳤다. 여섯 명의 기술자들은 직원 숙소 앞에 깔아놓은 나무 탁자에 모여 있었다. 한국인 두 사람이 일어나 어슬렁거리며 그쪽으로 걸어갔다.

"같이 먹어요."

눈썹이 짙은 남자가 어눌한 한국말로 상냥하게 말했다. 비쩍 마른 그 남자의 이름은 타만, 5년째 한국의 가구 공장에서 일하는 중이었다. 인도네시아의 가구 장인들은 예술적인 솜씨를 가지고 있었다. 타만은 돋을새김 기술자였다. 어려서부터 나무 조각 기술을 배운 그는 화려한 꽃과 나비 문양을 잘 새겼다.

"타만, 오늘도 콩밥이야?"

얼굴이 검은 한국인 남자가 반말로 지껄였다. 타만이 프라이팬을 이리저리 돌리며 대답 없이 웃었다. 콩과 버섯, 잘게 썬 돼지고기를 한데 넣고 볶았다. 구수한 냄새가 번졌다.

"잘 먹어야 잘 싸우죠."

휴대용 버너 앞에 선 타만의 얼굴에 땀이 비 오듯 쏟아져 내렸다. 프라이팬을 휘두를 때마다 막대기 같은 팔에 붙은 섬세한 근육이 씰룩거렸다.

"개밥을 이렇게 정성스럽게 해?" 얼굴이 검은 한국인 인부가 물었다.

"나도 먹고."

"너하고 개하고 같이 먹는다고? 그걸 우리보고 먹으라고?"

"뭐 어때서요? 맛있어요. 먹어요."

타만의 얼굴을 타고 흘러내린 땀이 팬 속으로 들어갔다.

"너나 먹어." 검은 얼굴의 한국인 인부가 다시 담배에 불을 붙였다.

함께 온 한국인 동료가 뜨거운 돼지고기를 팬에서 살짝 집어 들어 입에 넣고 씹었다.

"맛있네!"

곰보 자국이 가득한 얼굴을 활짝 펴고 그가 쩝쩝거렸다. 타만이 만족스럽게 웃었다. 곰보의 손이 팬으로 들락거릴 때마다 타만은 흔들어대던 팬을 가만히 내려놓았다. 그는 고기만 쏙쏙 골라 입에 넣었다.

"맛있네, 맛있어, 개밥치곤 괜찮아!"

타만이 지글거리는 음식을 그릇에 퍼 담았다. 인도네시아 기술자들과 한국인 인부들이 탁자에 함께 앉아 먹었다.

"어때, 오늘은 돈 좀 딸 수 있겠어?"

"기기(Gigi)가 잘 싸워야죠." 타만이 그릇 가득 고기를 채우며 말했다.

"그래. 가득 퍼 담아. 잘 먹어야 잘 싸우지!"

한국인 인부들이 자기 그릇에 남은 음식을 개 밥그릇에 쏟아부으며 파이팅을 외쳤다.

타만은 개에게 줄 음식을 들고 혼자서 원목 적재장을 가로질러 걸어갔다. 열기를 잔뜩 품은 적재장은 한참 더울 때 온도가 40도 넘게 오른다. 저녁이라 해도 여전히 찜통처럼 더웠다.

나무 수액을 빨아 먹던 모기가 타만에게 달려들었다. 타만은 손바닥으로 목덜미를 찰싹찰싹 때리며 개집 쪽으로 갔다.

"기기, 바게이마나 까바르무?" (기기, 잘 있었니?)

타만이 다가가자 흑구 진돗개 한 마리가 몸통을 흔들며 주인을 반겼다.

"상앗 빠나스?" (너무 덥지?)

음식을 바닥에 내려놓았지만 기기는 타만 주위로만 맴돌

았다.

"기기, 버르따룽 등안 바익 하리 이니. 아요 마깐 이니 둘루 단 스망앗, 랄루 까무 비낀 아꾸 스낭." (기기, 오늘 잘 싸워야 해. 이거 먹고 힘내서, 아빠 기분 좋게 해줘.)

타만은 두 발을 들고 일어선 기기의 머리를 잡고 힘차게 흔들었다. 귀가 짧게 잘린 기기는 침이 질질 흐르는 혀로 타만의 얼굴을 핥았다.

다시 직원 숙소로 걸어오던 타만이 원목 적재장에 멈추어 섰다. 그의 머리 위로 불붙은 숲처럼 저녁 하늘이 붉게 펼쳐졌다.

먼지 묻은 손으로 얼굴의 땀을 훔치며 타만이 원목 가까이 걸어갔다. 지난주에 들어온 인도산 원목이 쌓여 있었다. 맨 아래 바닥에 누운 원목 껍질을 타만이 손으로 쓰다듬었다.

그의 얼굴에 흥분과 놀라움이 섞였다. 미간을 찡그리고 앉아 원목 둘레를 손바닥으로 쓰다듬었다. 그는 갑자기 자리에서 일어서서 거대한 원목 더미를 향해 공손하게 합장하며 머리를 숙였다. 그리고 숙소를 향해 뛰기 시작했다.

타만은 좋은 징조라며 떠들었다. 동료들에게 자기가 발견한 걸 같이 가서 보자며 소리쳤다.

두 명의 한국인 인부들은 돈이라도 주웠나, 하며 떨떠름한 표정으로 인도네시아 사람들이 떠드는 소리를 들었다. 인도네시아 기술자들이 타만과 함께 원목 적재장으로 뛰어갔다.

"왜들 저래?" 검은 얼굴의 사내가 물었다.

"몰라." 곰보가 녹슨 고추장 깡통에 가래침을 뱉으며 무심하게 대답했다.

"개가 죽었나?" 검은 얼굴은 이방인들이 흥분한 모습이 불안한지 자꾸만 적재장 쪽을 쳐다봤다.

"웃으면서 좋아하던데?"

"지랄들 한다! 지금 몇 시야?"

"7시 반."

"오늘은 어디래?"

"지난번 거기. 묵달골 폐가에서 한다는구만."

30분쯤 후에 인도네시아 기술자들이 돌아왔다. 검은 얼굴이 타만에게 다가가 물었다. "뭔데 그래?"

"칼리 여신이 왔어요."

"뭐? 뭔…… 여신? 귀신?"

검은 얼굴은 약간 겁먹은 표정이었다. 그는 외국인 노동자들이 흥분하며 떠들어대는 게 아무래도 불안한 모양이었다. 저쪽에서 이방인들이 기괴한 소리를 내며 노래를 불러댔다.

"인도 사람들 갓(god)이에요. 칼리가 전쟁에서 이기게 해줘요. 오늘 우리 이길 거예요."

"거 잘됐네! 칼린지 칼날인지, 어쨌든 좋은 거 아냐?"

"맞아요. 틀림없이 우리가 이겨요!"

타만이 검은 얼굴의 손에 하이파이브를 먹였다. 하늘이 검게 흐려지고 있었다.

목제 담장을 친 폐가에 남자들 서른 명 정도가 모였다. 10여 마리의 개들이 사납게 짖었다. 싸움판이 벌어질 때마다 개들은 흥분해서 짖었다. 앞서 벌어진 세 판의 큰 싸움에 개들은 바짝 약이 올라 침을 흘렸다.

마당 한가운데에 철제 펜스를 치고 투견장을 만들었다. 흙이 묻은 찐득한 핏덩어리가 바닥에 가득했다. 마당 전체에 쇠비린내 같은 피 냄새가 났다.

상대편 투견 종은 검은 핏불, 가슴에 갈색 털이 반달처럼 나 있었다. 귀가 짧게 잘린 녀석을 데리고 온 주인은 손에 잔뜩 힘을 주고 녀석의 목줄을 잡았다. 줄을 놓치기라도 하면 큰일이라도 날 것처럼 인상을 쓰고 긴장한 표정이었다.

"고무 타이어 열 개가 다 닳았어. 종팔이가 끌고 다니느라고 말이야."

핏불 이름은 종팔이. 개 주인은 1980년대에 잘나가던 복서의 이름을 따서 지었노라고 자랑스럽게 떠벌렸다. (아마도 박종팔일 것이다. 박종팔은 1980년대 한국의 미들급 챔피언이었다. 박종팔은 특히 펀치가 강하기로 유명했다.)

종팔이는 체격 좋은 권투 선수처럼 떡 벌어진 어깨로 다리에 힘을 주고 서 있었다. 털 색깔이 어찌나 검은지 비쭉 내민 분홍색 혀가 전구알처럼 보였다.

파라양 가구 공장 기술자들은 당연히 기기 쪽에 돈을 걸었다. 이기기만 한다면 크게 한몫 챙길 수 있을 것이다. 게다가 인도산 수입목에서 칼리인지 칼날인지 하는 여신 문양을 보았다지 않은가. 먼지가 하얗게 내려앉은 한옥집 마루에 판돈을 접수하고 분배하는 출납계를 두었다. 파라양 가구 사람들이 돈을 걸었다.

타만은 이번 경기에 300만 원을 걸었다. 고향에 돈을 부치고 따로 모은 돈의 절반이었다. 기기는 스무 번의 매치에서 12승을 거둔 꽤 쓸 만한 싸움개였다. 그 정도는 해볼 만했다. 2년 반 된 흑구 진돗개. 녀석은 이빨이 날카롭고 동작이 날렵하다. 머리가 좋아 무턱대고 달려들지 않는다. 상대를 놀리다가 허점이 드러나면 단번에 달려들어 목을 문다. 요즘 녀석은 전성기다. 타만의 고향 인도네시아에서는 투견과 투계가 마을마다 성행했다. 그는 한국에 정착하자마자 진돗개를 얻어 싸움을 가르쳤다. 기기(gigi)는 인도네시아어로 '이빨'을 뜻한다.

'기기, 잘해. 이번 판만 이기면 아이들을 한국으로 데려올 수 있어. 집도 얻고 한국에서 살 거야. 이번만 이기면 널 다시는 투견장에 데려오지 않을 거야. 칼리가 함께하실 거야. 기기, 잘 싸워줘!'

타만이 기기의 짧은 귀를 꽉 쥐고 흔들었다. 간절히 기도하는 듯한 눈으로 기기를 바라보았다. 기기의 눈빛이 사납게 타올랐다.

심판이 투견장 한가운데 섰다. "투견사 제 자리에!"

개 주인들이 목줄을 움켜쥐고 쪼그려 앉아 개들의 귀를 꽉 쥐었다. 그렇게 틀어쥐면 개들이 흥분해서 고개를 휘젓는다.

심판이 손뼉을 탁 치며 호각을 세게 불었다. 양편 주인이 개들의 목줄을 풀었다. 개들이 투견장 한가운데로 쏜살같이 달려갔다. 두 녀석 모두 머리를 앞으로 쭉 내밀었다. 분홍색 잇몸을 드러내며 귀와 목덜미를 물려고 고개를 세차게 흔들었다.

바닥에서 먼지가 일었다. 기기가 종팔이의 아래쪽으로 파고들기 위해 몸을 납작 엎드렸다. 순식간에 목표가 사라지자 당황한 종팔이가 껑충 뛰어올랐다. 종팔이가 바닥에 내려앉자마자 기가가 녀석의 뒷다리를 물었다.

타만과 그의 동료들이 크게 소리를 지르며 박수를 쳤다. 열댓 마리의 개들이 미친 듯이 짖어댔다. 검은 얼굴이 짐승 같은 소리를 내며 허공에 대고 주먹을 휘둘렀다. "기기야, 너한테 50 걸었다. 오늘 밤에 횡재 좀 맞아보자!"

종팔이가 풀려났다. 다리를 약간 절었다. 약이 오른 녀석은 앞다리를 바닥에 쭉 펴고 엎드렸다. 하얀 이빨을 뿌리까지 드러내며 머리를 위협적으로 들이밀었다. 빈틈없는 방어 자세. 기기는 종팔이의 목덜미를 노렸다. 한번 물면 끝이다. 기기의 이빨이 종팔이의 목뼈를 바스러뜨릴 것이다. 종팔이는 납작 엎드려 이빨을 이리저리 휘둘렀다. 기기는 쉽게 접근하지 못했다. 싸움이 기기에게 유리한 쪽으로 흘러가고 있었다. 뒷다리를 물린 종팔이는 전의를 잃지는 않았지만 처음보다는 몸이 뻣뻣했다.

심판이 종팔이의 주인에게 계속할 것인지 사인으로 물었다. 개 주인은 싸움판이 싱겁게 끝났다고 생각했는지 짜증 섞인 눈으로 계속하라고 손짓했다. 그는 개를 버렸다. 저대로 두면 기기가 달려들어 종팔이의 목을 물 것이다. 이쯤에서 뒷다리를 잡고 끌어내야 한다. 주인은 죽든 말든 상관없다는 듯 시선을 돌려 담배를 물었다.

종팔이 주인이 담배 연기를 들이마시고 다시 고개를 들었을 때였다.

기기가 엎드린 종팔이에게 달려들어 목을 향해 이빨을 세웠다. 그 순간 바닥을 치고 올라 종팔이가 공중으로 붕 떠올랐다. 이번에 당황한 쪽은 기기였다. 기기는 아까 종팔이처럼 앞다리를 뻗고 엎드렸다. 하지만 종팔이가 공중에서 내려찍듯이 머리를 기기에게 처박았다.

바닥에서 먼지가 일었다. 종팔이 주인은 자기 입에서 나온 담배 연기를 손으로 휘저었다. "좋았어!" 그가 꽥 소리쳤다.

종팔이가 기기의 귀를 물었다. 기기는 신음 소리조차 내지 않았지만 귀의 살점이 찢어져 너덜거리는 게 보였다. 기기의 눈두덩이 위로 피가 흘렀다. 기기는 뒷다리를 세우고 머리를 뒤로 빼내려 했지만 살점을 물고 있는 핏불의 이빨이 당겼다.

기기가 마지막 힘을 주며 고개를 흔들어댔다. 살갗이 찢어졌다. 귀가 거의 떨어져나갔다. 겨우 머리를 빼내 기기가 고개를 약간 돌렸을 때, 종팔이의 치명적인 공격이 들어왔다. 녀석의 이빨이 기기의 목덜미를 아래쪽에서 물었다.

"대판이다!"

사람들이 소리쳤다. 서로 물고 물리는 개들의 투지가 판을 키웠다. 개 한 마리가 꼬리를 빼고 도망치면 소판, 서로 물고 물리다 지쳐 떨어지면 중판, 둘 중 하나가 죽으면 대판이다.

종팔이의 이빨이 기기의 목을 파고들었지만 기기는 머리를 비틀면서 버둥거렸다. 기기는 끝내 싸우려 했다. 저대로 두면 기기가 죽는다. 15초면 숨통이 끊어진다.

핏불 종은 주인을 향한 충성과 우애가 강한 개지만 200년 전부터 싸움개로 길러졌다. 성질이 사납고 투지가 강한 놈들끼리만 교배를 시킨 탓에 대부분 핏불은 위험한 견종으로 분류된다. 미국에서는 살인견으로 알려져 있다. 총에 맞고도 이빨을 드러내며 죽는다. 미국 마피아가 즐겨 기른다. 그래서 '마피아 개'라 불린다.

가망이 없었다. 타만이 고개를 잠깐 숙였다. 그가 손에 든 목줄을 내려다보았다. 목줄을 던지면 끝이다. 진 싸움이다. 타만이 줄을 던지려고 일어섰다.

"가만있어봐! 씨팔, 아직 안 끝났어!" 검은 얼굴이 말렸다.

"기기 죽어!"

"죽을 때까지 싸워야지!"

"안 돼!"

검은 얼굴이 타만의 손에서 목줄을 뺏으려 했다. 타만의 마른 팔뚝이 검은 얼굴의 손을 거칠게 잡아챘다. 검은 얼굴을 쏘아보며 투견장을 향해 목줄을 집어 던졌다. 호각이 길게 울었다.

타만이 투견장으로 달려 나갔다. 종팔이 주인도 달려왔다. 두 사람이 개들의 뒷다리를 잡고 끌어당겼다. 종팔이가 으르렁거리며 이빨을 풀지 않았다. 기기는 머리가 한쪽으로 홱 돌아가 있었지만 끙끙대는 신음 소리도 흘리지 않았다. 종팔이 주인이 손에 든 목줄로 자기 개를 후려쳤다. 종팔이가 깽깽거리며 이빨을 풀자, 주인은 종팔이의 뒷다리를 질질 끌고 투견장 밖으로 나갔다.

기기가 바닥에 엎드렸다. 목에서 피가 흘렀다. 하얀 혀가 바닥으로 늘어졌다. 옆구리가 힘겹게 들썩거렸다. 타만이 기기를 끌어안았다.

타만이 투견장을 빠져나와 차를 향해 걸었다. 투견장으로 올 때, 파라양 가구 인부들은 검은 얼굴이 모는 스타렉스를 타고 이동했다. 주차장으로 갔을 때 스타렉스가 빠져나오고 있었다. 차가 타만 앞에 멈추었다. 타만의 셔츠가 검붉은 피에 젖어 있었다.

"시트에 피 묻으면 안 지워져." 창문을 내리고 검은 얼굴이 침을 칵 뱉으며 말했다. "싯팔, 돈 다 날렸네. 개새끼가 뭐라고……. 택시 타고 와!"

스타렉스가 떠났다. 타만의 볼에 눈물이 흘렀다. 기기의 목이 아래로 축 늘어졌다. 동료들이 저쪽에 모여 있었다. 함께 남은 친구들을 보자 타만은 입술을 떨면서 울었다. 개를 안은 채 바닥에 주저앉았다. 친구들이 다가와 개와 타만을 함께 쓰다듬었다.

투견장에서 숙소까지는 20여 킬로미터. 타만과 그의 친구들이 함께 걸었다. 아스팔트 위로 점점이 핏자국이 그려졌다. 친구들이 개를 대신 안아주겠다고 했지만 타만이 사양했다. 결국 친구들이 도중에 택시를 세웠다. 기사는 사람만 태울 수 있다고 했다. 타만은 친구들을 택시에 태워 보냈다. 그는 혼자서 피 흘리는 개를 안고 걸었다. 기온이 27도 아래로는 떨어지지 않는 열대야였다.

새벽 3시가 다 돼서야 가구 공장에 도착했다. 직원 숙소는 어두웠다. 타만은 그곳을 지나 원목 적재장으로 갔다. 인도산 수입목이 쌓여 있는 곳에 이르러 타만은 기진맥진한 몸을 가누며 개를 조심스럽게 바닥에 내려놓았다.

"기기, 마앞." (기기, 미안해.)

기기는 의식이 없었다. 숨소리가 들렸지만 입이 말라붙어

심한 구취가 났다. 피가 엉겨 붙은 털에서 썩는 냄새가 났다.

타만은 개를 다시 들어 저녁에 본 나무 앞으로 옮겼다. 칼리 여신의 문양이 조잡하게 새겨져 있었다. 양팔을 벌리고 앉아 있는 사람 모양, 하나의 몸통에서 뻗어 나온 열 개의 팔이 하늘을 향해 춤추는 모양이었다. 파괴의 신이자, 죽음의 신인 칼리 여신은 생명을 주거나 빼앗는다.

"까르나 아꾸." (나 때문이야.)

타만이 조심스럽게 기기의 머리를 들어 한 손으로 받쳤다. 다른 한 손으로 기기의 머리를 천천히 쓰다듬었다. 타만이 몸을 움찔거리며 울었다.

한국으로 떠나올 때 마을에서 잔치를 열었었다. 아이들은 아비를 영웅으로 생각했다. 가족들과 떨어져 지낸 지 5년, 타만의 몸은 마른 막대기처럼 쪼그라들었다.

타만은 고향 마을에서 가장 유명한 조각 기술자였지만 공장에서 받는 임금은 아내와 세 아이들을 키우기에 너무 적었다. 어느 날 한국인 사업가가 와서 말했다.

"당신 기술이면 한국에서 고가의 가구를 만들어 팔 수 있습니다. 백화점에 납품할 고급 가구를 만들 계획입니다. 함께 가서 일합시다."

그길로 한국행 비행기를 탔다. 타만은 자신이 손수 만든 돋을새김 조각의 가구들이 실제로 백화점에 전시된 걸 보았다. 그는 정말 뿌듯했다. 하지만 사장은 급여를 올려주지 않았다. 공장 운영비도 많이 들고, 백화점 납품 가격을 낮추느라 손해를 보고 있다는 것이었다. 몇 달만 참아달라던 세월이 5년이다.

그는 한국인보다 두 배로 일해야 한국인이 받는 돈의 절반을 받는다는 것을 알았다. 타만 혼자 한국에서 생활하기에도 벅찬 돈이었다. 그래도 아껴 쓰며 가족들에게 생활비를 보냈다. 어느 날 아내가 전화를 걸었다.

"거기서 버는 돈이나 여기 있을 때 버는 돈이나 별 차이가 없어요. 여보, 차라리 돌아와서 함께 사는 게 더 낫지 않겠어요?"

타만도 그걸 알았지만 이대로 돌아갈 수는 없었다. 돌아가는 비행기 삯도 문제였지만 자존심이 허락하지 않았다. 어떻게든 돈을 벌어서 금의환향하고 싶었다. 자신이 좀 덜 먹고 덜 쓰면 가족들에게 보내는 돈이 많아질 것이다. 그가 적재장 주변에서 버섯을 캐 먹기 시작한 건 그때부터였다. 고기가 먹고 싶을 때는 쥐덫을 놓았다. 덫에 걸린 쥐나 뱀을 잡아먹었다.

타만은 할 일 없던 명절에 공터에서 벌어지는 투견판을 구경했다. 어쩌면 큰돈을 벌 수 있을 것도 같았다. 그는 인근 공장에서 기르던 진돗개가 새끼를 낳자 5만 원을 주고 사 왔다.

타만은 기기를 훌륭한 싸움개로 키웠다. 기기는 지금까지 잘 싸워주었다. 기기의 활약으로 번 돈은 고향에 부쳤다. 그 돈으로 아내는 집과 땅을 샀다.

이제 타만은 다시는 투견을 하지 않으리라 마음먹었다. 그리고 귀향을 결심했다.

"똘롱 삼빠이깐 칼리, 사야 수다 버르도사. 민따 똘롱 장안 마띠깐 아낙아낙 사야." (칼리께 전해줘. 내가 죄를 지었다고. 제발, 우리 아이들을 해치지 마.)

그는 죽음을 보았다. 기기의 귀와 목에서 흘러나온 피가 타만의 손을 적셨다. 죽음은 붉은색, 누구나 가진 피와 심장의 색이었다.

기기의 숨소리가 잦아들었다. 죽음은 공허, 껍데기 같은 육체로 남는 것. 기기의 코끝에서 따뜻한 바람이 마지막으로 길게 새어 나왔다.

타만은 주사위 놀음하듯 생명을 가지고 놀아난 자신이 부끄러웠다. 눈물로 흐려진 시선으로 개를 보았다. 다정한 친구의 죽음이 그의 가슴을 찢었다.

"슬라맛 잘란. 기기……." (잘 가, 기기…….)

56화
Fluctuation

요동 1

시간이란 대체 무엇인지요? 누가 시간을 쉽고 간단하게 설명할 수 있겠습니까?

— 성(聖) 어거스틴, 『고백록』, 제14장 '시간의 세 가지 차이'

기기의 검은 털이 피에 젖어 축축했다. 끈적이는 타만의 팔뚝 위로 수백 마리의 모기떼가 달려들었다. 하늘에 뜬 양초색 반달을 한 번 올려다보고는 타만이 자리에서 일어섰다.

그는 원목 적재장을 가로질러 걸었다. 직원 숙소 옆 수돗가에 앉아 팔과 다리를 씻었다. 빨건 핏물이 검게 회오리치며 하수구로 빨려들었다. 호스에서 미지근한 물이 빠지고 차가운 물이 나왔다. 타만은 호스를 들어 자기 머리통을 씻었다.

반달의 광채가 스미지 못하는 어둠 속을 타만이 눈먼 개처럼 더듬거리며 걸었다. 숙소 옆 창고에서 삽 하나를 가지고 나왔다. 그는 빈 페트병에 물을 채운 다음 삽과 함께 들고 다시 원목 적재장으로 걸어갔다.

인도네시아 노동자들이 머무는 숙소에서 원목 적재장까지는 500미터 정도, 1만여 평의 적재장에는 수입 원목 수백 주가 사지 잘린 시체처럼 쌓여 있었다. 직경이 7, 80센티미터쯤 되는 통나무 원목들을 둥근 면을 맞물리게 하여 층층이 쌓아놓았다. 헤어날 수 없는 미궁 같았다. 원목 한 주의 무게만 3톤, 수종별로 분류돼 나란히 누운 수입목은 딱딱하게 굳은 시체가 되어 검은 기름 냄새를 풍겼다.

그 미로 속에서 타만은 죽은 나무의 옆구리에 새겨진 칼리 여신의 조잡한 부조(浮彫)를 발견했다. 인도네시아 최고의 조각 장인인 타만은 그것이 인도의 힌두 여신 칼리라는 걸 단박에 알아보았다.

그는 이슬람 사원과 힌두 사원이 기묘하게 뒤섞인 마을에서 자랐다. 마을 어른들은 이슬람 사원에서 기도를 올리고 집 울타리에는 힌두 신의 문양을 걸었다. 타만은 어렸을 때 힌두 신들의 조상(彫像)을 깎으며 기술을 배웠다. 수십 개의 팔을 벌리고 음란한 표정을 짓는 칼리의 풍만한 여체를 다듬으며 그는 욕정에 사로잡히곤 했었다.

죽은 개 앞에 이르렀다. 모기와 파리를 쫓으며 기기의 옆구리에 손을 대보았다. 개는 죽었다. 화장(火葬)을 시켜주고 싶었지만 적당한 장소가 없었다. 땅에 묻는 것 말고는 달리 방법이 없다.

100여 미터 떨어진 곳에 잡목 부스러기를 모아두는 터가 있었다. 그는 그곳으로 가 땅을 파기 시작했다. 삽날이 땅에 꽂힐 때마다 소리가 울렸다.

반달이 서쪽으로 기울었다. 바람 한 점 없고 말 한 마디 없는 침묵의 새벽. 타만의 몸이 땀에 젖었다. 1미터 깊이의 구덩이에서 기어올라 땅바닥에 앉은 채 타만이 가져온 물을 머리에 들이부었다. 머리를 흔들며 물기를 털어내다가, 그는 귀에 들리는 작은 소리에 동작을 멈추었다.

저쪽에서 낑낑대는 소리가 들렸다. 그럴 리가. 그는 여전히 가라앉지 않는 숨을 몰아쉬며 개가 누운 쪽으로 고개를 돌렸다.

이상한 불빛이 번쩍거렸다. 번갯불 같기도 하고 스러지는 깜부기불 같기도 했다. 타만이 자리에서 벌떡 일어섰다. 다시 한 번 끙끙대는 소리. 번쩍, 하고 불빛이 일었다. 개가 누운 자리였다. 타만이 개 있는 쪽을 향해 조심스럽게 걸었다.

하얀색, 파란색, 붉고 노란 광채가 뒤섞여 꿈틀거렸다. 개가 보이는 곳에 이르러 타만은 그 자리에 멈추어 섰다.

10미터 앞에 불빛에 휩싸인 개의 시체가 보였다. 그는 뒤로 몇 발짝 물러섰다가, 다시 앞으로 두어 걸음을 내딛었다.

'바즈라(vajra)다!'

타만이 그 자리에서 무릎을 꿇었다.

바즈라, 천둥신 인드라의 불꽃. 언젠가 힌두 승려에게서 바즈라에 대해 들은 적이 있다. 벼락처럼 부수는 불꽃이 일 때 죽음이 깨지고 생명이 일어선다.

'바즈라의 불꽃을 보거든 땅에 엎드려라!'

승려의 말이 생각났다. 타만이 머리를 땅에 대고 엎드렸다.

'고결한 자는 생명을 얻고, 부정(不淨)한 자는 천둥을 맞아 죽으리라!'

타만은 흙바닥에 얼굴을 파묻고 벌벌 떨었다. 머리 위로 불꽃이 번쩍거렸다. 이빨 사이로 흙 알갱이가 씹혔다.

타만은 소리가 사라졌다는 것을 알았다. 그는 눈을 감았다. 눈꺼풀 안으로 빛이 스몄다. 소리 없는 불빛이 그를 공포로 몰아넣었다. 그는 소리를 질렀지만 목구멍에서 나오는 소리는 귓구멍으로 들어오지 않았다. 먹먹한 이명이 울릴 뿐이었다. 타만은 무서워 떨면서 소리쳤다.

'장안 부누 아꾸, 장안! 사야 양 살라. 장안 부누 아꾸.' (살려주세요, 살려주세요! 잘못했어요! 살려주세요!)

소리는 머리에서만 울렸다. 어떤 소리도 들리지 않았다. 푸른빛이 번개처럼 번쩍거렸다. 난폭한 검객의 칼에서 반사된 빛처럼 일렁이는 불빛이 타만의 머리 위로 쏟아졌다.

고개를 들었다. 그는 빛의 반구(半球)를 보았다. 크기는 10미터 정도, 사과를 정확히 반으로 자른 것처럼 기기가 누운 곳을 중심으로 둥글게 퍼져 있었다.

그는 문득 머리를 만졌다. 물기가 없었다. 옷과 얼굴도 보송보송했다. 바람 없는 진공 속에 갇힌 느낌. 타만이 허리를 세웠다.

반구의 빛으로부터 뱀처럼 구불거리는 가지가 뻗어 나왔다. 무서웠지만 평화로웠다. 빛의 가지들이 꿈틀거리던 시간은 10여 초, 잠시 후 빛이 하나로 모였다.

"기기!"

비로소 자기 말소리가 들렸다. 그는 기기로부터 스무 걸음 정도 떨어져 있었다. 사람 크기로 모인 빛은 날개를 펼친 나비 같았다.

타만은 그것이 칼리 여신이라고 확신했다. 지네 다리처럼 뻗어 나온 수십 개의 팔, 허공을 휘젓는 손바닥, 푸른 살결, 그녀의 머리를 감싼 노란 태양……, 수시로 변하는 빛의 형체는 틀림없이 칼리의 모습이었다.

빛은 순식간에 사라졌다. 전등 스위치를 내렸을 때처럼, 갑자기 시커먼 어둠이 눈을 덮었다.

그리고 개가 달려왔다. 윤기 나는 검은 털, 아주 맑은 검은 눈동자가 반달의 광채를 받아 빛났다.

"기기, 기기!"

타만이 개를 끌어안았다. 녀석이 꼬리를 세차게 흔들었다. 기기의 몸 어디에도 상처가 없었다. 이빨 자국도, 떨어진 살점도 없이 깨끗했다. 타만이 어렸을 때 잘라낸 기기의 짧은 귀는 싱싱한 채소처럼 빳빳하게 솟아 있었다.

"2번 크레인은 유압기 챔버 쪽이 말썽입니다!"

기사가 무전기에다 소리쳤다. 그가 시동을 끄고 이동식 크레인에서 내렸다. 쇠사슬과 결박 벨트를 들고 서 있던 인부들 세 명이 공구를 바닥에 내려놓았다.

"지지난 달에 교체했잖아?" 작업 지시서를 손에 든 작업팀장이 다가와 물었다.

"배관이 갈라졌을 거예요. 압력이 세니까 조절이 안 돼서 챔버가 자꾸 터지는 거라고요. 그러니까 제가 배관부터 고쳐야 된다고 했잖아요."

"우선 이것들부터 옮겨야겠지."

팀장이 인도산 봄베이 자단을 발로 툭 찼다. 90개의 원목 통나무. 그 옆에 에티오피아산 흑단목이 쌓여 있었다. 오늘 예정 출하량은 60개. 크레인이 멈추는 바람에 10개는 까먹고 들어갈 판이었다. 그거로도 공장장은 길길이 날뛸 테다.

"뭘로 옮긴대요?" 크레인 기사가 물었다. 팀장이 바닥에 놓인 쇠사슬 꾸러미와 지게차를 번갈아 쳐다보았다.

"지게차로?" 크레인 기사가 어이없다는 표정을 지었다.

"그럼 어쩔 거야? 공장장이 난리야. 제재소 쪽 펑크 나면 가공팀도 멈춰. 이번에도 납품 기일 어긋나면 공장장이 아마 우릴 죽일 거야. 일단 저기 지게차부터 끌고 와봐."

크레인 기사가 뭐라고 구시렁대며 지게차에 올라 키를 잡았다. "팀장님, 안 돼요, 안 돼. 배터리가 나갔어!"

"뭐? 마른하늘에 날벼락이라도 쳤나? 왜 장비들이 다 망가졌대?"

팀장이 휴대폰을 주머니에서 꺼냈다. 공장장 욕설이 원목 운반조 인부들에게까지 들렸다. 작업을 공치면 자기들만 손해일 텐데도 아침부터 타오르는 적재장 열기에 힘 빠진 인부들이 쪼개는 소리로 떠들었다. '검은 얼굴'과 '곰보 자국'이 그들 틈에 끼어 있었다.

"1번 크레인은 아예 시동이 안 잡히고 2번은 유압기가 나갔어요. 지게차 두 대도 전부 배터리 방전됐어요. 아, 정비야 벌써 불렀죠. 반나절은 가동 멈출 걸로 생각해야죠." 팀장이 전화를 귀에서 뗐다. 욕설이 터졌다. "예, 예, 잘 알고 있습니다. 그럼, 뭐, 어쩝니까? 예? 그러다 사고라도 나면……. 일단 알겠습니다."

"어쩌시게요?" 안전모를 손가락 끝에 걸고 짝다리를 하고 선 자세로 크레인 기사가 물었다.

"끌어서 옮긴대."

"그러니까 뭐로요?"

"20년 전에 했던 방법으로."

"그게 뭔데요?"

"오늘 힘 좀 써야겠다."

원목 출하가 안 되면 제재소에서 조립팀으로 재단목을 넘겨주지 못한다. 조립팀에서 가구 뼈대를 넘겨야 가공팀이 돌아간다. 인도네시아 노동자들은 가공팀에서 목조 장식을 깎아 덧붙이는 일을 했다. 그들은 세부 장식 작업을 이어나갔기 때문에 계속 일을 했다. 도장팀 역시 돌아갔다. 하지만 가구 뼈대가 넘어오지 않으면 그들 전부 일손을 놓는다. 결국 공장이 멈춘다.

공장장은 반나절 동안 공장이 멈추는 일을 자신의 무능력으로 받아들였다. 운동하면 동맥경화가 풀릴 것이라 믿는 고집 센 환자처럼 공장장은 우기고 소리쳤다. 맨손으로 산업 수출 금자탑 상을 받았던 시절 어쩌고 하면서 욕을 해댔다. 서른네 명의 노동자들이 맨손으로 원목 통나무를 옮기는 일에 동원되었다.

오전 10시부터 점심때까지 겨우 다섯 개의 원목을 제재소로 옮겼다. 어쨌든 공장은 돌아가게 생겼다.

한 발짝도 물러서지 않고 타오르기만 하는 무더위와 통나무의 완강한 무게에 사람들이 지쳐 나가 떨어졌다. 점심을 먹은 노동자들은 자신이 받는 임금에 비례하여 잠깐 낮잠을 자는 장소로 이동했다. 어떤 이들은 에어컨 밑에서, 어떤 이들은 공장 안의 대형 선풍기 앞에 발을 뻗고 누웠다. 늘 밖에서 일하는 검은 얼굴과 곰보 자국은 적재장 담장 밑에서 뻗었다.

인도네시아 기술자들은 기기 앞에 모여 수다를 떨었다.

"저 새끼들은 지치지도 않나 봐?" 검은 얼굴이 이마에 손을 대고 누워 중얼거렸다.

"기기가 살아났다고 난리야."

"뭐? 개가 살아났다고?"

"응, 말짱해. 아까 가서 봤는데 상처 하나 없이 깨끗해."

"내 이럴 줄 알았어. 멀쩡한 개새끼를 가지고……. 괜히 돈만 날렸잖아!"

검은 얼굴은 갑자기 자리에서 일어나 주변을 두리번거렸다. 그의 눈에 들어온 것은 45센티미터 길이의 묵직한 파이프렌치, 그는 그걸 손에 들고 인도네시아 노동자들에게 다가갔다.

검은 얼굴은 내 돈 50만 원을 물어내라고 생떼를 썼다. 손에 든 파이프렌치를 치켜들고 위협하기까지 했다. 타만은 그게 왜 내 책임이냐고 대들었다.

"그럼, 다음 판에 네 돈에서 까줘." 검은 얼굴이 한 발 양보하는 선에서 제안했다.

"기기, 인제 싸움 안 해."

그 말에 꼭지가 돌아버린 검은 얼굴이 손에 든 렌치를 치켜들었다. 타만은 피하지 않고 그를 노려보았다. 검은 얼굴은 씩씩대며 추잡한 욕설만 퍼부었다. 점심시간이 끝나고 오후 작업이 시작될 시간이었다. 곰보 자국이 와서 말렸다. 검은 얼굴이 분을 삼키며 자리를 떴다.

오후 작업이 시작된 지 얼마 안 되어 작업장에 사이렌 소리가 울려 퍼졌다. 폭염 경보였다. 공장 가동이 중지되었다. 공장에서는 지방자치단체 규정에 따라, 근로작업장의 실내외 온도가 섭씨 45도를 넘을 경우, 자연 재해로 규정하고 모든 작업을 중지해야 했다. 이를 어기면 과태료가 부과된다.

인부들이 일손을 놓았다. 적재장의 먼지가 내려앉았다. 인부들이 일손을 놓고 점심때 누웠던 그늘로 찾아들어갔다. 타만과 그의 동료들은 적재장에서 그리 멀지 않은 직원 숙소로 갔다. 검은 얼굴은 그늘로 가지 않았다. 그는 개가 묶여 있는 곳으로 갔다.

검은 얼굴이 기기에게 다가갔다. 개가 으르렁거렸다. 그는 손에 파이프렌치를 들고 있었다. 어디든 분풀이를 하고 싶었다. 무쇠로 된 작업 공구를 사람에게 내리치면 쇠고랑을 차야겠지만 개새끼쯤이야. 검은 얼굴의 코가 벌름거렸다. 개가 사납게 짖었다. 개는 귓가에 찢어진 상처도 없고 목에 물린 곳도 없었다.

"이런 개새끼들! 내 돈을 떼먹어?"

개 이빨이 닿지 않는 곳에 서서 검은 얼굴이 렌치를 휘둘렀다. 기기는 앞발을 내밀고 엎드린 자세로 이리저리 몸을 피했다. 귀가 따가울 정도로 시끄럽게 짖었다.

“시끄러, 이 개새끼야!”

검은 얼굴이 작심하고 휘두른 일격에 기기가 맞았다. 짧은 비명을 지른 기기는 그대로 땅바닥에 드러누웠다. 기기의 머리통에서 시뻘건 핏물이 콸콸 쏟아졌다. 기기는 눈을 뜬 채 숨을 몇 번 헐떡이더니 그대로 숨을 멈추었다. 혓바닥이 이빨 사이로 삐져나와 축 늘어졌다. 검은 얼굴이 땅바닥에 파이프렌치를 쓱쓱 문지르더니 몸을 돌려 작업장으로 걸어갔다. 그는 죽은 개를 향해 두어 번 고개를 돌렸다.

하늘에 구름이 가득했다. 다시 사이렌이 울리고 작업이 재개되었다. 검은 얼굴은 통나무 둘레에 결박 사슬을 거는 일을 맡았다. 사슬 구멍에 길쭉한 볼트를 끼우고 파이프렌치로 조이는 일이었다. 렌치를 흙바닥에 문질러 닦았지만 홈 사이에는 여전히 피가 묻어 있었다.

통나무를 5단으로 쌓아 올린 높이는 사람 키의 두 배가 넘었다. 맨 윗부분의 통나무 양쪽에 결박 사슬을 채우고 5톤 트럭이 결박 체인을 잡아 당겨 끌어내리는 방식으로 작업이 진행되었다. 아래쪽에는 운반 트럭이 대기했다.

직경 80센티미터의 인도산 자단에 결박 사슬을 채울 때였다. 기름 먹인 볼트가 매끄럽게 돌아갔다. 검은 얼굴이 볼트의 절반 길이에서 육각 머리를 돌리고 있을 때, 그가 딛고 선 통나무가 흔들렸다.

"아직 안 됐어!"

검은 얼굴이 소리쳤다. 그는 볼트에만 시선을 두고 있었다. 그의 얼굴에서 떨어진 땀이 나무껍질로 스며들었다. 젖은 수건을 쥐어짤 때처럼 땀방울이 두두둑 떨어졌다. 아래쪽에 서 있던 사람들이 서로의 얼굴을 쳐다보았다. 다시 흔들렸다.

"아이, 싯팔. 기다리라니까!"

똥을 쌀 때처럼 용을 쓰며 말했다. 나무의 흔들림은 아까보다 더 컸다. 이제는 나무 위에 서서 중심을 잡기 어려울 정도였다. 어, 어, 하는 사람 소리를 듣고 검은 얼굴은 고개를 들었다. 잠깐 현기증이 이는가 싶더니 나무 전체가 진동했다.

나무가 아니라 땅이 요동쳤다.

"지진이다!"

누군가 외쳤다. 땅이 진동했다. 턱이 떨렸다. 그 말과 동시에 나무의 대열이 무너지기 시작했다.

사람들이 사방으로 달아났다. 인도산 자단목 적재 대열 위에 서 있던 검은 얼굴은 무너지는 나무와 함께 아래로 떨어졌다. 쿵쾅거리며 나무들이 부딪치는 소리를 냈다. 소리는 천둥처럼 퍼졌다. 진동은 몇 초 간격으로 계속되었다.

검은 얼굴은 땅에 떨어진 후 머리를 감싸 쥔 자세로 웅크렸다. 그의 머리 위로 나무의 뿌리 쪽 절단면이 떨어져내렸다. 나무의 무게는 4.5톤, 직경 80센티미터 나무가 세로로 떨어질 때의 압력은 나무 무게보다 조금 약했지만 사람의 뼈와 두개골을 으깨기에 충분했다. 그의 상반신이 길쭉하게 일어선 나무 아래에 깔렸다.

그날 저녁 뉴스에는 양산에서 일어난 지진이 보도되었다. 리히터 규모 5.8로 지진 관측 이래 최대 규모였다. 진앙지는 양산에서 40여 킬로미터 떨어진 경주. 일부 지역에서는 13층짜리 아파트 외벽에 금이 갈 만큼 큰 지진이었다. 통상 리히터 규모 5.0~5.9 정도의 지진은 좁은 지역에 부실하게 지어진 건축물이 붕괴될 만큼의 파괴력을 갖는다.

유튜브에는 번갯불처럼 번쩍이는 빛이 담긴 동영상이 여러 개 올라왔다. 경주와 양산 부근에서 촬영된 이 영상의 제목은 '지진 전조 현상'. 지진이 나기 하루 전, 이른바 지진광이라 불리는 번쩍이는 번갯불이 새벽녘에 여러 지역에서 관측되었다. 전문가들은 땅속 단층면에서 발생한 전자파가 대기 중의 전하입자와 부딪히면서 나타나는 현상이라고 설명한다.

파라양 가구 양산 공장 원목 적재장에서 일어난 사고는 직접적인 지진 피해로는 가장 심각한 수준이었다. 오후 2시 30

분 현재, 경찰에 접수된 사고 피해자는 부상자 7명, 사망자 1명, 실종자 2명이다.

57화

Fluctuation

요동 2

지나가는 것이 없다면 과거는 존재하지 않습니다. 다가오는 것이 없다면 미래도 존재하지 않습니다. 존재하는 것이 없다면 현재라는 시간은 없습니다……. 우리는 어떻게 지금 이 현재가 "있다"고 말할 수 있겠습니까? 시간은 단지 현재가 끊임없이 사라지기 때문에 존재하는 것 아닙니까?

— 성(聖) 어거스틴, 『고백록』, 제14장 '시간의 세 가지 차이'

때 이른 무더위가 사람들을 도시 밖으로 내몰았다. 그의 생각대로 고속도로는 휴가 차량으로 넘쳤다. 차들은 움직이지 않았다. 하나같이 더위 먹은 개 같았다. 축 처져서 도로 위에 눌어붙어 기어 다녔다.

승용차로 이동했다면 아직도 서울 근교를 기어가고 있으리라. 더위 먹은 개처럼. 고속버스는 파란 실선이 그어진 전용차로를 쌩쌩 달렸다. 출발하기 전 그는 자기 자신과 내기를 했다. 고속버스를 탔을 때의 손익을 따져보자. 일찍 도착한다면 시간을 번다. 늦게 도착한다 해도 꽉 막힌 도로에서 탈진하는 신세를 면할 수 있다.

그는 그런 식으로 생각하는 걸 즐겼다. 모든 일은 한순간의 선택이 빚은 결과다. 그가 이긴 셈이다. 그가 탄 버스는 서울을 출발한 지 한 시간 만에 천안을 통과했다.

버스 안에서도 그는 계속 공장장과 통화를 했다.

"구난차는 어떻게 됐어?"

— 대구에서 30분 전에 출발했습니다.

"현장은 손 놓고 있는 거야? 지금 고속도로가 주차장이야. 어느 세월에 움직여?"

— 그럼 어떻게 해요? 거기도 간신히 구했구만.

공장장이 맞받았다.

"너 이 새끼, 현장 관리도 제대로 못 한 놈이 어디서 큰소리야? 이번 지진으로 사람 죽고 다친 데는 우리 공장밖에 없어! 다른 데서는 기왓장 몇 개 떨어진 게 전부라고. 어디서 큰소리야, 큰소리는!"

째렁거리는 목소리에 주변 승객들이 고개를 내밀어 쳐다보았다. 그는 목소리를 깔지 않고 계속 크게 말했다.

"근처에 아파트 공사장 없어? 거기 가서 사정해봐."

— 상무님이 오셔서 해봐요. 걔네들 꿈쩍하나.

"찾아가서 바짓가랑이라도 붙들고 매달려야 할 거 아냐!"

다시 언성이 높아졌다. 운전기사가 실내 거울로 그를 노려보았다.

"아직도 소리 들려? 아까 신음 소리 났다며?"

— 꺼내봐야 알 것 같아요.

"빨리 조치해. 할 수 있는 거 다 해. 기자들 오기 전에 시신이라도 수습해놔. 내가 도착하기 전에 제대로 안 해놓으면 너 오늘 나한테 죽을 줄 알아."

— 상무님, 이쪽에서도 최선을…….

안덕진 상무가 전화를 끊었다. 휴대전화기가 뜨거웠다. 그는 사장에게 전화를 걸어 양산 공장 쪽 상황을 알렸다.

사장은 언론을 걱정했다. 열악한 노동 환경이라느니, 안전 불감증이라느니, 그런 말 나돌지 않게 조치해, 가족들 연락해서 구조를 위해 최선을 다하고 있다, 그런 말도 좀 하고. 예, 사장님.

친환경 가구 이미지 만드느라 퍼부은 돈이 얼만데, 공든

탑 무너지지 않게, 안 상무, 여기저기 잘 좀 뛰어. (사장은 갑자기 목소리 톤을 바꾸었다.) 저, 저, 거기선 레이업으로 가야지. (스윙 소리, 딱딱거리는 타구 소리가 들렸다.) 안 상무, 계속 보고해. 예, 사장님.

조잡한 집성목으로 주방가구를 만들던 '프라양'은 5년 전부터 고급 가구 시장에 도전장을 냈다. 양산에 공장을 열고 인도네시아에서 가구 장인들을 데려왔다. 편의점 알바의 임금 수준으로 그들을 부리며 최고급 가구를 만들었다. 그러고도 가격은 비슷한 브랜드 가구의 3분의 2 수준. 주문이 밀려들었다. 사장은 인테리어 잡지와 인터뷰하면서 2년 만에 거둔 성공의 비결을 이렇게 말했다. "가장 좋은 나무, 인도네시아의 전통 기술, 합리적인 가격." 그는 최저임금에 대해선 말하지 않았다.

예, 사장님, 예, 사장님, 그는 고분고분 그 말만 반복했다. 사장과 통화를 끝낸 뒤 생수 뚜껑을 비틀어 땄다. 500밀리리터 생수 한 통을 벌컥거리며 들이켰다. 새끼들, 하며 입을 닦았다. 안덕진 상무는 바싹 마른 나무 같은 심장을 가진 자였다. 불로 지지면 타오를 것이다. 그를 화나게 해선 안 된다. 그는 통나무에 깔려 죽은 자를 보아도 울지 않을 것이다. 그는 메마른 자다.

대전을 지나자 정체가 풀렸다. 차들이 헐떡이며 달렸다. 졸음이 쏟아졌다. 안 상무의 고개가 아래로 떨어졌다. 벌어진 입으로 침이 새어 나왔다.

침을 닦으며 고개를 들었을 때 사람 모양처럼 길쭉하고 검은 형체가 그의 눈앞에 어른거렸다. 그가 손으로 눈을 비볐다. 서쪽 창으로 찌를 듯이 파고드는 햇살이 짙은 그림자를 만들고 있었다. 그는 등받이를 뒤로 젖힌 다음 발 받침대를 세웠다. 단단히 깍지 낀 손을 배에 대고 다시 잠이 들었다.

"선행을 베푸시오."

모기 소리 같은 말소리에 깜짝 놀라 안 상무가 벌떡 잠에서 깨어났다. 표정 없는 얼굴을 한 남자가 옆에 앉아 있었다.

"뭐라고요?" 안 상무가 있는 대로 인상을 쓰며 되물었다.

"시간이 없습니다."

"그게 무슨 말입니까? 갑자기……. 절 아시나요?"

"당신이 말하는 사이에 소중한 1분이 날아갔습니다."

남자는 협박하듯이 안 상무에게 말했다. 지하 깊은 곳에서 울리는 것 같은 낮은 목소리. 남자는 눈도 깜빡이지 않았다. 사람 모양을 한 나무인형 같았다. 흐릿한 형체가 일그러졌다가 다시 나타나기를 반복했다. 남자의 몸은 어둠 속에 앉아 있는 것처럼 검게 보였다.

안 상무가 계속 눈을 비볐다. 그의 얼굴이 창백하게 변했다. 옆에 앉은 남자가 다시 전파 잡음 같은 음성으로 말했다.

"어떻게든 하세요. 4시간 4분 안에, 선행을 베풀어야 합니다. 모든 것은 정해져 있어요. 바꿀 수 있는 건 아무것도 없습니다. 당신이 할 수 있는 것은 다만……."

"엿이나 먹어!"

"선행을 베푸시오!"

안 상무는 입을 가로로 찢으며 욕을 뱉었다. 그리고 몸을 창 쪽으로 돌려 눈을 감았다. 미친놈, 눈을 감으면서 그렇게 말했다.

'그런데 가만……, 내 옆자리에는 아까 어떤 아주머니가 앉아 있었는데?'

안 상무가 눈을 떴다. 아주머니가 앉아 있었다.

'꿈이었나?'

"저……, 아주머니?"

폰을 보고 있던 여자가 뚱한 얼굴로 안 상무를 보았다. 왜요, 하는 눈.

"좀 전에 아주머니 자리에……."

그는 말하려다가 그만두었다. 당신 자리에 남자가 앉아 있지 않았느냐, 말도 안 되는 질문이다.

"네?" 그녀가 이어폰을 빼면서 물었다.

"아무것도 아닙니다. 죄송합니다."

안 상무는 그렇게 말하고 몸을 살짝 움츠렸다. 여자는 어이없다는 표정으로 눈을 몇 번 무섭게 깜빡이더니 다시 이어폰을 귀에 꽂았다.

'4시간 안에 선행을 베풀어라……. 도대체 무슨 말이지?'

손목시계를 보았다. 오후 3시 44분.

설핏 잠든 사이에 귀신 나오는 꿈을 꾼 모양이다. 그는 유령 같은 남자가 말한 시간을 다시 생각해보았다. 두 시간 후면 그는 양산 공장에 도착한다. 그 시간을 말한 걸까? 4시간 안에 선행을 베풀라니, 도대체 무슨 말이지?

"재수가 없으려니까!"

그는 혼잣말로 욕설을 뱉었다. 옆에 앉은 나이 든 여자가 힐끗거렸다.

피로가 몰려왔다. 멍한 눈으로 창밖을 보았다. 뜨거운 열기가 이글거리는 도로 위로 답답한 화물차들이 지나갔다. 갑자기 속이 울렁거렸다. 눈을 꼭 감았다.

안덕진 상무가 공장에 도착한 것은 오후 6시경이었다. 안 상무는 적재장 담장을 통과해 500미터를 더 들어가 택시를 세웠다.

수종별로 가지런히 쌓여 있어야 할 원목 통나무들이 사방천지에 흩어져 있었다. 거대한 무질서가 두려움을 몰고 왔다.

"너 지금 뭐하자는 거야?"

팔다리에 잔뜩 힘을 주고 걸어오면서 안 상무가 공장장에게 소리쳤다. 차에서 내린 지 3분 만에 안 상무의 얼굴이 땀으로 뒤덮였다. 적재장에 쌓아둔 통나무 더미가 뜨거운 태양빛을 품었다. 저녁이 다 됐는데도 적재장의 열기가 식지 않았다.

"크레인 안 보여요?"

공장장도 맞받아 소리쳤다. 그가 사고 현장 쪽으로 시선을 돌렸다. 크레인 차량은 벌 받는 사람처럼 고꾸라져 있었다. 쓰러진 크레인 차량이 적재장 진입로를 막아놓았다. 1톤 트럭 한 대만 겨우 드나들 수 있을 만큼 좁았다.

사고가 난 시각은 오후 2시 10분. 그때부터 지금까지 공장장은 소금기 섞인 땀을 쏟아내며 사고 현장을 뛰어다녔다. 땀에 젖은 먼지가 눈으로 파고들었다. 충혈된 눈가로 시커먼 물이 흘렀다.

"구난차는 왜 아직 안 와?"

안 상무가 주먹이라도 날릴 기세로 공장장에게 다가가 짜증을 부렸다.

"싯팔, 100톤짜리 구난차가 무슨 승용차예요? 대구에서 여기까지 오는 데만 반나절이라고요!"

공장장이 안전모를 바닥에 패대기치며 소리쳤다. 안 상무가 눈을 부라렸지만 공장장은 꿈쩍도 안 했다. 이게 내 잘못이냐 하는 눈으로 공장장이 안 상무를 쏘아보았다. 직원들이 두 사람 주변으로 모여들었다. 그들은 모두 악몽처럼 어지러운 사고 현장을 보며 얼굴을 일그러트렸다.

안 상무가 몸을 굽혀 침을 뱉었다. "경찰은?" 그가 목소리를 낮춰 물었다.

"구급차하고 같이 왔다가 돌아갔어요. 구난차 오면 다시 부르라고." 공장장이 대답했다.

"개소리! 사람이 통나무 더미에 깔렸는데……. 군부대 구난차라도 부를 일이지."

"뒤집어쓸까 봐 뺀 거죠."

진입로를 막고 쓰러져 있는 크레인 차량 주변으로 착하게 생긴 지게차 몇 대가 달달거렸다. 두 사람은 경찰을 헐뜯는 말로 다시 우정을 다졌다.

"또라이 새끼들이, 저 앞에 가서 깔린 사람을 부르더라고요. 몇 번 부르다가 안 되겠는지 돌아와가지고서는……."

공장장이 장갑을 빼고 담배를 꺼내 물었다. 안 상무도 담배를 입술에 걸쳤다. 두 사람이 서로 불을 붙여주었다.

"하나는 완전히 짜부라졌고!"

공장장이 입술 끝에 담배를 달랑거리며 말했다. 담배 연기를 들이마신 안 상무의 숨소리가 가라앉았다.

"하나는…… 찾아봐야죠. 그래도 대여섯 명 건져낸 게 어딘데!"

주변 인부들도 담배를 피웠다. 목재 적재장에서 담배를 피우면 당장 해고해버린다는 원칙이 무너진 통나무와 함께 무너졌다.

"아직 살았을까? 혹시라도." 안 상무가 물었다.

"장난해요? 통나무 하나 무게가 얼만데." 공장장이 연기 사이로 대답했다.

"그런데 아무리 지진이 났다고 해도 그렇지, 딴 데는 다 멀쩡하고 왜 목재들만 저 지경이야? 폭탄 맞은 것 같구만."

"저도 이해가 안 돼요. 통나무 한 개당 무게가 대략 3톤입니다. 아시잖아요. 일단 쌓아놓으면 크레인으로 들어 올리지 않는 이상 꿈쩍도 안 하거든요. 지난주에 인도산 자단 들어와서 물량이 좀 많긴 했지만 적재 대열은 가지런했어요. 지진이라고 해봐야 유리 깨질 정도로만 흔들렸고. 그런데도 누가 들어서 쏟아부은 것마냥 저렇게 무너졌다니까!"

"공장장, 본사에 그렇게 말할 거야?"

"아, 저도 미치겠습니다. 직원들도 제정신이 아니에요. 고정 크레인 기사하고 다른 인부들 몇 명이 사고 나는 걸 봤는데……."

공장장은 그다음 말에 자신이 없는지 담배 한 개비를 더 꺼내 물었다. 그는 황급히 불을 붙여 연기를 빽빽 빨아대고는 이렇게 말했다.

"나무들이 저절로 일어서서 움직이더랍니다."

"뭐? 나무들이 저절로?"

"그거야 부실 적재했다고 지네들한테 덮어씌울까 봐 그렇게 말한 거겠죠."

"CCTV에는?"

"그건 화재 감시용이라 해상도가 떨어져요. 그냥 나무들이 순식간에 무너져내리는 장면만 있고."

"가서 한번 보지."

공장장은 안덕진 상무를 한 번 흘겨보더니 짜증 섞인 표정으로 앞장섰다.

공장 사무실은 사고 수습으로 어수선했다. 퇴근을 포기한 직원들이 수군거리며 앉아 있었다. 공장장이 안 상무와 함께 사무실에 들어서자 사무실 직원들은 쓸데없이 전화기를 들었다.

공장장이 박 과장이라는 사람을 불러 녹화된 영상을 컴퓨터로 재생했다.

"5개를 바닥에 놓고 15개 통나무를 가우스 삼각수 방식*으로 적재합니다. 평행사변형으로 맞물려 있어 한번 쌓으면 무너질 리가 없습니다."

박 과장은 자신도 잘 모르겠다는 말을 수학 용어로 설명했다. 관리 체계에는 빈틈이 없었다, 거기 깔려 죽은 사람이 병신이다, 그런 말처럼 들렸다.

"가우스? 야, 이 염병할 개자식아. 내 말이 무슨 말인지 몰라? 그러니까 그게 왜 무너졌느냐고!"

안 상무가 굵은 침을 튀기며 쌍욕을 퍼부었다.

"그러니까 그게…… 오늘 오후 2시 10분에 사고가 났고요." 박 과장은 시뻘건 얼굴로 자신이 아는 말만 반복할 뿐이었다. "이쪽에서 잡힌 화면에는 가만히 있던 통나무가 와르르 무너지는 장면밖에는 없습니다."

박 과장은 나무들이 무너지는 10여 초의 영상을 반복 재생했다.

* 맨 아랫면이 5개이면 그 위는 4, 그 위는 3, 2, 1. 한 개 묶음을 합하면 15개가 된다. 평행사변형으로 맞물려 있다는 말은 삼각형이 교차로 적재되어 튼튼하게 쌓여 있다는 말.

"나무들이 일어서서 움직였다며? 그 비슷한 장면이라도 있을 거 아냐? 인부들이 뭔가 잘못 본 걸 수도 있고……."

화면 쪽으로 허리를 숙여 들여다보던 안 상무가 고개를 옆으로 돌려 박 과장에게 물었다. 박 과장이 슬쩍 상체를 옆으로 젖혔다.

"이쪽 화면으로 보시면 나무들이 무너지면서 폭발하는 것처럼 튕겨 오르기는 합니다. 나무 무게 때문에 서로 부딪치면서 일어선 것처럼 보인 것 같습니다."

"최초 사고 발생 지점은?"

안 상무가 안경을 들어 올렸다. 화면 가까이 눈을 갖다 대고 물었다. 씩씩대던 숨소리가 가라앉았다.

"여기 이쪽입니다. 화면에 잘 보시면 붉은색 통나무 쌓여 있는 곳, 여기요."

"인도산 수입목?"

"네, 그쪽입니다."

"인부들은 어느 쪽에?"

"거깁니다. 인도산 수입목 쪽에."

"신음 소리 났다며?"

"사고 장소에서 누가 직접 들은 건 아니고. 무전기에서 나는 소리였습니다. 지금은 아무 소리도 안 들립니다."

"가보지."

"예? 어디를요? 사고 현장? 그쪽으로는 아무도 못 들어갑니다. 균형이 틀어지면 또 무너질 수도 있고." 책상 모서리에 엉덩이를 대고 서 있던 공장장이 말렸다.

"공장장 이거 언론 나가면 당신이나 나나 모가지야. 지진 핑계 댈 생각은 하지도 말아. 딴 데는 다 멀쩡한데 우리 공장만 무너진 거면 관리 부실 아니겠어? 언론한테 그만한 밥이 어딨어? 가서 찾는 시늉이라도 해야지……."

안 상무가 허리를 푹 숙였다. 양복바지를 접어 양말 안쪽으로 넣었다.

"현장 관리를 어떻게 한 거야? 그리고 공장장, 한 번만 더 말대꾸하면 대갈통을 통나무로 찍어버릴 거야. 알겠어?"

허리를 숙인 채 시뻘건 얼굴로 안 상무가 공장장을 위협했다.

사무실 입구 쪽에서 소란이 일었다.

"뭔데 그래?" 공장장이 큰 소리로 물었다.

"가공팀 외국인 노동자들입니다."

사무직원이 대답하는 사이에 다섯 명의 인도네시아인들이 안 상무와 공장장 쪽으로 다가왔다. 그들은 겁먹은 표정이었다.

"나무가 화났어요." 젊은 남자가 다짜고짜 말했다.

"응?" 공장장이 실소를 터뜨리며 어린애들 보듯 했다.

"장안 비낀 뽀혼냐 마라."

나이 든 자가 말했다. 그의 얼굴에 슬픔이 가득했다. 주름이 씰룩거렸다. 심하게 긁힌 팔뚝에서 피가 흘렀다. 핏방울이 바닥으로 똑똑 떨어졌다.

"이 새끼들 뭐라고 씨부리는 거야?" 공장장이 허리에 손을 얹고 사납게 물었다.

"나무 화나게 하지 마요." 젊은 남자가 다시 말했다.

"스오랑 라기 아깐 마띠." 늙은 자가 애원하듯 말했다.

"한 사람이 더 죽습니다." 젊은 자가 통역했다.

"이뚜 쁘라뚜란 칼리." 늙은 자가 말했다.

"그게 칼리의 법입니다." 젊은 자가 말했다.

기괴한 말에 한국인 직원들이 나섰다. 나가, 나가, 고성을 질렀다.

늙은이가 계속 인도네시아어로 떠벌렸다. 그때마다 젊은이가 그의 말을 기계처럼 한국말로 옮겼다.

"개를 죽였어요. 칼리가 살린 개. 그는 벌 받았어요. 한 사람이 더 벌 받을 거예요."

"이 새끼들 전부 끌어내!" 공장장이 소리쳤다.

“그래야 끝나요. 죽어야 안 죽어요.”

인도네시아 사람들이 끌려 나갔다. 죽음의 연기를 함께 마신 사람들처럼 말소리가 순식간에 사라졌다. 사무실에 남은 사람들은 서로를 의뭉스런 눈으로 쳐다보았다. 벽에 걸린 하늘색 선풍기가 멍청하게 이리저리 고개를 돌렸다.

공장장이 입구 쪽을 한참 노려보더니 손에 든 종이컵을 팍 구겨 쓰레기통으로 던졌다. 안 상무가 공장장의 뒤통수에다 대고 말했다.

“안내해.”

안 상무가 책상 위에 있는 안전모를 집어 머리에 썼다. 턱끈이 그의 볼 옆에서 달랑거렸다.

58화

Fluctuation

요동 3

'현재' 라는 시간은, 급히 미래에서 과거로 흘러가버립니다. 그렇기 때문에 '현재' 는 시간의 틈새입니다……. 만일 조금이라도 지속 기간이 있다면 그것은 과거와 미래로 나누어집니다. 그러나 '현재' 는 그 어떤 공간도 가지고 있지 않습니다.

— 성(聖) 어거스틴, 『고백록』, 제14장 '시간의 세 가지 차이'

남자 직원 네 명이 안덕진 상무와 공장장을 따라나섰다. 한 사람이 휴대폰을 들고 사고 현장을 녹화하며 걸었다.

기름 냄새가 먼지 냄새와 뒤섞였다. 안 상무의 상의가 땀에 젖었다. 그는 걸어가면서 계속 안전모의 턱끈을 채우려고 했지만 사이즈가 맞지 않아 클립을 끼울 수 없었다.

사람들이 통나무 위로 기어올랐다. 유증기로 멸균 처리하여 수입된 원목은 표면에 기름기가 배어 있어 무척 미끄러웠다. 사람들은 겨우 중심을 잡아 이 나무 저 나무로 오르내리며 사고 현장 쪽으로 다가갔다.

직경이 1미터가 넘는 거대한 통나무들, 가공하여 수입된 통나무 한 주의 길이가 8미터 정도였다. 죽은 나무들은 포화를 맞고 쓰러진 전쟁터의 병사들처럼 처참하게 뒤엉켜 있었다.

"조심하세요, 상무님. 나무 표면이 미끄러워서 떨어지면 나무 사이에 낄 수도……."

공장장이 그렇게 말할 순간, 안 상무의 왼발이 비스듬한 통나무 위에서 미끄러졌다. 오른발로 겨우 버텼지만 그의 몸이 기우뚱했다. 어어, 하며 안 상무가 팔을 크게 휘둘렀다. 그의 눈이 동그랗게 열렸다. 중심이 천천히 뒤로 기울어졌다.

공장장이 그의 옷을 잡아챘다. 꼭 멱살 잡은 꼴로 그를 붙들었다. 옆에 선 젊은 직원이 안 상무의 팔을 잡아 얼른 당겼다. 안 상무가 자세를 낮추고 숨을 헐떡거렸다. 아래를 내려다보았다. 바닥까지 건물 2층 높이는 돼 보이는 곳에 서 있었다. 옅은 어둠 속에서 서늘한 공기가 위로 올라왔다.

"꼭 가셔야겠습니까? 나중에 구난차 오면……."

공장장이 발로 나무를 차며 말했다. 안 상무는 주먹으로라도 한 대 갈기고 싶었지만 지금 선 자세로는 어림도 없었다. 그는 허리를 천천히 세워 다시 통나무를 기어올랐다.

"이 부근입니다."

앞서 가던 직원이 통나무 꼭대기에 올라서서 소리쳤다.

"불러봐."

가쁜 숨을 몰아쉬며 안 상무가 말했다. 직원들이 아래쪽을 향해 소리를 질렀다.

"들립니까? 들리면 대답해보세요!"

직원들이 여기저기 통나무 사이를 걸어 다니며 어이, 어이 소리쳤다. 어쩌면 그들 발밑에 깔려 있을지도 모른다. 통나무 무게에 사람 몇 명이 올라탔다고 아래 깔린 사람이 갑자기 죽지는 않겠지만 안 상무는 그 위에 올라 서 있는 것이 어쩐지 불안했다.

한 10여 분, 직원들이 조난자들을 부르며 찾았지만 응답이 없었다. 저녁 7시, 한여름의 저녁 하늘은 아직 빛을 잃지 않았다. 이제 곧 어둠이 밀려올 것이다. 모기들이 날아오르기 시작했다. 직원들이 목덜미를 손바닥으로 후려치며 모기를 잡았다.

"이제 그만 가시죠. 와서 찾아봤으니 도리는 다 한 것 같고……."

공장장이 서쪽 하늘의 노을빛을 보며 말했다.

"도리가 문제가 아니야."

"그럼 뭐죠?"

"홍보."

"예?"

"틀림없이 기자들 올 거야. 사고 현장 수습하는 거라도 보여줘야지. 좀만 더 버텨."

"그럼 여기 오신 게?"

"여봐, 공장장. 사고는 이미 터졌어. 사고 수습하고 나면 그 다음엔 뭔 거 같아? 나무에 깔려 죽은 시신 공개되면 다들 누굴 탓하겠어? 우리 쪽에서는 할 바를 다했다, 본사 상무이사까지 내려와 수색작업 벌였지 않냐, 이 정도는 해야 해."

공장장이 허탈하게 웃었다. 함께 온 사무실 직원들은 그 말을 못 들은 것 같았다. 그들은 여전히 나무 아래 어둠에 대고 소리쳤다.

"휴대폰 사진 잘 찍어뒀지? 아 참, 그럴 게 아니라 여기서 사진이나 좀 찍자고."

안 상무가 오른손을 뒤로 돌려 뒷주머니를 뒤졌다. 그의 몸이 불안하게 기우뚱거렸다. 땀에 젖은 손이 주머니 입구에 걸려 빠져나오지 않았다. 그가 힘을 줄 때마다 몸이 비틀거렸다.

안 상무의 발이 미끄러진 것은 그의 머리 위에서 대롱거리던 안전모 때문이었다. 그는 거의 수평으로 누워 있는 통나무 위에 일자로 서 있었다. 뒷주머니에서 휴대폰을 꺼내려고 몸을 비틀었을 때, 머리 위에 걸쳐둔 안전모가 아래로 처졌다.

그때 무언가 알 수 없는 직감 같은 것이 그의 시선을 붙들었다. 죽은 나무들이 뒤엉켜 만들어낸 검은 어둠 속에서 무언가가 반짝거렸다. 검은 어둠 사이로 사람의 눈동자 같은 것이 스쳤다. 저게 뭐지, 안 상무는 약간 허리를 숙이고 고개를 내렸다. 그의 머리에서 안전모가 떨어졌다.

그가 손을 뻗어 떨어지는 안전모를 잡으려 했을 때, 몸이 앞으로 기울었다. 아까처럼 팔을 휘저었지만 이번에는 그의 주변에 아무도 없었다. 공장장이 어찌해보려 했지만 그와 거리가 너무 멀었다. 안 상무는 아래로 떨어지면서 앞에 있는 통나무에 머리를 찧었다.

"상무님, 상무님!"

공장장이 그를 불렀다. 그가 이미 통나무 더미 속으로 떨어진 뒤였다.

쿵쾅거리며 사람 몸뚱이가 통나무에 부딪히는 소리가 밖으로 새었다. 직원들이 껑충거리며 통나무 위를 걸어왔다.

다시 한 번, 안 상무를 불렀다.

"싯팔, 내 이럴 줄 알았다니까! 야, 로프 꺼내!"

공장장이 직원에게 소리쳤다. 젊은 직원이 허리에 찬 로프를 풀어 아래로 던졌다.

"상무님, 괜찮으세요? 대답하세요, 상무님!"

"내려갈까요?"

젊은 직원이 힘없이 처진 로프를 손에 잡고 물었다. 공장장이 둘러선 직원들을 둘러보았다. 그때 아래쪽에서 소리가 들렸다.

"이봐, 이봐……."

안 상무의 목소리였다.

"상무님, 괜찮으세요?"

"난 괜찮아. 머리에서 피가 좀…… 괜찮아. 그런데 이게 뭐지?"

"상무님, 로프를 잡으세요." 로프를 손에 든 직원이 소리쳤다.

"가만있어봐. 여기 뭐가 있어."

"뭔데요?" 공장장이 물었다.

안덕진은 여린 빛이 드는 위쪽을 향해 고개를 들었다. 그리고 나무 기둥이 만든 틈새를 둘러보았다. 통나무가 겹겹이 쌓인 틈에 사람의 상반신이 걸쳐져 있었다. 허리가 뒤로 젖혀지고 눈은 뜬 채였다. 하반신은 육중한 나무 틈에 끼어 있었다. 무릎 아래로 다리가 거의 절단된 것처럼 보였다.

안 상무가 뜨거운 숨을 뱉으며 남자의 얼굴을 향해 손을 뻗었다. 검은 먼지를 뒤집어쓴 머리통에서 유일하게 눈동자만 반짝거렸다. 남자의 입에 안 상무가 손을 대보았다. 아직 온기는 남아 있었지만 그건 적재장의 열기 때문인 듯했다.

갑자기 남자가 푸우 하며 숨을 내뱉었다. 안 상무가 깜짝 놀라 손을 치웠다. 남자의 눈은 어떤 것도 보지 못하는 것 같았다.

"이, 이봐요."

안 상무가 그에게 말을 걸었다. 위에서 공장장이 다시 안 상무를 불렀다. 안 상무는 위를 올려다보았다가 남자를 쳐다보았다.

"물, 물……."

나무 틈에 낀 남자가 물을 찾았다. 안 상무가 뒷주머니에서 휴대폰을 꺼내 라이트를 켰다. 그의 다리 쪽을 비추었다. 붉은 뼈가 살갗 위로 삐져나와 있었다. 피를 많이 흘렸을 것이다. 이미 죽은 목숨이다.

"이봐요. 정신 차려요." 안 상무가 말했다.

'선행을 베푸시오!'

별안간 그의 머릿속에서 무미건조한 목소리가 메아리쳤다.

"상무님, 밑으로 내려갈게요!"

안 상무가 다급히 고개를 쳐들었다. 또다시 자기 자신과 내기를 해야 한다. 여기 생존자가 있다고 말해야 할까? 그냥 올라갈까? 이곳에 생존자가 있다는 게 밝혀지면 사고 수습은 더 지연될 것이다. 또 다른 생존자가 있을지도 모르니까. 유가족들이 생존자 구조를 외치며 회사를 비난할지도 모른다. 어차피 이 남자는 죽은 사람이다. 단지 숨이 붙어 있을 뿐이다. 다리를 끊어내지 않는 이상 남자를 끌어 올릴 방법은 없다. 게다가 지금은……, 미안하지만 물이 없다.

"아냐. 거기 있어. 내가 올라갈게."

결국 안 상무는 남자를 포기하기로 했다. 그가 로프를 손으로 단단히 붙잡았다. "됐어. 끌어 올려." 그가 위를 보며 말했다.

위에서 로프를 끌어당겼다. 안 상무가 줄을 잡고 버텼다. 어스름한 저녁 빛이 드는 틈새 입구에 거의 도달했을 때, 안 상무가 고개를 돌려 아래를 보았다. 위를 보고 있는 건지, 남자의 눈빛이 유난히 반짝거렸다. 남자의 눈이 젖어 있는 듯 보였다. 그 눈빛이 너무도 또렷했다.

입구에서 손이 내려왔다. 공장장이 안 상무의 몸을 붙잡아 들었다. "다치신 데는?"

"괜찮아. 머리가 좀……."

"상무님. 이마에 피, 피가. 그런데 밑에 뭐가 있나요?"

공장장의 질문에 안 상무는 잠깐 망설였다.

"아, 아냐. 아무것도 없어. 혹시나 해서 찾아봤는데……." 안 상무가 다시 아래를 보았다. "아무것도 없어."

"가시죠. 여긴 너무 위험합니다."

"그래. 그러지. 참, 기자들 왔나?"

"사무실에서 전화 왔었습니다. 기자들 왔다고."

"그래? 가지. 이러고 나가면 돼."

안 상무의 얼굴 절반이 피에 젖었다. 찢어진 이마에서 계속 피가 흘렀다.

피범벅이 된 얼굴로 안 상무가 사무실에 들어섰다. 기자들이 달려와 사진을 찍었다. 생존자인가요, 기자들이 물었다.

"아닙니다. 이분은 본사에서 내려오신 상무이사님입니다."

공장장이 본사의 상무이사에 힘을 주어 말했다.

"본사 이사가 왜 피를?"

기자들이 고개를 갸우뚱거렸다.

"구조작업을 거들다가 그만……."

공장장이 말했다. 누군가는 카메라를 들이댔고 누군가는 열심히 메모를 휘갈겼다. "상무이사님 성함이 어떻게 되시나요?" 다시 기자가 물었다. 공장장이 멈칫했다. 안 상무가 눈짓했다.

"이분은 저희 프라양 가구 안덕진 상무이사님입니다."

"괜찮아. 난 괜찮아. 그보다 한시라도 빨리 사람들을 구출해야지. 생존자들이 있는지 다시 한 번 수색해보자고. 안 되면 그거 저, 경찰 수색견이라도 풀어서 빨리 찾아야 해. 공장장, 경찰 연락해서 수색견 좀 보내달라고 해. 그리고 나 안전모 좀 갖다줘."

어떻게 그런 생각이 순식간에 들었을까. 공장장이 애써 표정을 감추었다.

안 상무는 이마에 묻은 피를 크리넥스로 쓱쓱 문질러 닦았다. 기자들은 그 장면까지 카메라에 담았다. 그가 안전모를 쓰고 턱끈을 조이려 인상을 찌푸렸을 때도 플래시가 터졌다.

한 편의 드라마가 만들어지고 있었다. 갑자기 발생한 사고, 통나무 아래 깔린 노동자들, 그들을 살리기 위해 목숨을 건 상무이사까지……. 거기다 그들은 이런 감질나는 대화를 나누고 있다.

"아니, 상무님, 그 몸으로 또 나가시면 안 됩니다."

공장장이 과장된 제스처로 안 상무를 말렸다.

"괜찮아. 사람들이 저 밑에 깔려 있을 생각을 하면……."

다시 한 번 카메라 플래시가 터지고.

"어떻게든 찾아봐야지!"

그렇게 말하고 나니 안 상무는 진심으로 그런 마음이 들었다. 그는 기름때 묻은 바지를 다시 양말 속에 쑤셔 넣고 작업화로 갈아 신었다. 로프와 목장갑을 챙기고 생수통 한 병을 주머니에 꽂아 넣었다. 공장장도 수선을 피우며 그를 따라나섰다.

"됐네요. 기자놈들 감동 먹었겠는데요. 상무님 대단하세요. 그 연기가……."

공장장이 빠른 걸음으로 안 상무를 쫓으며 말했다. 그의 얼굴에 웃음기가 재빠르게 스쳤다. 그 말에 안 상무가 가던 걸음을 딱 멈추었다.

"뭐? 이 사람 이거, 아주 질 나쁜 사람이구만. 지금 내가 연기한 걸로 보여?"

"아, 아니, 저 그게 아니고……."

공장장이 입술을 비뚤게 찢으며 고개를 숙였다. 안 상무가 다시 적재장으로 발을 옮겼다.

'선행을 베푸시오!'

목소리가 다시 메아리쳤다. 안 상무가 고개를 세차게 가로저었다. 땀에 젖은 얼굴이 창백하게 변했다.

"상무님, 괜찮으시겠어요?"

아까보다 더 어두워진 적재장을 걸으며 공장장이 물었다. 하늘은 보라색이었다.

"괜찮아. 아까 거기 다시 한 번 더 가보자고."

"거긴 왜요?"

"아까는 경황이 없어서……. 잘못 본 걸 수도 있는데 나무 틈에 뭐가 있었어."

물, 물을 찾는 검은 얼굴의 눈동자가 안 상무의 머리를 스쳤다.

"하지만 날이 어두워서 위험할 텐데요."

안 상무가 안전모에 달린 헤드 랜턴을 켰다. 직원들이 그를 호위하며 다시 통나무를 탔다.

"상무님, 여기가 확실한가요? 밑에 아무것도 없습니다."

안 상무가 아까 떨어졌던 나무 틈 사이로 내려갔다 올라온 직원이 말했다.

"공장장, 여기 맞아?"

"맞습니다."

"그래?"

복잡한 표정이 안 상무의 얼굴을 휘감았다. 어떤 격정이 그를 사로잡고 있는 것 같았다.

"상무님, 대체 왜 이러세요? 위험합니다. 기자들이 사진 찍었고 그 정도 하셨으면……."

공장장이 말렸지만 안 상무는 자기 허리에 로프를 감았다. 안 상무는 생수통을 주머니에 꽂아 넣고 아래로 내려갔다.

왜 갑작스레 그런 마음이 들었는지 그 자신도 이해할 수 없었지만, 물을 찾던 남자의 눈빛이 자꾸만 머리를 스쳤다. 물, 물, 하며 신음하는 남자의 소리가 안 상무의 귓가에 맴돌았다.

바닥까지 5~6미터, 분명 아까 떨어진 자리가 틀림없었다. 안 상무의 발이 바닥에 닿았다. 썩은 나무껍질에서 먼지가 일었다.

정말로 거기에는 아무도 없었다. 그럴 리가. 아까 분명 확인하지 않았나. 내가 그 남자 입가에 손을 대보기도 했는데.

그때 안 상무의 눈에 무언가가 들어왔다. 사람의 상반신. 나무 틈에 끼어 다리가 잘린 채 매달린 형상이 간신히 보였다.

안 상무가 몸을 비틀어 나무 사이로 파고들었다.

"정신 차려요. 이봐요, 여기 물, 물 가져왔어요."

안 상무가 떨리는 손으로 생수통을 열어 남자의 입에 물을 부었다. 남자의 얼굴은 차갑게 식어 있었다. 안 상무가 물을 입에 붓다가 귀를 남자의 코에 갖다 대었다. 가냘픈 숨소리가 들렸다. 그가 외쳤다.

"공장장, 여기 사람이 있어!"

"예? 사람이요? 사람이 거기 있다고요?"

사람들이 통나무 위로 뛰어다니는 소리가 들렸다.

"위에 사람들이 있으니까 금방 꺼내줄 겁니다. 그 전에 이 물을 좀……."

안 상무가 다시 물병을 집어 들었을 때였다. 남자의 팔이 움직였다. 허공을 향해 침착하게 팔이 올라갔다. 그리고 허공에서 멈추었다. 안 상무가 남자의 팔 끝에 헤드 랜턴을 비추었다. 남자의 손가락이 무언가를 가리키고 있었다. 남자의 팔은 나뭇가지처럼 딱딱하게 굳은 채 움직이지 않았다. 그의 손가락이 가리키는 방향으로 불빛을 비추었다.

"으어어억!"

안 상무가 전기에 감전된 것처럼 뒤로 물러나 주저앉았다. 남자의 손가락이 가리키는 곳에 붉은 빛이 도는 사람의 얼굴이 허공에 떠 있었다.

안 상무는 숨을 제대로 쉴 수 없었다. 핏빛이 도는 붉은 얼굴이 그를 보고 있었다. 그는 떨리는 손으로 헤드 랜턴의 각도를 조절해 그 얼굴을 비추었다.

사람 얼굴이 아니었다. 나무 기둥에 뭔가가 새겨져 있었다. 안 상무가 헉헉 숨을 몰아쉬며 허리를 세워 기괴한 형상 쪽으로 다가갔다.

정교하게 새겨놓은 기하학적인 문양이 보였다. 손을 뻗어 만져보았다. 양각으로 새겨놓은 조각이었다. 인도산 수입목에서 가끔 발견되는 주술문양인 듯했다. 저 나무가 남자를 지켜준 건가?

그때 위에서 다급하게 소리치는 공장장의 목소리가 들렸다.

"모두 피해! 나무가 쓰러진다!"

안 상무가 고개를 홱 돌려 남자 쪽을 쳐다보았다. 남자가 고개를 돌려 안 상무를 보고 있었다. 남자의 눈이 점점 감기고 있었다.

안 상무의 발에서 진동이 느껴졌다. 육중한 나무들이 꿈틀거리며 움직였다. 안 상무는 나무들 사이에 갇혀 자리에 주저앉았다. 허리를 숙여 머리를 땅에 대고 팔로 감쌌다. 진동이 점점 더 강하게 느껴졌다. 땅이 진동하면서 몸이 아래위로 달달 떨렸다.

그는 자신의 몸 위로 무너져내리는 나무의 무게를 가늠할 수 없었다. 몇 초 사이에 그의 위로 수십 톤의 나무가 쓰러질 것이다. 두려움과 슬픔이 동시에 밀려왔다. 가족들, 아내와 아이들이 보고 싶었다. 나무에 깔려 죽은 아비의 시신을 본다면, 그는 그 슬픔의 무게가 더 무거웠다.

불가능한 구원을 바라며 안 상무가 고개를 들었다. 연약한 저녁 하늘의 빛이 사라지고 있었다. 그를 둘러싼 거대한 나무 기둥이 보였다. 기괴한 형상을 한 붉은 나무들이 저승사자처럼 일어섰다.

거대한 진동이 바닥에서 느껴졌다. 흑암이 몰려왔다. 수직으로 일어선 통나무 사이에서 그가 마지막으로 본 것은 나무껍질에 새겨진 사람의 얼굴이었다.

59화
Fluctuation

요동 4

만일 과거가 지나가버려 존재하지 않는다면, 그 사건들은 결코 구별하여 인식되는 일이 없을 것입니다. 하지만 과거는 우리의 기억 속에 있습니다. 따라서 미래도 과거도 역시 존재합니다. 그렇다면 미래는 어떤 양태로 존재할까요?

— 성(聖) 어거스틴, 『고백록』,
제17장 '과거의 시간과 미래의 시간은 어디에 있는가'

양산 부산대학교병원 응급실.

오후 11시 16분. 2차 사고 후 세 시간 경과.

안덕진 상무는 사고 후 두 시간이 지난 후에야 구조되었다. 구난차가 와서 진입로에 쓰러진 크레인을 들어 올렸고 그런 후에야 다른 크레인 차량을 투입하여 쓰러진 목재 더미를 치웠다.

나무에 깔려 압사한 한국인 인부의 시신이 수습된 시각은 밤 10시경. 안덕진 상무이사는 10시 30분쯤 병원으로 옮겨졌다.

안 상무가 사고를 당한 곳 근처에서 인도네시아 인부 한 사람도 구조되었다. 그는 다리가 거의 잘려나갔다. 다행히 2차 사고에서 다친 인원은 안 상무 한 사람이었지만 부상 정도가 심각했다.

왼쪽 머리와 어깨가 심각한 손상을 입었다.

거의 폭탄 테러에 희생된 사람 같았다. 외과팀에서는 손상 정도가 심각해 수술에 들어가도 가망이 없다고 판단했다. 보호자들에게 최대한 빨리 연락하는 편이 낫다고 했다.

의식이 가물거렸지만 안 상무는 의사들이 하는 말을 듣고 있었다. 숨을 쉴 때마다 극심한 통증이 밀려왔다. 간호사가 링거관에 진통제를 투여했다. 코끝에 싸한 느낌이 들었다. 졸음이 밀려왔다.

그는 자신이 곧 죽을 것이란 사실을 직감했다. 머릿속에서 똑같은 목소리가 계속 맴돌았다.

'선행을 베푸시오!'

이 모든 일이 이미 정해져 있었다는 생각이 들었다. 고속버스에서 그가 본 것은 저승사자였을 것이다. 어쩌면 그를 데려가기 전에 마지막 기회를 준 것인지도 모른다.

'왜 그걸 몰랐을까. 네 시간…… 죽음의 사자가 내게 준 마지막 몇 시간 동안 나는 뭘 했나?'

안 상무는 기자들 앞에서 보였던 위선을 후회했다. 물을 달라고 신음하던 부상자의 모습이 자꾸만 떠올랐다.

영국에 가 있는 아내와 아이들의 모습도 떠올랐다. 4년 전, 아이들과 함께 떠났던 마지막 여행, 아내를 처음 만났을 때의 설렘, 그리고 실적과 성과에 쫓겨 살았던 생활, 회사에서건 집에서건 거짓말을 해야 했던 자신의 삶이 저주스러웠다.

지금쯤이면 영국에도 연락이 갔으리라. 더 늦기 전에 아이들 얼굴이라도 볼 수 있다면. 나는 얼마나 망가진 걸까. 눈이 보이지 않는다. 턱을 움직일 수 없다. 아까는 온몸이 불에 덴 것처럼 뜨거웠는데 지금은 얼음에 갇힌 것처럼 차갑다.

'왜 사고 현장으로 다시 가자고 했을까? 그때 그럼 좋았는데. 머리에 피를 흘리며 사고 현장을 수습하던 본사 상무이사. 딱 거기까지만 했었다면. 왜 그에게 물을 주려 했을까. 왜

나는 바보같이 죽음을 향해 필사적으로 기어올랐을까?'

안 상무는 감은 눈으로 눈물을 흘렸지만 그 자신은 눈물을 느낄 수 없었다.

안 상무의 침대에서 세 칸 옆에 인도네시아인 생존자가 누워 있었다. 외과팀의 수술 일정이 빡빡해 두 사람의 수술을 동시에 진행할 수 없었다. 응급의학에서는 그런 경우를 대비하여 전문적인 매뉴얼을 만들어놓았다. 공리적 우선권 판단. 둘 다 죽게 생겼을 때는 많이 다친 사람보다 살 만한 사람을 먼저 살려라.

외과팀은 생존 확률이 훨씬 높은 다리 절단 환자의 수술을 먼저 진행하기로 했다.

사실 안 상무의 경우는 수술이 아니라 정리가 필요한 상황이었다. 5톤에 가까운 통나무가 안 상무의 상체를 덮쳤다. 왼쪽 두개골부터 어깨 쪽으로 내려앉았다. 머리의 절반이 함몰되었고 어깨에 붙어 있는 팔은 거의 떨어져나가 너덜너덜하게 붙어 있는 꼴이었다.

안 상무는 겨우 의식이 있기는 했지만 몸 바깥의 외부 세계와는 전혀 소통할 수 없었다. 그는 소리를 낼 수도, 눈을 뜰 수도 없었다. 그저 스스로의 의식 속에서 아직 살아 있다는 것을 겨우 느낄 뿐이었다.

안 상무가 아이들을 생각하며 눈물을 흘렸을 때, 다리 절단 환자의 침대가 수술실로 가기 위해 그의 침대 곁을 지나갔다.

타만이었다. 타만이 손을 들어 안 상무를 가리켰다. 환자 이송 직원이 침대를 계속 밀고 가자 타만이 힘겹게 팔을 휘저으며 세워달라고 말했다.

"저 사람, 저 사람……."

"네?" 직원이 그의 입에 귀를 대고 물었다.

"저 사람이 아니었으면 난 죽었을 거예요. 꼭 살려주세요. 꼭……. 저분을 꼭 살려주세요, 제발……."

환자가 어렵게 말을 이었지만 직원은 고개를 가로저으며 침대를 밀었다. 안 상무는 아무 말도 듣지 못했다.

사고 후 여섯 시간이 지났을 때, 서울에서 연락받고 출발한 안덕진의 여동생 안정혜가 응급실로 뛰어 들어왔다.

"오빠, 들려? 오빠, 오빠, 이게 무슨 일이야? 오빠……."

의료진이 그녀를 제지했다.

"부상 정도가 심각합니다. 환자 몸에 손을 대지 마시고 환자 곁에 계속 있어주세요."

죽음을 준비하라는 말이었다. 간호사의 얼굴이 어두웠다.

안정혜가 무너지는 걸 이치훈이 붙들었다.

"외삼촌……."

치훈은 자신을 지켜주던 두 명의 보호자 중 한 사람의 죽음을 앞두고 있었다. 치훈의 아빠는 치훈이 다섯 살 무렵 교통사고로 죽었다. 외삼촌은 치훈에게 아빠 같은 사람이었다. 쉬는 날에는 꼭 치훈을 데려가 사촌들과 함께 놀게 했었다.

치훈이 코를 벌름거릴 때마다 눈물이 흘러내렸다. 숨을 제대로 쉴 수가 없었다. 오열하는 엄마와 함께 몇 번이고 바닥에 주저앉았다.

간호사가 조심스럽게 커튼을 쳤다. 죽음을 준비하라는 신호 같았다. 환한 아이보리색 커튼이 밝은 형광등 불빛을 반사시켰다.

커튼이 드리우자 안정혜는 참고 있던 울음이 폭발했다.

"오빠, 오빠, 이렇게 가면 어떻게 해, 오빠……."

안정혜는 오빠의 마지막 의식과 만나려고 발버둥 쳤다. 의식이 없는 상태로 오빠의 생명이 꺼져버린다면 너무 억울할 것 같았다. 어떤 기억이든, 어떤 말이든, 기억 속에 담고 떠나기를 그녀는 바랐다.

안 상무는 자신의 의식 속에서는 살아 있었지만 외부세계를 느낄 수 없었다. 그는 그리워하던 모든 시간, 보고 싶은 모든 사람들에게서 멀어져가고 있었다.

죽음이 갑자기 찾아온다기보다 생명의 느낌이 지워지고 있었다. 생명은 질겼지만 오래 버틸 수는 없었다. 생명은 머리에서 지워지고 마는 기억 같은 것이다. 기어이 잊히고 만다.

그의 머리에서 기억이 하나둘 증발되고 있었을 때, 안 상무는 어둠도 아니고 빛도 아닌 하나의 영상을 보았다. 그것은 파란 불꽃이었다. 아주 작은 벌레처럼 꿈틀거리는 빛이 눈꺼풀 안으로 파고들었다. 그 빛이 안 상무의 의식을 간지럽혔다. 저것을 따라가면 죽음에 이를까. 안 상무는 그 불빛을 향해 손을 뻗었다.

안 상무의 옆 침대로 다른 환자가 들어왔다. 의료진들이 부산하게 움직이는 소리가 들렸다. 그쪽 환자도 크게 다친 것 같았다. 여러 가지 의료장비들이 투입되었다. 그쪽을 지나다니기가 불편했는지 간호사가 커튼 한쪽을 절반쯤 걷어냈다. 환자의 모습은 보이지 않았지만 의료장비들이 보였다.

얼마 후 파란 작업복을 입은 병원 직원이 초록색 산소통을 끌고 들어왔다. 산소통은 커튼 옆에 세워져 있었다. 직원이 이쪽을 방해하지 않으려고 최대한 몸을 사려 움직였다. 그의 몸이 거의 산소통에 닿아 있었다.

그때, 안 상무의 성한 팔이 움직였다. 허공을 향해 무언가를 가리키는 것처럼 손가락을 펴고 팔을 치켜들었다.

안정혜가 오빠의 의식을 확인한 마지막 순간이었다.

“오빠, 여기 있어. 나 여기 있어. 오빠, 정신 들어? 오빠, 오빠…….”

안정혜는 더 필사적으로 몸부림치며 울었다. 안 상무는 여전히 의식이 없었지만 팔을 들고 있었다. 안정혜가 그의 팔을 잡았다. 팔에서 손으로 오빠의 꺼져가는, 어쩌면 다시 타오를지도 모르는 생명의 흔적을 잡고 매달렸다.

하지만 안 상무의 팔과 손은 안정혜의 손을 벗어나려 했다. 어딘가로 떠나려는 것처럼, 여동생의 손아귀를 풀고 자꾸만 허공을 가리켰다.

저것이 사람의 죽음이구나. 안정혜는 마지막 순간, 이승의 것이 아닌 다른 세상의 것을 보는 오빠를 느낄 수 있었다. 이곳에서는 닿을 수 없는 어떤 곳을 향해, 미지의 지평을 보며 손을 뻗고 있구나. 그녀는 오빠의 손을 놓아주었다.

그의 손은 미지를 향해 가지 않았다. 바로 옆 침상에서 산소통을 이리저리 옮기며 부산하게 움직이는 직원의 파란 작업복을 힘없이 어루만졌다. 싸구려 작업복에서 일어나던 파란 정전기 불꽃이 안덕진의 손끝에서 사그라졌다.

직원이 산소통 벨브를 개방했다. 퍽 하면서 압력이 터졌다.

안덕진의 상태를 감시하던 모니터 소리가 리듬을 잃었다.

삐익 하고 지속음을 울렸다.

옆에서 대기하고 있던 의료진이 들어와 그의 몸을 살폈다. 얼굴을 천으로 덮었다. 사망시간을 기록했다. 그리고 그들은 산 자와 죽은 자를 분리시켰다.

"안덕진 환자 사망하셨습니다. 사망시간 01시 24분……."

의사가 사망을 선고했다.

치훈은 그 말을 듣고 죽음과 시간의 대결을 생각했다. 죽음이 시간을 빼앗는 것이라면, 시간이 죽음과 싸울 수 있지 않을까.

그의 품에서 흔들리는 엄마의 허무한 몸부림을 보았다. 너무 많은 것을 잃은 여자, 소중한 것을 빼앗길 때마다 한 번도 저항해본 적 없는 엄마. 치훈은 엄마를 대신해서 싸우기로 했다.

부들거리는 손으로 주먹을 그러쥐었다. 비쩍 마른 고등학교 1학년생 이치훈은 이 세상 누구도 가지지 못한 능력을 가지고 있다. 그는 시간의 순서를 볼 수 있고 그 틈으로 끼어들 수 있는 능력자다. 그동안의 수련이 많은 것을 그에게 안겨주었다. 그는 시간의 틈을 볼 수 있을 뿐만 아니라 개입할 수도 있다. 비록 물리적인 접촉을 할 수는 없지만 미세하게 공기에 압력을 가해 메시지를 남길 수 있다.

타임 리프를 하기 전 그는 머리에서 숫자를 떠올린다. 미적분 문제를 풀듯 물리적인 시간을 머릿속에서 잘게 나눈다. 그러면 그는 원하는 시간의 영상을 볼 수 있다. 그리고 그 속으로 들어간다.

'시간을 잘게 잘게 쪼갤 거야. 시간을 나누고 갈가리 찢어서 시간을 파괴할 거야. 이 모든 파괴를 가져온 시간을, 나는 무너뜨리겠어.'

응급실 한 켠에서 비쩍 마른 고등학생 하나가 부들부들 떨고 있었다. 누구든 그를 방해하는 사람이면 반드시 죽일 것처럼 무서운 눈을 뜨고서 이치훈은 머릿속으로 복잡한 숫자를 헤아리기 시작했다.

이치훈의 타임 리프:

시간 함수의 부정적분 — 치훈이 시간의 길이를 헤아렸다.

초기 조건 탐색 — 그가 이동할 시공간을 머리에서 잘게 쪼갰다.

초기 조건을 부정적분에 대입해 이동 시간의 좌표 결정 — 치훈이 과거의 시공간으로 이동했다.

사고 당일 새벽 4시 4분.

이치훈의 집.

치훈$_{(tx)}$이 새벽잠을 설치며 잠에서 깨어났다. 한참 동안 멍하니 앉아 있다가 물을 마시려고 거실로 나갔다.

타임 리프하여 과거로 돌아간 치훈$_{(t0)}$이 순간적으로 공간을 압축했다. 거실 바닥에 '타임 홀'이 생겼다.

거실을 걸어가던 치훈$_{(t-1)}$의 발이 바닥에 생긴 타임 홀에 걸려 쓰러졌다. 치훈$_{(t-1)}$은 자신이 왜 넘어졌는지 몰랐다. 그$_{(t-1)}$는 사흘 동안 제대로 잠을 안 잔 탓에 감각이 거의 없다. 엄마가 달려 나왔다. 치훈$_{(t-1)}$이 다른 시간으로 달아났다.

이대로 가다가는 모든 시간이 꼬여들지 모른다. 멈추게 해야 하지만 방법이 없다. 지금 당장 외삼촌을 살리려면 저 녀석$_{(t-1)}$밖에는 없다. 치훈$_{(t0)}$은 다른 시공간을 생각해보았지만 앞뒤가 너무 복잡했다. 게다가 자신의 의도대로 움직일 수 있는 사람은 역시 자기 자신밖에는 없었다. 하지만 저 녀석$_{(t-1)}$은 지금……, 게임에만 미쳐 있다.

이치훈$_{(t-1)}$은 다섯 번이나 타임 리프를 했다.

메모를 쓰려던 순간, 다른 시간대의 나$^{(t\chi)}$와 충돌할 뻔했다. 아슬아슬하게 피했다. 진우 쌤이 말했다. 과거의 나$^{(t-\chi)}$와 충돌할 경우, 물질의 입자 붕괴가 일어나 엄청난 일이 벌어질 거라고. 미치겠다. 저 타임 리프 중독자$^{(t-1)}$를 어떻게 말리지?

치훈$^{(t-1)}$이 다시 컴퓨터 앞에 앉았다. 텅 빈 우회로 쪽에 병력을 배치하란 말이지? 3만 골드를 풀어 용병을 모으고……. 그때 치훈$^{(t-1)}$의 눈에 메모가 들어왔다. 갑자기 생겨난 메모. 뭔가 다르다. 급하게 휘갈긴 글씨. 이건……, 내가 겁먹었을 때의 글씨다.

'오후 2시가 되기 전에 외삼촌을 찾아가. 양산 못 가게 막아. 고속버스 못 타게 해야 해. 무슨 수를 써서든.'

시간의 개입과 조작이 발생하기 시작했다. 이제 인과관계가 뒤바뀔 것이다.

이게 다 무슨 말이지? 외삼촌을 막으라고? 왜? 외삼촌에게 무슨 일이 생긴 건가? 다시 메모가 생겼다.

'하지 마. 절대로. 타임 리프.'

치훈$^{(t-1)}$이 메모를 읽었다. 후다닥 화장실로 달려갔다. 갑자기 구역질이 나왔다. 찬물을 틀어 머리를 적셨다.

사고 당일 오후 1시 정각.

치훈(t-1)이 외삼촌의 회사로 찾아갔다. 양산으로 가는 걸 막아야 한다. 회사 앞에서 외삼촌에게 전화를 걸었다.

"삼촌, 오늘 양산 가세요?"

— 양산? 공장에 무슨 일이 생기지 않고는 갈 일 없지. 왜?

그럴 리가 없다. 그(tx)가 양산에 갈 거라고 했는데.

"저, 그럼 오늘 점심이나 사줘요."

치훈(t-1)이 작전을 바꾸기로 했다. 시간 끌기 작전.

— 이놈아, 네 눈엔 내가 한량으로 보이냐? 뜬금없이 찾아와서는 밥 내놔라?

수화기 저쪽에서 부산하게 움직이는 소리가 들렸다.

— 왜? 요즘 뭐 고민 있어? 성적 많이 올랐다고 엄마가 좋아하던데? 전교 9등 했다며?

"제가 좀, 한다면 하죠!"

공부를 한 게 아니다. 미래의 치훈(t+x)이 답을 알려준 거다.

안 상무는 치훈이 녀석이 늘 마음에 걸렸다. 한참 아빠를 따르고 좋아할 어린 나이에 아빠를 잃었으니. 고만한 또래 아이들을 볼 때마다 녀석이 자꾸 눈에 밟혔다.

— 좋아! 점심시간도 다 됐고……, 외삼촌이 함 쏜다. 전교 9등 한 기념으로다가. 거기 어디야? 회사로 올래?

"여기 회사 앞이에요."

— 어라? 알았어. 30분만 기다려.

"안 돼요, 삼촌. 지금. 지금 당장!"

— 이놈 봐라. 알았어. 기다려.

두 사람이 회사 근처 한식당에 들어간 시간은 오후 1시 40분. 치훈(t-1)은 일부러 삼촌에게 살갑게 굴었다. 늘 아빠처럼 보살펴주셔서 고맙다고, 닭살스럽게 말하기도 했다. 어떻게든 양산 가는 걸 막으라는 메모 때문이었다.

"요즘도 게임해?"

오늘 새벽까지, 사흘 밤낮을 쉬지 않고 했지요, 하고 말하지 않았다.

"가끔요. 혼자 울적할 때만."

"그래. 바로 그거야. 이누마, 너 게임중독 중증 진단 받고 내가 얼마나 가슴을 친 줄 알아? 가끔 하는 건 괜찮아. 나도 가끔 고스톱치고 그래."

'이제 게임 안 할게요. 가끔, 정말로 울적할 때만 할게요.'

삼촌을 속인 마음에 미안해 고개를 숙였을 때, 삼촌의 휴대폰이 진동했다. 삼촌은 입안 가득 질긴 갈비를 물고 있었다.

"뭐? 그래서? 뭐라고? 언제? 알았어."

그가 전화를 끊었다. 얼마나 급했는지 입안에서 씹다 만 고기를 뱉어냈다.

"훈아, 나 저 미안한데, 지금 빨리 어딜 가야 해. 회사에 급한 일이……."

"양산에 가시려고요?"

"응? 너 어떻게 알았어? 그러고 보니 아까도……."

"삼촌, 거기 가시면 안 돼요!" 치훈(t-1)이 자기도 모르게 큰 소리로 말했다.

"뭐? 뭔 뚱딴지같은 소리야?"

그의 표정에 짜증이 배어들었다. 치훈(t-1)은 사랑스런 조카의 선을 넘어서고 있었다. 삼촌의 표정이 무서웠다. 그를 말릴 수 없음이 확실했다. 양산으로 가는 걸, 막을 수 없다.

치훈(t-1)은 플랜 B로 넘어갔다.

"제 말은…… 고속버스보다는 승용차로 가시라고요."

어쩌면 고속버스 사고가 난 걸 수도 있다. 그래서 미래의 치훈(t+x)이 그렇게 말한 건지도.

"아무래도 고속버스보다는 승용차로 가셔야 순발력 있게 움직이고 회사일도 더 빨리 처리하고 그렇지 않을까 해서요."

약간 말을 더듬었지만 그래도 거기까지 미리 생각한 대로 말했다.

안 상무가 잠깐 고개를 깔고 생각했다. 1초 정도.

"이 녀석 진짜 다 컸네. 삼촌 회사 일까지 걱정해주고. 치훈아, 걱정해줘서 고맙다. 갔다 와서 내가 더 맛있는 걸로 쏠게. 조심해서 가."

치훈(t-1)은 그날 저녁, 짜바 타워에서 외삼촌의 사고 소식을 들었다.

치훈(t-1)이 엄마에게 달려갔다. 엄마는 신호 위반에 과속을 하며 거칠게 차를 몰았다. 그런 건 처음 보았다. 엄마 차가 시속 180까지 나가는 건.

차를 버리는 사람처럼 아무렇게나 주차해놓고 엄마가 응급실로 뛰어 들어갔다. 외삼촌이 고통스런 얼굴로 소리를 지르고 있었다.

침대로 다가갔다. 삼촌을 보고 치훈(t-1)은 가슴이 울렁거렸다. 외삼촌의 한쪽 발이 피에 물든 커다란 거즈로 덮여 있었다. 간호사가 거즈를 들어 올렸을 때 완전히 찌그러진 발 모양이 보였다. 쓰러지는 통나무에 깔려 발이 으깨어졌다고 했다. 삼촌은 계속 신음하며 땀을 흘렸다. 다른 곳은 괜찮았지만 발은, 어찌해볼 방법이 없어 보였다.

삐이—. 환자 모니터 장비가 불길한 소리를 냈다. 삼촌 옆 자리에 누운 외국인 노동자가 사망 진단을 받았다. 얼굴 위로 하얀 천이 덮였다. 동남아 사람들이 침대 옆에 서서 서럽게 울었다.

점심 먹으면서 다정하게 웃고 농담하던 삼촌의 모습이 떠올랐다. 그가 한쪽 발을 잃었다. 이것 때문이었구나. 미래의 치훈(t0)이 찾아왔던 이유가. 치훈(t-1)은 삼촌을 말리지 못한 걸 후회했다. 무슨 수를 써서라도 말렸어야 했는데……. 치훈(t-1)은 모든 일이 자신 때문에 일어난 것 같아 괴로웠다.

숫자를, 숫자를 찾아야 해. 다시 과거로 가서 삼촌을 말려야 해. 무슨 수를 써서라도.

그(t-1)가 침대에서 물러났다. 계산을 했다. 그리고 숫자를 떠올렸다. 쪼개진 순간들의 영상이 머리에 나타났다. 타임 홀이 만들어졌다.

그때였다. 침대 아래에 놓아둔 양동이가 갑자기 바닥으로 엎어졌다. 거기는 삼촌의 발에서 흘러내린 피가 고여 있었다. 피가 바닥으로 쫙 퍼졌다. 그리고 그 위에 순식간에 글씨가 나타났다.

'너 때문이야. 너 때문에 엄마가 죽었어. 이제 그만해. 타임

리프 하지 마. 제발- —'

글씨는 쓰여지면서 동시에 지워졌다. 하지만 치훈(t-1)은 글씨를 또렷하게 읽었다. 엄마가 죽었어. 엄마가 죽었어. 엄마가, 엄마가……. 안 돼!

치훈(t-1)이 엄마가 있는 쪽을 향해 고개를 들었다.

엄마는 외삼촌의 침대 옆에 서 있었다. 외삼촌의 옆 침대로 또 다른 부상 환자가 들어왔다. 그리고 산소통을 운반하는 직원이 다가왔다. 엄마가 살짝 옆으로 비켜섰다. 엄마와 1미터도 안 되는 거리였다.

직원이 입고 있는 작업복에서 정전기가 일어났다. 파란 불꽃이 튀었다. 직원이 산소통 밸브를 열었다.

그 순간, 펑 하면서 고막을 때리는 소리가 들렸다. 얼굴을 주먹으로 때리는 듯 거친 공기의 압력이 먼저 다가왔다. 1초도 안 되는 순간, 뜨거운 열기가 치훈의 얼굴을 덮쳤다. 치훈(t-1)의 몸이 뒤로 밀려나 벽에 부딪쳤다.

치훈(t-1)이 정신을 차렸을 때, 응급실은 아수라장이 돼 있었다.

"불이야!"

누군가가 소리를 질렀다. 불길이 침대 사이로 타올랐다. 불길 가장자리로 둥글게 사람들이 쓰러져 있었다.

쓰러진 사람들이 정신을 차리고 자리에서 일어났다. 너덜거리는 자기 살갗을 들고 우는 여자가 보였다. 머리 가죽이 벗겨져 쓰러진 사람도 있었다. 자기 배에서 삐져나온 걸 주워 담고 있는 남자, 몸에 붙은 불길을 끄려고 바닥을 뒹구는 여자, 응급실은 방금 폭탄이 폭발한 테러 현장 같았다.

엄마, 엄마는?

"엄마, 엄마!"

치훈(t-1)이 미친 듯이 소리를 지르며 불길이 치솟는 침대 쪽으로 달려갔다. 그러다 그는 발길에 물컹하고 밟히는 물체를 내려다보았다. 그것은 오랫동안 함께 산 사람들만 알아볼 수 있는 것이었다.

처음에는 이해할 수 없었다가, 다음은 인정할 수 없는 쪽으로, 받아들일 수 없는 현실이 그(t-1)의 발에 밟혔다. 그(t-1)는 그 혼란의 수수께끼를 풀기 위해 흔들리는 다리를 붙들었다.

그(t-1)를 붙잡고 쓰다듬고 보살피던 엄마의 한 부분, 우리는 그걸 손이라 부른다.

그것은 엄마의 손이었다. 치훈(t-1)이 방금 밟았던 그것.

그(t-1)는 흩어진 엄마를 보았다.

60화

Fluctuation

요동 5

미래의 일은 아직 존재하지 않습니다. 그리고 아직 존재하지 않는다면 일반적으로 존재하지 않습니다. 또한 존재하지 않는다면 전혀 볼 수가 없습니다. 그러나 미래는 이미 마음속에 존재하여, 현재의 존재로부터 예언될 수 있습니다.

— 성(聖) 어거스틴, 『고백록』,
제17장 '과거의 시간과 미래의 시간은 어디에 있는가'

모든 치훈들이 자신의 시간으로 돌아갔다. 어떠한 시간에서도 이동이 없었다. 시간은 더 이상 요동치지 않았다.

원래의 치훈(t0)이 자기 시간으로 돌아왔을 때, 그는 불길이 번지고 있는 응급실 한가운데 서 있었다.

그는 마지막으로 타임 리프를 한 치훈이다. 그가 사고 당일 새벽, 치훈(t-1)을 찾아가 마지막 메모를 남겼었다.

'오후 2시가 되기 전에 외삼촌을 찾아가. 양산 못 가게 막아. 고속버스 못 타게 해야 해. 무슨 수를 써서든.'

다시 돌아왔을 때 그의 머릿속으로 뒤바뀐 과거의 기억이 파고들었다. 뒤죽박죽 뒤엉킨 기억이었다. 그리고 아수라장이 된 응급실에서 그(t0)는 엄마의 죽음을 보았다. 자신의 실수로 갈가리 찢겨나간 엄마의 흔적을 찾아 그(t-x)가 공포에 휩싸여 울었다.

"안 돼, 안 돼, 이걸 어떻게 다시 돌려놓는지 나는 몰라. 어디서부터 어떻게, 도대체 어떤 시간이 잘못된 건지……. 나는 할 수 없어. 나는 아무것도 할 수 없다고……."

지금까지 수십, 수백, 수천 개의 이치훈이 존재하고 있었다.

그들 모두 타임 리프를 하며 시간 사이를 돌아다녔다. 사소한 결과들이 뒤바뀌었다. 그가 바꾸어놓은 인과관계 속에서, 어쩌면 누군가는 운명이 달라졌을 것이다. 그 스스로가 바꾸어놓은 삼촌, 그리고 엄마의 운명처럼.

그는 괴물이 되었다. 이 세상의 처연한 순리와 고결한 운명을 파괴해버리는 괴물. 치훈은 자신의 유령들과 싸울 자신이 없었다. 누구를 찾아가야 할지 알지 못했다.

'딱 한 번, 딱 한 번만 하자. 뒤엉켜버린 걸 바로잡으려면 어쨌든 해야 해.'

그(t0)가 도망치듯 숫자를 헤아렸다.

안덕진 사고 당일. 짜바 타워.

슈퍼 쎄븐 회합.

"슈퍼 쎄븐, 지금 너희들은 위험에 처했어. 이제부터 배워야 할 게 있다."

"뭔데요?"

"참된 능력."

"가짜 능력도 있어요?"

"있지. 두려움을 피하려고 능력을 쓰면 그건 가짜 능력이야. 어떤 것도 지킬 수 없고 누구도 이길 수 없어. 아무것도 두려워하지 않을 때, 너희들은 참된 능력자가 되는 거야. 두려움을 버려. 도망치려고 능력을 쓰지 마. 능력이 있건 없건 두려워하지 않는 것, 그게 참된 능력이야."

멋진 연설이었다. 영웅을 숭배하는 눈으로 아이들이 진우를 보고 있었다.

그런데 이진우의 표정이 갑자기 굳었다. 무표정하게 고개를 돌리더니 그의 눈동자가 이리저리 옮겨 다녔다.

"왜 그래요? 진우 씨?"

김경희가 그의 표정을 읽었다. 진우는 한 번도 저런 표정을 한 적이 없다.

"여기에 누가 와 있어요."

인아가 말했다. 잠시 후 그 말이 무슨 말인지 깨달은 도윤이 자지러지는 비명을 질렀다. 얼른 인아 옆에서 떨어져 앉았다. 소파 팔걸이를 꼭 잡고서 벌벌 떨었다.

"누가 와 있다는 거지?" 경희가 진우와 인아를 번갈아보며 물었다.

"이치훈." 진우가 치훈(t0)을 불렀다.

"네?" 저쪽에 앉아 있는 치훈(t-2)이 대답했다.

하지만 진우는 치훈(t-2)을 보고 있지 않았다. 그는 마치 맹인처럼 눈을 감고 이쪽저쪽을 둘러보았다.

"왜 여기로 왔지?" 진우가 눈을 감고 물었다.

"두려워하고 있어요."

인아가 대답했다. 그녀는 방 한쪽 구석에 시선을 모았다. 우도윤이 소파에서 일어나 다른 곳으로 피했다. 방에 있던 아이들 전부가 얼어붙었다. 김경희도 어찌할 바를 몰랐다.

이치훈(t-2)이 자리에서 일어섰다.

"가만있어. 넌 움직이면 안 돼. 거기 그대로 있어." 진우가 방에 있는 치훈을 제지했다.

"공포, 슬픔……, 비명을 질러요." 인아가 신접한 무당처럼 풀어진 눈을 뜨고 말했다.

아악, 악! 비명은 우도윤이 질렀다. 김경희가 도윤을 끌어안았다.

"갈팡질팡, 어찌할 바를 모르고 있고."

인아가 그렇게 말했을 때 치훈(t-2)의 휴대폰이 울었다. 치훈이 얼떨떨한 표정으로 전화를 내려다보았다. "엄마예요. 받아야 해요." 치훈(t-2)이 전화를 받았다. "뭐?" 그(t-2)가 놀란 눈으로 진우를 바라보았다.

"가면 안 돼. 넌 거기로 가면 안 돼." 인아가 치훈(t-2)에게 말했다.

"왜? 삼촌이 사고를 당하셨어. 엄마가 빨리 오래."

"이게 다 너 때문에 일어난 일이야. 네가 함부로 능력을 쓰고 아무렇게나 타임 리프를 하면서 시간을 뒤죽박죽으로 만들어놓았어." 인아는 치훈(t-2)이 아니라 진우를 보고 말했다. "방금 이 말은 제가 한 게 아니라 여기 있는 또 다른 치훈이

한 거예요."

"인아, 계속 말해봐. 다른 치훈이 또 뭐라고 하니?"

"너무 크게 울어서 뭐라고 하는지 잘 안 들려요. 가만, 가만……. 선생님?"

"왜?"

"치훈아!" 인아가 방에 있는 치훈(t-2)을 돌아보았다. "너네 엄마가 돌아가셨대." 그리고 자기 입을 가렸다.

"나중에 그렇게 된다는 말이겠군. 녀석이 미래에서 왔다면……. 또?"

"시간이 꼬였대요. 처음엔 삼촌만 돌아가셨었는데, 자기가 삼촌을 살리려고 타임 리프를 했다가 삼촌도, 엄마도, 병원 사람들도 모두 죽었대요. 그리고 치훈(t-2)아. 너도 죽어가고 있어. 불이 났어요. 빨리 하지 않으면 자신(t0)도 죽을 거라고……."

그 말을 하면서 인아가 몸을 덜덜 떨었다. 처참한 죽음을 코앞에서 본 사람처럼 인아가 울었다. 이진우가 눈을 감고서, 아마도 타임 홀에 머물고 있을 치훈(t0) 쪽을 보면서 말했다.

"치훈아. 내 말 잘 들어. 모든 시간은 일정한 물리량을 가지고 있어. 그건 마치 고여 있는 물과 같아. 아주 작게 흔들면 찰랑거리기만 할 뿐 물이 넘치지는 않아. 하지만 너무 많이 뒤흔들면 물은 쏟아지고 말아. 네가 천방지축 오가면서 시공간을 뒤흔들어놓은 건지도 몰라. 사람의 운명을 바꿀 만큼 크게 흔들었어. 잘 생각해봐. 최초로, 네가 아무것도 바꾸어놓지 않았을 때 무슨 일이 있었지?"

침묵이 이어졌다.

"외삼촌이 죽었대요. 나무에 깔려서. 병원에서." 인아가 말했다.

"치훈이가 시간 속에 주름을 만든 거야. 자, 이 종이를 봐."

진우가 눈을 뜨고 아이들이 제출한 설문지 종이 한 장을 집어 들었다. 그는 아이들을 보지 않았다. 아무도 없는 구석, 창문가 에어컨 앞을 보고 말했다. 인아도 그쪽을 보고 있었다.

"평면일 때 이 종이의 두께는 머리카락만큼 얇아. 이 종이를 차곡차곡 접으면 엄청난 두께가 이 종이 한 장에서 나올 수 있어. 시간은 순차적으로 흘러가지만 그 속에 들어가는 인과관계는 지수 증가의 법칙처럼 무한대로 발산하는 거야. 이 종이를 마흔아홉 번만 접으면 38만 킬로미터, 지구에서 달까지 가는 거리의 두께가 돼. 그게 지수 증가의 법칙이야. 한순간의 시간 속에 들어가 있는 물리량은 헤아릴 수 없이 많아. 네가 과거로 돌아가서 시간을 뒤흔들면 인과관계가 엄청나게 꼬이는 거야."

"하이젠베르크, 불확정성의 원리!"

김경희가 꼿꼿하게 서서 신비로운 교리를 듣는 광신도처럼 외쳤다. 그녀 역시 주먹을 꽉 쥐고 떨었다. 진우가 허공에 대고 계속 설명했다.

"맞아. 하전 입자의 위치와 운동량, 그 두 가지를 동시에 측정할 수 없어. 입자의 위치를 측정하면 운동이 바뀌고 운동을 측정하면 위치가 바뀌게 돼. 치훈아, 네가 과거로 돌아가서 뭔가를 바꾸면 하나의 작은 사건이 다른 시간의 사건에 영향을 미치게 돼. 결국 그 사건이 가진 물리량이 넘치면 시간의 진동이 더 커져. 사건과 시간이 뒤엉키면 어떤 형태로든 폭발하고 말아. 인과관계가 뒤틀리면 사람들의 운명이 뒤바뀌거나 한꺼번에 겹쳐질 수 있어."

김경희가 끼어들었다.

"좀 이상한 얘기처럼 들릴지 모르겠지만 이건 명리학에서 말하는 거하고 비슷해. 사주팔자, 운명론, 나도 그런 건 믿지 않아. 하지만 들어봐. 명리학에 따르면 사람이 태어날 때 별자리, 우주의 기운이 그 사람에게 들어가지. 각자 모든 사람에게. 그 기운이 사람에게 지속적으로 영향을 주는 거야. 난 지금 유치한 운명론을 말하는 게 아니야. 우리가 알지 못하는 인과관계가 있을 수도 있다는 말이야. 치훈(t0 and t-2)이 네가 그 인과관계를 뒤흔들어놓은 거고. 누군가의 죽음은 아무도 바꾸어놓을 수 없는 별자리와 같은 거야. 그 별들이 정해진 길로 운행하지 않으면 엄청난 혼란이 발생하게 돼."

김경희와 이진우는 둘이서 토론을 하는 것 같았다. 진우가 에어컨 쪽을 보면서 계속 말했다.

"좀 미안한 말이지만, 치훈(t0)아, 듣고 있다면 내 말 잘 들어. 죽음은 인간이 바꿀 수 있는 게 아니야."

"갔어요." 인아가 말했다.

"어딜?" 김경희가 물었다.

"모르겠어요. 가기 전에 이랬어요. 뭘 해야 할지 알겠다고. 마지막으로 한 번이라고 했어요. 엄마를 위해."

방에 있던 사람들이 모두 이치훈(t-2)을 쳐다보았다.

"치훈아, 괴물이 되지 마." 이진우가 말했다.

"저 이제 가볼게요. 엄마한테."

방에 있던 치훈(t-2)이 나갔다.

치훈은 얼마 전 보건복지부에서 운영하는 '게임중독 치료

센터'에서 치료를 받은 적이 있다. 노란 옥수수 수프 색깔의 가운을 입은 여자가 들어와 중독 증상을 설명했다.

"세상에는 다양한 종류의 중독이 있어요. 알코올, 담배, 게임, 마약, 노름……. (그리고 시간 이동 중독자도 있다.) 중독자들은 대개 자기만의 법칙을 만들어요. 난 이것만 하는 거니까 아무렇지도 않아, 이렇게 생각하죠. 그래서 자신이 중독된 상태라는 것도 몰라요. 난 하루에 한 병 이상은 마시지 않아, 맘만 먹으면 담배는 얼마든지 끊을 수 있어, 딱 12시까지만 게임 할 거야……. 하지만 그 법칙이 중독을 만들어내는 거예요……."

치훈이 시간 이동을 할 때는 자신이 만든 타임 홀 안에서만 움직였다. 치훈은 그 법칙을 깨트린 적이 없었다. 그 안에서만 움직이면 아무 문제가 없다고 생각했다.

"중독에서 벗어나려면 일단 자신의 증상을 자각할 필요가 있어요. '아, 이래서 문제가 되는구나' 하고 느껴야 하는 거예요."

타임 홀 밖은 굳은 젤리처럼 물컹물컹했다(**실제로는 어떤 '압력(두통)'이 있었지만 치훈은 물컹거린다고 느꼈다**). 타임 홀은 치훈의 몸을 감싸고 있는 둥근 시간의 구멍이다. 치훈은 자신이 머물고 있는 공간을 찢고 밖으로 나가면 무슨 일이 벌어질지 몰랐다. 그래서 팔 하나만 내밀어 메모를 남기는 식으로 시간에 개입했다.

"보건복지부에서 2015년에 발간한《중독성 물질 및 행위에 관한 실태 조사》에 따르면 각종 중독 질환자들은 다음과 같은 특징을 보여요. 규칙적이거나 불규칙적인 강박 행동(반복, 습관, 틱 등), 대화 단절, 반사 작용 둔화, 무기력증, 급격한 감정 변화에 의한 조울 증상 및 분노 조절 장애……. 중독 증상을 완화하기 위해서는 중독자가 스스로 만든 규칙을 깨트리는 것이 아주 중요해요. 여행을 가거나, 가족들과 시간을 보내거나. 도저히 자기 혼자 힘으로 할 수 없을 때는 주변으로부터 격리될 필요가 있어요……."

치훈(t0)은 지금 자궁 속 같은 타임 홀 안에 들어와 있었다. 그곳은 공기도 없었고 숨을 쉴 필요도 없었다. 시체를 담는 봉지 같다고 할까. 그 안에서는 죽은 사람이나 마찬가지였다. 타임 홀 안에는 시간이 존재하지 않았다. 머리는 차가웠다. 새로운 생각이 떠오르거나 감정이 느껴지지 않았다.

치훈(t0)이 그 속에서 울었다. 젤리 같은 벽이 출렁거렸다. 엄마 생각을 할 때마다 홀의 크기가 줄어들었다. 머리에 가득 찬 기억이 시간에 영향을 미치는 것 같았다. 감옥 같은 타임 홀이 처음으로 무섭게 느껴졌다.

"자신이 만든 법칙이 결국 자신을 구속하는 거죠. 점점 삶을 조여오면서 압박과 마찰이 증대되고……."

타임 홀을 찢기로 했다. 어떤 일이 벌어질지 알 수 없었다. 그(t0)가 감당하지 못하는 일이 생길 수도 있었다. 하지만 지금 치훈(t0)에게는 다른 방법이 없었다. 지독하게 꼬인 인과관계의 틀이 더 이상 손 쓸 수 없게 비틀리기 전에 그(t0)는 시간의 순서를 바로잡아야 했다.

젤리처럼 물컹거리는 시간의 벽 밖으로 손을 뻗었다. 심한 두통이 밀려들었다. 끔찍한 소리가 머리에서 울렸다. 그 젤리가 무엇인지 치훈(t0)은 알 것 같았다.

시간은 기억을 품고 있다. 우리는 오직 기억으로써만 시간을 느낀다. 그러니까 치훈이 타임 리프를 하기 전에 보는 영상들은 다른 사람들의 기억인 셈이다. 다른 기억들은 모두 다른 시간을 품고 있다. 한 사람의 시간 바깥에는 그 자신의 기억이 아닌 '사실'이 존재한다. 막을 수 없는 시간의 흐름, 기억의 연쇄, 쪼개지지 않는 '존재'가 엮어낸 단단한 사슬이 바로 시간이다.

"중독 증상과 싸울 때 중독자들은 극심한 고통을 느껴요. 자신의 뇌가 만들어낸 철창을 부수어야 하기 때문에……."

젤리 안으로 파고들 때마다**(다른 시간으로 들어가려 하자)**

치훈(t0)의 머릿속으로 감당할 수 없는 기억과 생각이 밀려들었다. 3천 미터쯤 되는 심해 속에서 온몸으로 수압을 견딜 때처럼 끔찍한 고통이 머릿속으로 들어왔다. 두개골을 열어 뇌를 손으로 쥐어짜는 것 같았다.

그(t0)는 이빨 사이로 터져 나오는 비명을 참으며(**강한 저항력을 느끼며**) 자기 몸을 타임 홀 밖으로 밀었다.

안덕진 사고 당일. 고속버스 안.

"선행을 베푸시오!"

치훈(t0)이 애써 내뱉은 말에 외삼촌이 뭐라고 말하며 반응했다. 치훈(t0) 쪽에서는 잘 들리지 않았다. 외삼촌의 놀란 표정은 볼 수 있었지만 뭐라고 하는지 들을 수 없었다.

"시간이 없습니다."

치훈(t0)이 말했다. 뒤통수를 망치로 후려치는 것 같은 통증이 일었다. 외삼촌이 치훈(t0)의 말을 들은 것 같았다. 그가 뭐라고 물었다. 들리지 않았다. 할 수 없다. 그가 듣든 말든 치훈(t0)이 지껄였다.

"당신이 말하는 사이에 소중한 1분이 날아갔습니다……. **(아아악, 치훈(t0)이 머리를 감싸 쥐었다.)** 어떻게든 하세요. 4시간 4분 안에, 선행을 베풀어야 합니다. 모든 것은 정해져 있어요. 바꿀 수 있는 건 아무것도 없습니다. 당신이 할 수 있는 것은 다만……."

외삼촌이 인상을 쓰며 짧은 말을 뱉었다. 아마도 욕이었을 것이다. 치훈(t0)이 마지막 말을 남겼다.

"선행을 베푸시오!"

그 말은 삼촌과의 마지막 작별인사였다.

더 이상 고통을 참을 수 없었다. 그(t0)가 몸에서 힘을 뺐다. 하수구로 빨려 들어가는 물처럼 그(t0)의 정신이 수많은 영상과 감정, 고통을 한꺼번에 받아들였다. 치훈(t0)이 머리를 감싸 쥐고 웅크렸다.

"왜 그래?"

차가 흔들렸다. 잠깐 숨을 고른 치훈의 엄마가 울음 섞인 목소리로 말했다.

"너까지 그러면 난 어떡해? 치훈아, 괜찮아?"

"괜찮아요. 잠깐 두통이 와서……."

치훈(time zero, the original one)이 안전벨트를 풀어 숨을 가다듬었다. 창밖을 보았다. 언양 IC 표지판이 보였다.

기억이 겹칠 때 터지는 통증이다. 존재하지 않던 기억이 들어왔다. 삼촌이 죽고 시간을 이동했다. 삼촌이 양산으로 가는 걸 막으려 했다. 진우 쌤 말대로라면 그 일 때문에 시간이 뒤엉키면서 병원에서 폭발이 일어나 사람들이 죽었다. 지금은 폭발이 있던 그 시간에 엄마와 함께 차를 타고 가는 중이다. 바뀐 것이다. 인과관계가.

처음 겪었던 일들이 순서대로 이어지고 있었다. 하지만 처음에는 엄마가 이런 말을 하지 않았다.

"엄마, 미안해."

이런 말. 그리고 그다음 말도.

"아무런 도움이 못 돼서."

"난 마음의 준비를 했어. 아까 의사랑 통화했어. 가망이 없다더라. 빨리 와서 환자 곁에 있는 것 말고는."

처음에는 듣지 못했던 말이다.

같은 시간대로 돌아왔지만 현재의 시간은 아직 병원에 도착할 만큼 빨리 흐르지는 않았다. 인과관계가 정리되면서 중간에 끼어든 시간의 고리들이 사라진 탓이다.

엄마는 차분하게 운전대를 잡고 가끔 눈물을 글썽였다.

외삼촌이 손을 뻗었다. 엄마가 그의 손을 잡으려 했지만 그는 허공을 향해 손을 뻗었다.

싸구려 합성수지로 만든 작업복에서 정전기가 일었다. 파란 불꽃이 솟았다. 그 불꽃을 더듬으며 안덕진 상무의 손이 떨어졌다. 불꽃이 사라졌다. 외삼촌의 생명이 꺼졌다.

치훈은 외삼촌의 손이 마지막으로 뻗어나간 자리를 보았다. 아까 폭발을 일으킨 불꽃. 삼촌은 마지막 순간, 선행을 베풀었다.

병원 직원이 산소통의 디맨드 밸브를 열었다. 퍽, 하고 산소 주입구가 개방되었다. 취익 하며 공기 새는 소리가 들렸지만 아무 일도 일어나지 않았다. 직원이 밸브에 개폐기를 달았다. 산소 게이지가 안정적으로 올라갔다.

불꽃도, 폭발도, 피부가 녹아내리고 창자가 터져 나오는 죽음들도 없었다. 응급실에는 단지 한 사람의 조용한 죽음이 있을 뿐이었다.

방금 오빠의 죽음을 맞이한 한 여자의 울음이 응급실 전체에 퍼졌다. 치훈이 엄마의 손을 잡아주었다. 그가 엄마의 손을 잡고 오랫동안 쓰다듬었다.

치훈이 병원 복도 의자에 앉아 이진우에게 전화를 걸었다.

— 괜찮니? 어머님은?

"많이 힘들어하세요."

— 그거 말고는?

"외삼촌이 돌아가셨어요. 방금."

— 미안하구나. 그런데…… 바뀐 거니, 안 바뀐 거니?

"아무것도 바뀌지 않았어요."

치훈이 울먹였다. 울음 끝에 그가 말했다.

"아, 잠깐……."

— 왜?

"바뀌었어요."

— 뭐가?

"저요."

잠시 동안 둘 다 말이 없었다. 치훈이 목소리를 곧게 가다듬어 말했다.

"참된 능력을 얻었어요."

웃는 건지 생각하는 건지, 진우 쌤은 말이 없었다.

— 잘됐구나. 잘 보살펴드려. 너한텐 그게 가장 중요한 능력이야. 엄마를 지키는 거.

무겁지도 가볍지도 않게 진우 쌤이 말했다.

"무슨 말인지 알아요. 고마워요, 선생님."

— 별말을.

"안녕히 주무세요."

— 고생해라. 이치훈.

시간이 흘렀다. 잔잔하게 흐르는 물처럼. 열흘이 지났다. 이제 방학은 이틀밖에 안 남았다. 일교차가 커졌다. 밤공기가 선선했다.

치훈이 문을 열고 들어갔다. 집이 어두웠다. 엄마 방에서 코 훌쩍이는 소리가 났다. 문이 열려 있었다. 치훈이 조용히 다가가 문틈으로 엄마를 보았다.

방 한가운데 앉은뱅이 상을 놓고 엄마가 노트에 글을 쓰고 있다. 방바닥에 크리넥스 수십 장이 흰 눈처럼 쌓여 있었다.

"뭐하세요?"

혹시나, 그럴 리 없겠지만, 유서 같은 걸 쓰는 게 아닌가, 아들은 엄마를 걱정했다.

"응? 아, 어, 왔어, 아들?"

더듬더듬 엄마가 슬픔에 젖은 말을 흘렸다.

치훈은 엄마에게 자주 말을 걸었다. 예전에는 아무 말도 없이 자기 방으로 들어갔지만 지금은 그러지 않았다. 아무 말도 하지 않으면 감당하기 어려운 침묵이 찾아왔다.

"뭘 좀 읽고 있었어." 엄마가 눈에서 안경을 빼면서 말했다.

"뭔데요?"

"〈가톨릭 마음 평안 독서회〉 과제야." 흡, 하며 엄마가 콧물을 빨아 당겼다. "너도 이 책 한번 읽어보지 않을래? 참 좋아."

"무슨 책인데요?"

"성(聖) 어거스틴의 『고백록』."

"안 어려워요?"

"좀 어렵긴 한데 천천히 읽으니까 좋은 말이 많아."

엄마가 볼펜을 손에 쥐고 파르륵 책장을 넘겼다. 치훈이 앉은뱅이 상을 내려다보았다. 깨알 같은 글씨가 가득한 노트.

"그건 뭐예요?"

"아, 이거? 숙제야."

"힘들게, 뭘 그런 걸……."

제 딴에는 위로라고 했지만 따뜻한 말이 떠오르지 않았다.

"참, 훈아."

"예."

"내일 엄마 심부름 좀 해줄래?"

"얼마든지요! 뭔데요?"

이제야 뭔가 해드릴 수 있다는 생각에 치훈이 씩 웃었다.

"내일 학교 갔다 돌아오는 길에 우체국에서 편지 좀 부쳐달라고."

"그거야, 뭐……."

"근데 좀 많아."

"몇 통인데요?"

"서른두 통."

"그렇게나 많이?"

"우리 교구 식구들하고 다른 교구 쪽 사람들한테도 부쳐야 돼서. 해줄 수 있지?"

"걱정 마세요. 학교 갔다 오는 길에 부쳐도 되죠?"

"그래. 부탁해, 아들!"

"네!"

앉은뱅이 상 위에는 정성들여 적어 내려간 손 편지가 수북했다. 편지는 한 통에 한 장씩, 서른 두 통이었다.

엄마가 잠깐 화장실에 간 사이에 치훈이 마지막 편지의 몇 구절을 읽었다.

'……그러나 어찌하여 아직 존재하지 않는 미래의 일들이 감소되거나 없어지거나 할까요? 또한 어찌하여 이미 존재하지 않는 과거의 일이 크게 느껴질까요? 그것은 이러한 일을 행하는 영혼 속에 세 가지 요소가 존재하기 때문입니다. 곧 영혼은 기대하고 직관하고 기억합니다. 그리고 영혼이 기대하는 일은 직관을 거쳐 기억으로 옮겨갑니다.'

— 성(聖) 어거스틴, 『고백록』,
제17장 '과거의 시간과 미래의 시간은 어디에 있는가'

치훈이 편지를 상에 내려놓았다. 자리에서 일어나 문 앞에 섰다. 그는 가방을 메고 선 채 고개를 돌려 방 안의 냄새를 맡았다.

심연의 어둠에서 피어오른 듯, 막연한 공허, 메마른 허무의 냄새가 방 안에 가득했다.

- 3권 끝. 4권에서 계속.

작가의 말

1984년, 전 세계 어린이들을 열광시킨 외계인이 나타났다. 스티븐 스필버그 감독의 영화 〈E.T.〉. 개봉 당시, 영화관 앞에서는 '이티'의 캐릭터 인형을 팔았고, 가수 김창완은 '이티 노래'를 만들어 불렀다. 이렇게 시작한다. "찐빵같이 생긴 이티의 얼굴 우습기도 하구나~." 〈E.T.〉는 키 작고 못생긴 외계인과 지구 소년의 우정을 다룬 영화다.

어두운 숲에 휘황찬란한 빛을 내는 UFO가 착륙한다. 생명체를 연구하는 외계인 과학자들의 우주선이다. 외계인은 지구의 식물에 홀딱 반한다. 작은 요정 같은 외계인이 숲을 누비며 식물을 관찰하고 채집한다. 이때, 정부 요원이 등장한다. (할리우드는 첩보 기관 요원들을 정말 사랑하니까.) 총과 무전기를 든 어른들이 외계인을 쫓는다. 키 작은 이티의 시점에서 숲을 달리며 쫓기는 장면이 숨 막힌다. 이티가 이상한 괴성을 내지르며 도망간다. 이티는 키가 1미터 정도밖에 안 된다. 6살 어린이의 시선이다. 스필버그 감독은 어른의 허리에서 달랑거리는 열쇠 뭉치 하나로 긴장감을 표현했다. 로우 앵글로 잡은 열쇠 뭉치가 허리 높이에서 계속 찰랑거린다. 이티는 날카롭게 울리는 금속 소리를 들으며 공포감에 사로잡혀 도망친다.

스티븐 스필버그 감독은 로우 앵글을 많이 쓰기로 유명하다. 한자어로는 앙각이라고 한다. 우러러볼 '앙' 자를 써서 앙각(仰角)이다. 아래에서 위를 쳐다보면 위압감이 느껴진다. 스필버그 감독의 영화들에는 어린이의 시점을 표현한 장면이 많기 때문에 로우 앵글이 많다고 볼 수도 있겠지만, 로우 앵글이 약자의 시선을 잘 표현해주기 때문인 것도 같다. 그의 영화들에는 성서에 나오는 '다윗과 골리앗'처럼, 평범하고 나약한 주인공이 악당을 무찌르는 내용이 많다.

1미터 정도 높이에서 보면 세상이 달라 보인다. 아이들은 대부분 그 높이에서 세상을 본다. 처음으로 지하철을 탔을 때, 나는 1미터 높이의 세상이 주는 공포를 경험했다. 나무들이 빼곡히 들어찬 숲 같았다. 어른들의 다리가 너무 무서웠다. 그곳에는 사람의 얼굴도 없고 말소리도 없었다. 무겁게 비틀거리는 다리들, 구두 굽 소리, 발 냄새, 심지어 방귀 소리도 들렸다. 어른들의 엉덩이가 볼에 닿았다. 단단하게 출렁거리는 살덩어리의 느낌, 이쪽저쪽으로 고개를 돌렸지만 모든 곳에 어른들의 다리와 엉덩이가 있었다. 그 무지막지한 살덩어리가 나를 공격했다. 의자 밑에서 계속 뿜어져 나오는 뜨거운 히터 바람에 숨 쉬기가 어려웠다. 무엇보다 그곳 1미터 높이의 세상은 어두웠다. 천장의 형광등 불빛은 아래로 파고들지 못했다. 감옥에 갇힌 느낌이었다. 지하철에서 내리자마자 나는 웩웩거리며 토했다.

그때로부터 꽤 많은 세월이 흘렀다. 내 키는 171센티미터 이상으로 자라는 데 실패했지만 그 정도면 괜찮다. 지하철을 탈 때 지저분한 방귀 소리를 듣지 않으니까. 아이는 자라서 어른이 되고 1미터 높이의 세상을 잊어버린다. 이티와 함께 자전거를 타고 보름달을 가로지르는 장면은 이제 별로 놀랍지 않다. 컴퓨터 그래픽이 좀 놀라운가.

"아이들이 너무 순수하군요. 요즘 애들이 어떤 애들인데."

소설을 읽은 한 독자가 이런 말을 했다. 십 대 아이들이 사람을 죽이는 시대가 아닌가, 게임과 포르노에 노출된 아이들이 제정신일 리가 있는가, 그런 말일 것이다. 내가 이 소설을 쓰고 있는 시대는 너무 처참하다. 아이들의 세계가 너무 잔혹해서 그들의 성장이 두렵기까지 하다. 그들이 나중에 어떤 세상을 만들게 될까…….

나도 그런 걱정을 했다. 그리고 진짜 십 대 아이들을 보았다. 나는 오랫동안 학생들을 가르치는 현장에 있었다. (소설로 밥벌이하기가 좀 힘들어야지!) 그들의 눈을 보며 물었다. 정말 너희들은 나와 다른 존재인가, 나와 다르게 생각하고 느끼고 판단하는가, 내가 생각하거나 꿈꾸지 못했던 것을 너희들은 꿈꾸고 생각하는가? 소설을 쓰면서 계속 그 질문을 했다.

그들은 나와 정말 비슷한가. 그렇다면 그들은 여전히, 당신과 내가 학생이던 때와 마찬가지로 상처받기 쉽고 깨지기 쉬운 존재다. 아이들의 폭력과 비인간적인 특징은 언론이나 드라마가 확대한 것이고, 어른들이 만들어낸 판타지일 것이다. 폼페이 화산의 흔적 속에서도 그런 말이 나오지 않았나. "요즘 젊은 것들, 말세여, 말세!" 그런 식으로 말이다.

그러면 그들은 나와 다를까. 그들은 내가 십 대였을 때보다 더 추악하고, 더 악랄하며, 더 이기적일까. 이 질문들은 고전적인 계몽주의 논쟁을 떠올리게 한다. 인간은 이성적인 존재인가, 아니면 여전히 동물적인 야만성을 가지고 있는가, 인간의 욕망은 진화하는가, 인간의 이성은 여전히 믿을 만한가.

우리는 이 우주 어딘가에 있을 외계생명체에게도 이와 비슷한 질문을 던진다. 그들은 우리와 비슷할까? 인간처럼 팔다리를 갖고 있고, 말을 하며, 사랑을 나눌 때 노래를 할까? 그들은 우리와 다를까? 해파리처럼 생긴 외계인이 공기 속을 부유할까? 문어 머리에 촉수 같은 팔다리를 움직이며 기다란 혓바닥으로 곤충을 잡아먹을까?

결국 나는 고전적인 계몽주의자의 길을 택했다. 나는 일곱 명의 아이들을 믿는다. 시대착오적이라 비난해도 어쩔 수 없다. 그 아이들을 악랄한 위기 속에 몰아넣었지만 그들은 짐승으로 변하지 않았다. 일곱 명의 초능력자들은 그들의 엄청난 능력에도 불구하고 결코 인간으로서의 품위를 잃지 않았다. 그들은 매우 제한되고 억압된 생활공간 안에서 지루한 일상을 반복하며 미래에 대한 불안과 두려움을 가지고 있다. 온갖 유혹이 그들에게 손을 뻗는다. 하지만 그들은 지구인 특유의 습성을 가지고 위기를 넘기려 한다. 내가 말려도 소용없다. 그들은 인간적이고 따뜻하다.

그래서 나는 동화 같은 SF영화 〈E.T.〉를 좋아한다. 외계인을 다룬 이야기는 수도 없이 많지만 이 영화가 특별한 이유는 외계인 이야기 중에서는 거의 처음으로 외계인을 친구로 묘사했기 때문이다. 이티는 지구를 침공하거나 인간을 멸망에 빠트리지 않는다. 이티는 작고 못생긴 외계인 친구의 길을 택한다. 그 노래를 다시 한 번 흥얼거려본다.

"찐빵같이 생긴 이티의 얼굴 우습기도 하구나……." 노랫

말이 찐빵인지 식빵인지 확실하지 않다. 혹시 알고 계신 독자분이 있다면 도서출판 들녘으로 연락주시기 바란다. 최초로 연락주시는 분께 『메시지 오브 아더스』 4권을 무료로 주는 이벤트를, 방금 생각해냈다. 그 노래가 정말 그립다. 이티는 찐빵처럼 생겼을까, 식빵처럼 생겼을까?

송성근

다음 권에서는—

"거석문명의 황혼기에 새겨진 이 선사시대의 암각화는 고래 그림으로 유명하지만 정작 그 본질적인 의미는 탐색되지 않았다. 여러 학자들은 이 그림을 단지 고래 사냥과 관련된 것으로만 본다. 일차적으로 그러한 관점은 맞다. 그러나 시나 그림에서 노래하거나 그려진 것이 모두 실제로 벌어진 일을 그대로 옮기는 데 있지 않듯이 암각화도 그러할 수 있다고 보아야 한다. 이 반구대 암각화의 고래 그림도 일종의 시적 은유법으로 볼 수 있지 않겠는가?"

—신범순, 『노래의 상상계: 수사와 존재생태 기호학』 중에서.

(고인아의 소논문, 「울산 반구대 암각화의 비밀>」에서 재인용.)

코사크족 용병들은 중국인과 만주족을 아무르 강둑에 모아 놓고 총검을 들이대며 말했어. "건너가! 당신들 땅으로 돌아가!" 반대편 중국 땅으로 헤엄쳐 건너가도록 위협한 거야. 그날, 그 아무르 강가에서 여자와 아이들을 포함해 5,000명의 중국인들이 물에 빠져 죽었어……. 러시아인들은 겁을 먹었던 거야. 사람의 혼을 빼는 귀신이 중국 사람의 혼령이라고 생각한 거지.

—고인아의 소논문 자료,
「아무르강 연안 구미호 목격담: 임성태 씨 육성 증언록」 중에서.

"우리는 너무나도 두텁게 정신의 화장을 하고 있습니다. 언제까지 자신의 얼굴을 감추고 달팽이 껍질 같은 세상 속에 머물겠습니까? 악의 껍질을 벗겨야 마귀와 싸울 수 있습니다. 주의 힘으로 악의 껍질을 벗겨내십시오. '예수께서 네 이름이 무엇이냐 물으신즉, 가로되 군대라 하니, 이는 많은 귀신들이 들렸음이라.'(누가복음 8장 30절). 그 군대의 이름을 알려드리겠습니다. 예수 그리스도의 이름으로 귀신과 싸워 이기십시오. 그 귀신은 이름은……."

치훈 엄마 안정혜가 떨리는 손으로 편지를 들고 그다음 줄을 읽었다.

"그 귀신의 이름은 '$(C_6H_{10}O_5)n$'입니다."

안정혜가 자기 눈을 의심하며 몇 번이고 그 기호를 읽었다. 그녀는 매운 음식을 입에 넣은 사람처럼 시뻘건 얼굴로 부르르 떨었다. 헉헉거리며 입으로 가쁜 숨을 몰아쉬었다.

새암고
여자중창단
오현미와
춤추는 여신들
정기 공연에
여러분을 초대합니다!
일시
10월 7일 금요일 저녁 7시 30분
장소
새암고등학교 대강당
대상
춤과 노래를 좋아하는 사람이면 누구나!